徳間文庫

織江緋之介見参㈠

悲《ひ》恋《れん》の太刀

上田秀人

徳間書店

目次

主な登場人物

織江緋之介《おりえひのすけ》　吉原に現れた素性の知れない若侍。剣術の達人。その腕を総兵衛に見込まれて仮寓《かぐう》する。

いづや総兵衛《そうべえ》　天下の御免色里・吉原を代表する遊女屋いづやの主。

平助《へいすけ》　遊女屋いづやに仕える忘八《ほうはち》。剣術に長《た》ける。

御影太夫《みかげだゆう》　遊女屋いづやの遊女。教養と美を備える吉原屈指の太夫。

桔梗《ききょう》　遊女屋いづやの遊女。御影太夫の妹女郎。将来のいづやを担う。

谷千之助《たにせんのすけ》　緋之介より数歳上の大名。弓馬に通じる。

小野次郎右衛門忠常《おのじろうえもんただつね》　剣豪・小野忠明《ただあき》の三男。小野派一刀流の遣い手。書院番として将軍家綱《いえつな》の身辺警固に就き、将軍家剣術指南役も兼ねる。

柳生主膳宗冬《やぎゅうしゅぜんむねふゆ》　剣豪・柳生宗矩《むねのり》の三男。柳生家の大名復帰を悲願とする。

柳生肥後《やぎゅうひご》　柳生家の家老。柳生宗冬に仕える忠臣。

松平伊豆守信綱《まつだいらいずのかみのぶつな》　老中。三代将軍家光《いえみつ》に仕えた。四代家綱の傅育《ふいく》に就く。

西田屋甚右衛門《にしだやじんえもん》　吉原惣名主。吉原の創設者・庄司《しょうじ》甚右衛門の跡を継ぐ。

三浦屋四郎右衛門《みうらやしろうえもん》　吉原屈指の高尾《たかお》太夫が在籍する遊女屋・三浦屋の主。武家出身。

京屋利右衛門《きょうやりえもん》　遊女屋・京屋の主。吉原に来てわずか十年で名主となったやり手。

第一章　東都の艶

一

江戸に幕府が開かれて五十二年、海に面した寒村は日本一の城下となっていた。

日々膨張を続ける町には、大工や左官など、いろいろな職人たちが集められ、それを目当てにする商人たちも店を出す。これらの下働きをする者も男である。対して女は流入しない。江戸の町は極端な女日照りになっていた。

これに目をつけたのが、戦国大名北条《ほうじょう》家の浪人庄司《しょうじ》勘右衛門《かんえもん》だった。主家の没落で浪人し、遊女屋の主《あるじ》となった勘右衛門は、関ヶ原の合戦に向かう徳川家康《いえやす》を品川で待ち受け、遊女たちに湯茶の接待をさせた。

これを喜んだ家康は、勘右衛門に江戸中に散らばっていた遊女屋を一カ所にまとめるように命じ、遊里の創立を認めた。

天下が定まるまで放置されたが、元和《げんな》三年（一六一七）三月、幕府は葺屋町《ふきやちょう》東に二丁四方（約一万四千坪）の湿地帯を下賜《かし》した。葦《よし》が群生していたことから葦原《よしはら》と呼んでいたのを縁起を担いで吉原《よしわら》とした。合わせて、庄司勘右衛門も改名して甚右衛門《じんえもん》と名乗りを変えた。

そして、四十年ちかくがたった。

火事と喧嘩《けんか》は江戸の花と言われるが、とくに吉原で喧嘩は珍しいものではなかった。

「なにしやがんでえ」

吉原の中央をつらぬく仲通りの江戸町二丁目で職人同士が肩が触れた触れないのいさかいを始めた。そこに仲間が加わってあっという間に十人ちかい乱闘になった。

天草の乱から二十年ちかくがすぎたが、いまだ余燼《よじん》は残っている。人々の気も荒い。

「またか」

騒ぎに気づいた遊女屋いづやの主総兵衛《そうべえ》が、苦い顔をして奥からでてきた。

「おや」

総兵衛の目が細められた。

集まったやじ馬をかき分けて一人の若侍が出てきた。

若侍は、十人が乱闘しているまんなかを通り、顔色一つ変えることなく見世《みせ》に入ってくる。

総兵衛の瞳が光った。

「邪魔をする」

若侍が言った。

「おいでなさいませ」

総兵衛は、相手しようとした見世の若い男を手で制して出迎えた。

「主どのか」

「はい、いづや総兵衛と申します」

総兵衛は、丁寧に腰をかがめた。

「吉原一の遊女《あそびめ》は、いづやの御影太夫《みかげだゆう》と聞いた。御影太夫を頼みたい」

総兵衛の眉《まゆ》がわずかにしかめられた。若侍が、懐《ふところ》から大きく光るものをだした。

「これでたりようか」

慶長《けいちょう》大判であった。

「ほう」

総兵衛が感嘆の声をあげた。

慶長大判は、徳川家康が慶長六年(一六〇一)に京の金工後藤四郎兵衛《ごとうしろべえ》に命じて作らせた希少なものだ。報奨として将軍家や大名から家臣へ渡されることが多く、まれに祝事の贈答などに用いられることもある。だが、間違えても遊廓《ゆうかく》の支払いに使われることなどない。

「承知つかまつりました。おい、御影太夫にお客さまがおあがりになると伝えなさい」

総兵衛がそばにいた男に命じた。男が慌てて二階へとかけあがっていく。

「お遊びいただいたお代金は、お帰りのおりにちょうだいいたしております」

総兵衛が大判を若侍に返した。

「そうか」

若侍は無造作に大判を懐に戻した。

「では、どうぞ」

総兵衛が案内に立った。

珍しいことであった。登楼した上客のもとへ挨拶《あいさつ》に出ることはあっても、遊女屋の主が自ら初会の客の案内に立つことはなかった。

若侍が草履《ぞうり》を脱いだ。

「世話になる」

このとき、慌ただしい足音とともに数人が見世のなかに入ってきた。

「待ちやがれ」

先頭にいた異様な風体の大男が大声で叫んだ。

小花を散らした女物の小袖《こそで》を、真っ赤なしごきでしめ、そこに長脇差《ながわきざし》を差しこみ、尻《しり》はしょりをした、当節はやりの町奴《まちやっこ》だった。似た風体の男たちが四人、後ろで肩をそびやかしていた。

若侍がふりかえった。

「貴公は、さきほどの御仁《ごじん》」

「六兵衛《ろくべえ》さまをご存じなので」

総兵衛が若侍に問うた。

「大門前で、どうすれば吉原にあがれるのか思案していた拙者《せっしゃ》に、いづやに行けば御影太夫という吉原一の遊女がいると教示してくれた」

若侍の返事に総兵衛が顔をひきしめた。

六兵衛が、長脇差の柄《つか》に手を添えながら大声でわめいた。

「どういうことでえ。もう十日も前から御影太夫を呼び続けているんだぜえ。それに同じ断りばかりくらわしながら、こんな田舎侍の初登楼の相手をさせるとはどういう了見でえ。返答しだいによっちゃあ、ただじゃあおかねえ。肚《はら》すえてこたえやがれ」

総兵衛は、若侍の前を黙礼して通り、素足のままで土間におりた。

「いつもごひいきをいただき、かたじけのうぞんじまする。おかげさまで御影太夫には御馴染《なじ》みさまが多く、なかなかに皆さまのお望みにお応えいたすことができませず、申しわけないことでございます。本日は、お客さまがご都合でお見えになれなくなられましたために、急に御影太夫の身体《からだ》があきましたしだいで、決してあなたさまをないがしろにいたしたわけでは……」

「ならば、こちらにまず声をかけるのが筋だろが。言いわけなど聞き飽きた。もう、我慢できねえ」

六兵衛が、総兵衛を睨《にら》みつけた。

「御影太夫をここへ呼んで来い」

「お言葉ではございますが、すでにこちらのお方さまのお相手と決まりましたので、それはいたしかねまする」

総兵衛は、あくまでもにこやかな対応をくずさない。

「女郎《じょろう》屋の主ふぜいが、なにを抜かす。おいらを大髑髏《おおどくろ》組の六兵衛だとわかってのことだろうなあ。こんな見世、半刻《はんとき》（約一時間）で跡形もなくできるんだぜ。なあ、おめえら」

「おう」

六兵衛が見世の柱を蹴《け》りあげ、後ろにいた四人が呼応して気勢をあげた。

「太夫といえども商品でございまする。売り主はわたくし。どなたさまにお売りしようともわたくしの勝手でございまする」

総兵衛が静かに言った。

「なんだと」

六兵衛が長脇差の鯉口《こいぐち》を切った。若侍がわずかな動きをみせた。それに小さな会《え》釈《しゃく》で抑えた総兵衛が、六兵衛に顔を向けた。

「吉原は死に損。ご存知のはず」

総兵衛の声が、冷たく低くなった。六兵衛と仲間たちが息をのんだ。

「ちっ、憶《おぼ》えてやがれ」

町奴たちは、大きく肩をいからせ、背中をむけた。

「お騒がせいたしました」

別人のような笑顔を浮かべた総兵衛の案内で、若侍はいづやの二階へと案内された。

二

いづやの看板である御影太夫は、その美貌《びぼう》で聞こえ、多くの文人墨客に引き立てられていた。

「ほう……」

総兵衛に案内されて二階にあがった若侍は、物珍しそうにあたりを見回した。

階段をあがった左側は窓障子であり、右に小部屋が並んでいる。そのいくつかは障子がしめられ、嬌声《きょうせい》が漏れているものもあった。

総兵衛がふいに立ち止まった。まなじりをつり上げた遊女が立ちはだかっていた。

「君がてさま自ら、しきたりをお破りになられるおつもりですか」

君がてとは、吉原の言葉で遊女屋の主のことである。

「桔梗《ききょう》か」

総兵衛が苦そうな顔をした。

桔梗と呼ばれた遊女は、髪を長く後ろに垂らして緋色《ひいろ》の布で留め、朱色の小袖を身にまとっている。それが小さく色白な顔とよくあっていた。

「御影太夫は、いづや唯一の太夫にして、高尾《たかお》、勝山《かつやま》のお二人と吉原の妍《けん》を競うお方。いわば吉原そのもの。吉原創設以来の見世とはいえ、いづやが江戸に名が知れたのも御影太夫のおかげではございませんか。その格式を反古《ほご》にされるなど、君がてのなさることとは思えませぬ」

桔梗が厳しい顔つきで言った。

「たしかにな。ひさしぶりに気が入りすぎたようだ」

総兵衛がため息をついた。

「お侍さま、太夫をお呼びいただくにはしきたりがございまして、一度揚屋を通していただかねばなりませぬ」

「よくはわからぬが、なんだその揚屋とは」

「太夫は、自分の部屋でお客をとりませぬ。太夫と客が出会うのは、揚屋という店の座敷と決まっておりまして」

「ここではいかぬというのか」

「はい」

「その揚屋というのはどこにある」

「京町に何軒もかたまっております」

いづやのある江戸町は吉原の北側、京町は反対の南にあるが、一丁半（約一六四メートル）も離れていない。

「もう一度出ていくのも面倒だが……」

若侍が目を桔梗にむけた。

腰骨のすぐ上でしめている帯が少し緩んで小袖の合わせ目が開き、胸のふくらみがのぞいている。雪のような肌に咲いたうす桃色の先が見えた。

桔梗が、わざと襟をととのえる振りをした。一瞬、より胸乳の谷間を強調した。

若侍はうろたえて目をはずした。

「この者を侍《はべ》らせるにも、その揚屋とやらに行かねばならぬのか」

若侍が総兵衛に問いかけた。

「いいえ。桔梗は御影太夫の妹女郎とはいえ、格子《こうし》でございますれば、このいづやにてもお揚げいただけまする」

格子も揚屋に呼ぶのが普通だが、深い馴染みなどは遊女屋の部屋に直接あがることもある。初会から許されていることではないが、太夫ほど厳格ではなかった。

「ならば、この者を」

「承知つかまつりました。桔梗、お客さまをお部屋にお通ししなさい」
おまえで我慢すると言われたに等しい。桔梗が、若侍を睨みつけた。だが、すぐに笑顔をうかべると、若侍の前に立って廊下を戻った。

吉原の遊女には厳密な格が設けられている。もっとも格上の太夫、つぎに一部屋を与えられる格子女郎、屏風《びょうぶ》でしきった大広間でただことをなすためだけの端《はした》である。

太夫は、茶道、華道、歌に通じ、大名や文人と対等に話ができるだけの教養をもっていたことから松の位、従五位に相当するといわれ、矜持《きょうじ》もたかく、金さえだせば誰でも揚げることができるというものではなかった。また、しきたりも多く、一度や二度では褥《しとね》をともにすることもできなかった。

格子は遊廓の中心をなす存在で、容姿だけをとれば太夫にまさる者もいる。客は裕福な町人、あるいは旗本や各藩の中級藩士が多かった。太夫との違いは素養や人格の深さにあり、遊廓の主にこれはと認められた格子が、きびしい躾《しつけ》を身につけて太夫へと登っていく。

端女郎は、遊女屋の最下層にあたる。容姿が劣るか、修練しても遊女としての仕草や言葉遣いができない者で、値段も安く職人や貧乏御家人、江戸に出たての諸藩の下級藩士の相手にする。馴染み客に一日を買いきられることもあるが、普通は小半刻(約三十分)ほどのあいだに一度ことをなすだけであった。

「また来るぜ」

「きっとでござんすよ」

少し崩れた感じの旗本らしい男を格子女郎が送りに出たり、

「拙者の休みは三日後である。それまで他の男に触れさせることはゆるさぬぞ」

「あいあい」

俗に浅黄裏《あさぎうら》と江戸っ子に馬鹿にされている勤番侍が、肩肘《かたひじ》張って端女郎に言いつけていたりと、日没間際のいづやでは変わらぬ光景が繰りかえされていた。

吉原は、昼しか客を取ることは許されていない。

それは主な客が、旗本や藩士であったことからきていた。武士は、主君にことあるときには駆けつけねばならず、夜間の外出は禁じられている。当初は夜見世もおこなわれていたが、門限に遅れる者、外泊する者が増え、幕府が吉原に昼見世のみという条件をつけたのだった。

昼見世は、八つ(午後二時頃)から日没までと定められていた。

「あのお侍さまはまだのようだが」

総兵衛が、客を見送りに店先まで出て戻ってきた格子女郎に訊《き》いた。

「桔梗さんのお客さまなら、まだおらっしゃります」

格子が、小袖をかろうじて帯でとめているだけといった寝乱れた姿で応えた。

「暮れ六（午後六時頃）までということをご存じないのかもしれぬな」

「ててさま、桔梗さんがおつきなんでありんしょう、刻限を忘れるわけなぞござんせん」

格子が笑い声をあげた。

「それはそうだ」

総兵衛も笑った。

「暮れ六まではまだある。いま少し待つとするか」

吉原の刻は、世間と違っていた。日中の限られた時間しか客をとることができないのだ。端のごとく数をこなさなければ儲《もう》けのでない女郎には、少しでも長く多くの客をとらせたい。そう考えた遊廓の主たちによって吉原の暮れ六はつくられた。

江戸の刻限は鐘撞《つ》き役人辻源七《つじげんしち》が差配している時の鐘によって報《しら》された。

まずは、日本橋本石町《ほんこくちょう》で暮れ六を報せる鐘がなる。それを聞いた寺院が、鐘を六つ鳴らす。これを繰りかえして江戸市中に時刻を報せていく。

当然、江戸城に近いあたりと、城下のはずれでは、音の伝わりが違う。同じ暮れ六でありながら、かなり差が生まれる。これを吉原は利用していた。

品川の寺院の鐘が暮れ六を報せるのを聞いてから、吉原のなかで六を報せる拍子木が打たれるのだ。こうやって、吉原は小半刻（約三十分）ちかい刻を生みだしていた。

「暮れ六でござあい。暮れ六」

会所《かいしょ》に雇われた男が、拍子木を叩《たた》きながらいづやの前を通っていった。

「さすがにまずいな」

総兵衛は、二階へと上がっていった。

桔梗の部屋は、二階の一番奥にある御影太夫の部屋の手前だ。日没を過ぎ、廊下の片隅に有明の行灯《あんどん》があるだけで、屋内はかなり薄暗かった。

遊女たちは、台所で飯と漬け物だけの夕飯をすませると、あとは寝るだけであり、部屋で灯《あか》りを使うことはなかった。

灯明の油が高いため、どこの遊女屋でも、太夫の部屋以外に灯りはともさない。

ただ、客を終えたあとで妹女郎の躾をするため、太夫の部屋にだけ灯りが許されていた。

「桔梗、桔梗」

部屋の外から総兵衛が声をかけた。

「お客さまはどうなされておられるかの。言うまでもなかろうが暮れ六の拍子木が鳴ったが」

「それが……」

なかから、とまどったような桔梗の声がした。

「開けさせていただいてよろしゅうございますか」

総兵衛が、襖《ふすま》に手をかけて問うた。ふいになかに入っては都合の悪いときがある。遊廓にかかわる者として当然の気づかいであった。

「うむ、かまわぬ」

冷静な声が返ってきた。総兵衛は異変がおこっていないことを知ってほっとした顔を見せた。

「ごめんくださりませ」

総兵衛は、部屋の襖を開け、なかにはいると際に腰をおろした。

暗い室内に敷かれた布団のなかで、身に一枚の布をまとうことなく若侍と桔梗とが添い寝している。総兵衛の口から驚きの声が漏れた。

「もしや、なにもなかったのか」

「あい」

問うまでもなかった。夜具も乱れず、添っているとはいえ、微妙な間隔を空《あ》けている。なによりも、男女の濃密な匂《にお》いがない。遊廓の主が気づかないはずがなかった。

桔梗が、消え入りそうな声で応えた。

「桔梗」

「違います、違います」

桔梗が、廓言葉《くるわ》を忘れて首を振った。

吉原の女郎は、客を振ることが許されている。気に入らない客や、自分の体調がすぐれないときなどは、客に買われても触れあうことを拒否できた。

ただし、振るには暗黙のしきたりがあった。振ると決めたなら、衣服は脱がない。同じ夜具に寝ない。だが、桔梗はそのどちらにも反している。

桔梗が承知のうえでしたのであれば、厳しい折檻《せっかん》が待っているだけではなく、端女郎へとおとされる。場合によっては、遊女屋ともいえないような安見世へ売られることにもなりかねない。休む間もなく客を取らされて、数年で病に伏し、無縁仏として捨てられる末路を迎えることになる。桔梗が、顔色を変えて否定したのも当然であった。

総兵衛が、若侍に顔を向けた。

「お客さま。失礼とはぞんじますが……」

「大丈夫だ」

若侍が仰向《あおむ》けになった。見事なものがそそり立っていた。男として十分な様子を見た総兵衛が気色《けしき》ばんだ。

「では、なぜ桔梗をお抱きになりませぬ」

桔梗は次の太夫と言われるほどの遊女である。容姿もさることながら、閨《ねや》ごとでも群を抜いている。一つ臥所《ふしど》にいて手を出さない者など男ではない。女を求めながらにもしないというのは、遊女だけでなく、見世への侮蔑《ぶべつ》であった。

「こととしだいによっては……」

総兵衛の顔がきびしく締まった。若侍が口を開きかけたとき、大声がひびいた。

「取り籠《こ》もりだあ。三浦屋《みうらや》で取り籠もりだ」

「ちっ」

総兵衛が立ちあがった。

「君がてて、よろしゅうございますか」

声がかけられ、襖がすっと引きあけられた。

紺地に見世の名を白く染め残した半纏《はんてん》をまとった三十すぎの男が、廊下で膝《ひざ》をついていた。

中肉中背で、特徴のある顔立ちでも身体つきでもない。会って半日すれば忘れてしまいそうな男だった。

「三浦屋の仁科《にしな》さんが、田舎侍におさえこまれているようでござんす。懐に小刀を飲んでいたようで」

吉原では、刀を見世の帳場に預けるのが決まりとなっていた。酔っての過ちなどを防ぐためだが、ここは女の国、侍だ町人だという身分上下などはござんせんという吉原の気概でもあった。

「若い者が二人、傷を負わされたようでやす」

総兵衛が訊いた。

「会所の連中はどうした」

「三浦屋さんの出入り口と大門はおさえたようで」

「平助《へいすけ》。忘八《ぼうはち》たちを出しておけ。三浦屋さんとの境を越えさせてはならぬ。奉行所に頼らなければならぬようになれば、面倒なことになるぞ」

総兵衛が命じた。平助がうなずいて消えた。

「どこだ、主」

若侍がいつの間にか着物を身につけていた。裸の桔梗が、袴の形を整えるなどかいがいしく手伝っていた。

「北隣の見世で」

「脇差を返してもらおう」

「はい」

小袖をはおっただけで、桔梗が一階の帳場へと駆けていった。

桔梗から受けとった脇差の目釘《めくぎ》をたしかめながら、若侍がつぶやいた。

「屋根づたいに行けるな」

「御影太夫の部屋の窓から出られれば」

総兵衛がうなずいた。

若侍は、桔梗の部屋を出ると、御影太夫の部屋に足を踏みいれた。

「ぬしさんは、どなたでござんすかえ」

ふいの闖入者《ちんにゅうしゃ》を、涼やかな声が咎《とが》めた。

長い髪を大きく後頭部で輪抜きをつくるようにまとめ、左右対称に銀平打ちの簪《かんざし》をさしている。細面《ほそおもて》の白い顔に薄く紅を引いただけながら、御影太夫の美しさは、ほのかな灯明に映えて、まさに天女のようであった。

若侍の動きが止まった。

桔梗に背中を触られるまで、若侍は茫然自失《ぼうぜんじしつ》であった。

「ぬしさま、哀《かな》しゅうござんす」

桔梗が廓言葉で語りかけた。

「あちしの裸を見なんしてもなにも変わらずにおられたのに、一日太夫を見てそうなられるとは、あまりといえばあまり」

「ああ、すまなかった」

気をとりなおした若侍は、御影太夫から目を離した。

「取り籠もっているのは二階のどこだ」

「仁科さんの部屋なら、五つある障子窓のちょうどまんなかで」

総兵衛が教えた。

若侍は、窓から身を乗りだした。

一日に千両の金が落ちる吉原も、遊廓の造りはたいしたことはない。他人目《ひとめ》につく二階は凝っていても、屋根までは手がまわらない。瓦《かわら》など敷いている見世は一軒もなく、薄い板を重石でおさえただけだった。

うかつにのれば、板が割れて下に落ちる。だが、若侍は音ひとつたてることなく三浦屋の屋根に飛び移った。

三浦屋の前は黒山の人だかりだった。

各見世から見物に出てきた女郎や忘八、幇間《ほうかん》、芸者と、吉原中の人が出てきたのではないかと思うほどであった。

取り籠もりじたいは珍しいことではない。年に一度か二度、かならずある。そして、取り籠もりを起こすのは、きまって江戸に出てきたばかりの浅黄裏と呼ばれる田舎侍であった。

国元では身分と格式にしばられ、恋などしたこともない武士が、江戸の吉原に来て、きらびやかに着飾った美しい女に出会う。その遊女たちが、手練手管をつくして男をひきこむのだ。初めて知った女の味に溺《おぼ》れてしまうのも無理はない。独身《ひとりみ》の若い藩士たちは当然、妻も子供もある思慮分別盛りの中年の武士さえもが狂う。

遊女たちにとって、惚《ほ》れている演技はお手のものなのだ。

問題は金が尽きたときだった。掌《てのひら》を返したような態度に、目が覚める者はいい。覚めない者、あるいは金策に困って公金に手をだした者、借金を重ねて返せなくなった者などが、おのれを騙《だま》した遊女を殺して自害しようとはかる。あるいは、金に縛られて心にもないことを言わされていると勘違いして、遊女をさらって吉原から逃げようとする。

それらに失敗した者が取り籠もる。

物見高いは江戸の常で、騒動のたびに大騒ぎはするが、誰も悲愴《ひそう》な顔をしてはいない。青い顔をしているのは、取り籠もられた遊女屋の主ぐらいであった。

会所から運ばれてきた大提灯《おおぢょうちん》がいくつも並び、三浦屋を照らした。それに若侍の姿が浮かびあがり、見物の目が集まり大きな歓声があがった。

「なんじゃあ」

外の異変に取り籠もっていた浅黄裏が、障子窓をあけた。左手でしっかりと遊女を抱え、右手に小刀を握っている。

貫級刀《くびさし》であった。戦国時代の武士ならば、誰もが所持していた小刀である。槍《やり》や太刀《たち》でやりあったあと、上乗りになった武者が相手の首を掻《か》き斬るのに使う。柄と刀身が一体の鉄からつくられた丈夫なもので、長さは六寸（約一八センチメートル）ほどしかない。刃幅は剃刀《かみそり》ほどではないが薄く、懐はもちろん、袖口や袴下《はかました》にでも隠すこともできる。隠し武器としても使えた。

やじ馬の見ているところに目をやった男が、若侍に気がついた。

「まずい」

総兵衛が、顔をゆがめた。

二人の間合いは、およそ二間《けん》（約三・六メートル）。二尺八寸（約八五センチメートル）をこえる太刀なら一歩踏みこめば届くが、若侍がもっている一尺（約三〇センチメートル）ほどの脇差ではたりない。

「こんくそが、この女の命はないぞ」

遊女に貫級刀をつきつけた浅黄裏が、顔をゆがめて叫んだ。

若侍が、庇《ひさし》をきしませることなく跳んだ。

「うおう」

やじ馬から間の抜けた声があがった。

若侍の脇差が、浅黄裏の首に擬《ぎ》せられ、貫級刀をもったままの右腕が足下に転がっていた。

浅黄裏がたまぎるような叫びをあげた。

「動くな。首の血脈を断つ」

冷ややかな若侍の声に、浅黄裏の声が止《や》んだ。

「ひええ」

捕まっていた遊女が血だまりに手をついてすべり、大きな悲鳴を上げた。

「血止めをすれば助かるだろう」

部屋に入ってきた遊女屋の男たちに言いのこして、若侍はふたたび庇を伝わっていづやへ戻ってきた。

「お戻りやんし」

御影太夫が出迎えた。

桔梗も総兵衛も愕然《がくぜん》としている。御影太夫がほほえんだ。

「お疲れなんしたでござんしょう。お茶なと進ぜましょうほどに」

陶然《とうぜん》となった若侍にすっと身体を寄せて御影太夫が、耳元でささやいた。

「上からお斬りでござんしたなあ」

若侍の身体から、鋭い殺気が放出された。

三

吉原でのことは吉原の内で片付ける。

町奉行所は、求めがないかぎりかかわらないのが慣例だった。そのために、遊女屋の主たちが金を出しあってつくった会所があり、腕のたつ者が雇われていた。

　庄司甚右衛門が公許をえたときから、吉原はそうやって治安を保ってきた。実際は、膨張し続ける江戸の犯罪に音《ね》をあげた幕府が悪所を見捨てただけなのだが、おかげで吉原はかなり融通の利《き》くところとなっていた。

　総兵衛と若侍が会所から並んで出てきた。

　吉原のまんなかをつらぬく仲之町通りに人影はなく、わずかに立ち並ぶ遊女屋、揚屋の看板から漏れる灯《ひ》が、あたりをぼんやりと浮かびあがらせていた。

　若侍が総兵衛を見た。

「あの者はどうなるのだ」

「普通なら、髷《まげ》をおとして素裸にして大門から放りだすのですが、なにぶん池田《いけだ》さまのご家中でございますからなあ」

　総兵衛が、立ち止まって会所をふりかえった。遊女を襲った浅黄裏は備前岡山池田家の馬であった。

「どういうことだ」

「池田さまは、吉原創設以来のごひいきでございましてな。ご当代さまも、三浦屋の高尾《たかお》太夫にお馴染みで」

金払いのよい大名は吉原第一の客であった。

「池田さまのお名前が出てはいささか不都合なことになりまするゆえ、おそらく会所から駕籠《かご》で下屋敷までお運びすることになりましょう」

「そこで、あやつは詰め腹を斬らされるのだな」

「さて、お大名がたのお屋敷内のことは、わたくしどもにはわかりませぬ」

総兵衛が首を振った。

「臭いものに蓋《ふた》ということか」

若侍が吐き捨てた。

「見ぬこと潔しでございますよ」

総兵衛が諭すように言った。

「時分刻《じぶんどき》をすぎてしまいましたが、よろしければ我が家にて夕餉《ゆうげ》などいかがで」

総兵衛が歩きながら訊いた。

「……馳走になる」

一拍の間のあと、若侍はそれだけ言うと黙りこんだ。

総兵衛は、若侍を見世からではなく、路地にある潜《くぐ》りからなかへといざなった。

出てきた若い男に、総兵衛が尋ねた。

「桔梗は起きているかい」

「まだ太夫のところにいるようでやすが」

「呼んできなさい。それと夕餉の用意をな、二人分だ」

「へい」

総兵衛の住居は、見世の奥につくられていた。

「桔梗、給仕をな」

総兵衛に命じられた桔梗が、若侍の前に坐《すわ》った。

「あい」

桔梗が、片口《かたくち》を手にした。膳《ぜん》の上に置かれている盃《さかずき》を差しだしかけた若侍が小さくうめいた。

吉原の遊女たちの坐りかたは独特である。右膝をたて、左足首を曲げ左膝をつく。こうすることで裾《すそ》が小さく割れ、足と蹴だしがわずかに覗《のぞ》ける。露骨すぎないところがより一層の刺激となり、男をさらに興奮させる。歴史に練りあげられた吉原の技の一つである。

いまも桔梗の裾が割れ、緋色の蹴だしの奥に白い臑《すね》が見えていた。

片口から上質の濁り酒である諸白《もろはく》が盃にそそがれた。桔梗にうながされて若侍が盃をほした。

それを見て、総兵衛も盃を桔梗にだした。

「どうぞ、箸《はし》をおつけください」

夕餉の膳は、鱸《すずき》の酒浸し、豆腐の芋《いも》巻き、青菜飯、蕪《かぶ》のくき漬けと、手のこんだものが並べられていた。

総兵衛が訊いた。

「お屋敷にお戻りになられずともよろしいのでございますか」

「浪々の身だ」

若侍が応えた。

「さようでございますか」

身形《みなり》のきれいさ、手入れのいき届いた月代《さかやき》と若侍は、どう見ても浪人ではない。世慣れた総兵衛に、そのことが見抜けぬはずもないのだが、追及しようとはしなかった。

「そういえば、ご姓名をお伺いいたしておりませなんだ。あらためまして、わたくしめは、このいづやの主で総兵衛と申しまする」

「お……」

若侍は一瞬口ごもった。

「織江《おりえ》」

「織江さま、お名前もよろしければお教えいただけませんでしょうか」

総兵衛が重ねて問うた。

若侍が、桔梗の下肢に目をやった。

「……緋之介《ひのすけ》。織江緋之介」

「織江さま」

総兵衛が身体を緋之介にむけた。

「お帰りになるところがございませんのなら、しばらく我が家にご逗留《とうりゅう》なさいませんか」

こうして、織江緋之介と名乗った若侍は、吉原の遊廓いづやに居候することになった。

第二章　遊里の明暗

一

吉原には千をこえる人が住んでいる。主役である遊女たち、そして遊女屋の雑用をおこなう男たち、宴席を盛りあげる芸者に幇間《ほうかん》、揚屋に仕出し屋、髪結《かみゆ》いに湯屋と、吉原は一つの町であった。

そこの住人になってしばらくして、緋之介は気づいた。

吉原に遊女屋は数十軒あるが、いづやは揉《も》め事の多い見世《みせ》だった。いまも、怒声が見世先から聞こえてきた。

緋之介は、見世と奥とを仕切る板戸から顔をだした。めざとく緋之介を見つけたいづやの男衆の一人平助が駆けよってきた。

「旦那《だんな》」

「旗本奴《やっこ》か」

平助が首肯《しゅこう》した。

旗本奴は戦《いくさ》がなくなって発生した。

徳川のために働かなかった割に高禄を誇る外様大名への不満を旗印にした旗本の徒党が旗本奴である。奇妙きてれつな格好で町を練り歩き、あちこちで無理難題をしかける。幕府もなだめるだけの石高をだす余裕がないことから、つよくは咎《とが》めない。それをいいことに、暴れまわっていた。

「蛍狩りに御影太夫《だゆう》を連れて行くと……」

平助が小さく首を振った。

太夫を吉原から連れだすことなどできようはずもない。その無茶を押し通すことが、男を上げ、名を響かせることだと、伊達者《だてもの》と呼ばれる旗本奴や町奴《まちやっこ》は思いこんでいた。御法の埒外《らちがい》とされている吉原の看板太夫を連れだしたとなれば、それこそ一日で江戸中に名前が知れわたる。

旗本奴の声はますます大きくなり、対応しているいづやの男は汗をかいていた。いつもならあっさりとことをおさめる総兵衛の姿が見えない。

「総兵衛どのはどうしたのだ」

「運悪く寄り合いに」

「では、拙者《せっしゃ》が何とかしよう」

「そんなわけにはいきませんよ、旦那。あっしが、あとで君がてて叱《しか》られやす」

止める平助を振りきって、裏口から表へと回った。緋之介は大声をだした。

「出入り口をふさがれては迷惑千万」

「なんだ、おぬしは」

一番後ろにいた旗本奴がふりむいた。

「だから、邪魔だと申しておる」

緋之介は、旗本奴の手首を握ると外へ引きずりだし、目にも止まらぬ速さで当て身を食らわせた。

旗本奴が崩れた。

「どうした」

異変に気づいた旗本奴たちが、いづやから出てきた。

旗本奴は奇妙な姿をしていた。

月代《さかやき》を大きく剃《そ》った頭に小さな髷《まげ》をちょんとのせ、顔には墨で黒々と髭《ひげ》を書き入れである。幅足らず寸足らずの着物を、荒縄でくくっただけ、臍《へそ》はむろんのこと、胸毛もすね毛も丸見えで、腰から朱鞘《しゅざや》の両刀をさげていなければ、とても侍とは思えなかった。

「四郎太《しろうた》」

長々と地面に伸びている仲間を見て、一人が叫んだ。騒ぎに人だかりができた。

「きさま、なにをした」

旗本奴たちの目が、殺気を帯びて緋之介をにらんだ。

緋之介は無言で口の端を吊りあげた。

「神祇組《じんぎぐみ》を相手にするとはいい度胸だとほめてやろう」

頭分らしい旗本奴が一歩出てきた。すでに柄《つか》に手をかけている。やじ馬がいっせいに引いた。

「相手になってやる。色里で血の華を咲かせるのも一興」

残った三人の旗本奴が、倒れている仲間を引きずるようにして間をあけた。

「神祇組、武藤伴右衛門《むとうばんうえもん》」

伴右衛門が、太刀《たち》を抜いた。

「…………」

緋之介は、柄に手をかけることなく無造作に間合いを詰めていった。

白刃を前にしてのありえない行動に、伴右衛門がとまどった瞬間、その手から太刀が奪われた。

「柳生新陰流《やぎゅうしんかげりゅう》無刀取り」

旗本奴の一人が口にした。

伴右衛門は、呆然《ぼうぜん》と刀を失った手を見ていた。その首に、緋之介は奪った太刀を振りおろした。一滴の血も流すことなく伴右衛門が倒れた。

「峰打ちとはこしゃくなまねを」

柳生新陰流と口にした旗本奴が素早く太刀を手にした。腰の落としぐあい、青眼《せいがん》に構えた太刀先の揺るぎなさ、相当に修練を積んだことが見てとれた。

残る二人も刀を抜いたが、あきらかに劣っていた。

三人は、緋之介を囲むように足を進めた。

正対している一番の遣い手から目を離さずに、緋之介は奪った太刀を右脇に引きつけ、剣先を身体《からだ》で隠した。

四人から殺気がふくれあがった。

緊張が高まると、修行の浅い者が耐えきれなくなる。

緋之介の左にいた旗本奴が、奇声とともに刀を振りかぶって斬《き》りかかってきた。つられるように右の旗本奴も踏みこんだ。

緋之介は、正面の旗本奴から目をはずすことなく太刀を振るった。

鈍い音とともに左の旗本奴が刀を落として地に伏し、右の旗本奴は手を押さえてうめいた。二人とも左の親指が飛んでいた。

「許さぬ」

正面の旗本奴が、顔を朱に染め、一足一刀《いっそくいっとう》の間合いに踏みこんできた。一撃必殺を狙《ねら》っている。そう見た緋之介は、残心《ざんしん》の構えを解き、青眼へと太刀を戻した。

「きさま、その構え……新陰ではないな」

旗本奴の足が止まった。

緋之介は、半歩ふみこみ、太刀をはねるようにして横鬢《よこびん》を狙った。

旗本奴がわずかに顔をそむけることでかわした。が、体勢は崩さなかった。

緋之介は、休まず青眼から跳ね上げた太刀を右袈裟《けさ》におろし、さらに下段八相《はっそう》から逆袈裟と、休まず太刀をくりだした。

旗本奴は防戦一方だった。

緋之介がふいに太刀を止めた。

「馬鹿め」

疲れたと見たのか、旗本奴が青眼の太刀を上段にかえた。

いや、振り上げかけた。腕は高く上がっていたが、太刀は大きな音を立てて地に転がっていた。緋之介が、すばやく旗本奴の両手首を撃ったのだった。

呆然と膝をついた旗本奴の手首から血が噴きとんだ。

法被《はっぴ》を脱いだ平助が、すっとそばに寄ってきた。

「旦那。あとは、会所《かいしょ》にまかしやしょう」

緋之介は、手にしていた太刀を捨てると、人混《ひとご》みのなかへ紛れこんでいった。


吉原は、開設以来の大きな問題を抱えていた。

一つは湯女に代表される隠し売女であり、もう一つは幕府からだされた吉原移転の命令である。隠し売女の問題も大きかったが、なにより吉原を悩ませていたのは後者であった。

明暦元年（一六五五）八月、町奉行石谷《いしがや》左近将監《さこんしょうげん》貞清《さだきよ》に呼びだされた吉原の名代たちに驚きがはしった。

「これは、内々の儀なれど、ご老職がたより、ご城郭より一里も離れておらぬところに悪所あるはご威光にかんばしからず。将軍家ご代替わりも無事にすみしこともあり、特別の温情をもって吉原には別地をくだしおかれるゆえ、すみやかに所を立ち退《の》くように」

突然、本所《ほんじょ》、もしくは浅草日本堤《あさくさにほんづつみ》への移転を命じられた。まさに青天《せいてん》の霹靂《へきれき》であった。

吉原は、葺屋町東にあり、江戸城常盤橋《ときわばし》御門から十丁足らず（約一・一キロメートル）、日本橋から五丁（約五五〇メートル）しか離れていない繁華なところにあった。吉原が動いたのではない。江戸の町が広がっていくにつれて吉原が江戸城下にとりこまれていった結果だった。歩くだけで水がしみだすような湿地帯で江戸城城下のはずれだった吉原は、いつの間にか江戸城至近の一等地になっていたのである。土地の不足に悩む幕府が、江戸城近くに二丁四方という大きな敷地をもつ吉原に目をつけたのは当然であった。

「なお、御免遊廓《ゆうかく》とはいえ、悪所ごときに幕府から命をだすは憚《はばか》りあるをもって、吉原から願いをあげるとの形をとるように」

石谷は、さらに厳しいことを口にした。吉原からの申し出とすれば、移転の費用を幕府がまかなわなくてすむ。

「なにとぞ、ご再考を」

庄司甚右衛門の孫で吉原の惣名主《そうなぬし》である西田屋《にしだや》甚右衛門が嘆願した。

本所は隅田川を越えた未開の地であり、いっぽうの浅草日本堤は日光街道千住《せんじゅ》の宿に近く、江戸とはいえないほどに遠い。どちらにしてもこれまでの繁栄を望むべくもなく、吉原の抵抗は必死であった。

「ならぬ。すでに決まっておるのだ」

石谷は、けんもほろろであった。


何度目かの嘆願も功を奏さずに戻ってきた総兵衛を、緋之介が出迎えた。

「無駄だったようだな」

「はい。幕府のお偉い方には、ちゃんと付け届けはいたしているのでございますがねえ」

日に千両の金が落ちる吉原の袖《そで》の下だ、生半可な金額でない。それがまったく効かないほどに強いなにかが背後にある。名代たちはそのことを探るべく、江戸市中に人を走らせていたが、いまだに判明していなかった。

「織江、いや緋之介さま、一盃おつきあい願えますか」

緋之介は姓で呼ばれることをいやがる。総兵衛は言いなおすと、手を叩《たた》いた。

すでに半月が経《た》つが、緋之介は、いづやから出ていこうとしなかった。総兵衛も、そのことについてはなにも言わなかった。

あれ以来、緋之介は遊女に目もくれなかった。

すっと障子が開いて、平助が顔をだした。

「お呼びで」

「酒の用意をな」

「へい」

平助が去っていった。

緋之介は、総兵衛に目をむけた。

「忘八《ぼうはち》たちも何人か出ているようだな」

忘八は、仁義礼智忠信孝悌《こうてい》という人としての心を捨てた者のことだ。普段は遊廓の雑用をこなし、しきたりを破ったり足抜けをした遊女の連れ戻しや折檻《せっかん》、金をもたずに登楼した客の集金などもおこなう。荒事となると人の仮面を脱ぎすてて動き、死ぬことを怖《おそ》れないことから亡八ともいう。

総兵衛が、平助から片口《かたくち》をうけとった。

「あとはいいよ」

平助を下がらせた総兵衛が、緋之介に酒をついだ。

「吉原にとって生死の分かれ目ということは、忘八たちにとっても存亡の危急でございますからな。忘八者になった段階で、みな人別を失っております。吉原という庇護《ひご》がなければ生きていけません」

「拙者も同じよ」

緋之介が、苦そうに酒をあおった。

「行き場がございませんか」

「帰るところを失った」

緋之介は、片口を取りあげると盃《さかずき》に酒を満たした。

緋之介との酒をきりあげて、総兵衛が膳《ぜん》を下げに来た平助に訊《き》いた。

「御影太夫はどうした」

「京町二丁目の角屋《かどや》さんからお誘いが参りまして、さきほど」

誘いに応じるかどうかは太夫の気持ちしだいだが、遊女屋としては断られては困る。

「角屋さんということは、伏見屋《ふしみや》さんか」

「さようで」

吉原は、江戸の遊女屋だけで創立されたわけではなかった。東海道吉原の宿の遊女屋、大坂、京の遊女屋などもかかわっている。客は同郷の見世を贔屓《ひいき》にすることが多く、揚屋の名前だけで客がわかった。

角屋は京島原の遊廓から別家した揚屋で、やはり京から江戸に来て商いで一旗あげた伏見屋藤五郎《とうごろう》の定見世になっていた。

「ご執心だな。ここのところ毎日じゃないか」

総兵衛が呆《あき》れた顔をみせた。

太夫の揚げ代は、昼一日で銀三十五匁《もんめ》と決められている。金銀の相場は日によって変わるが、おおむね一両が銀六十匁であり、三十五匁は二分三百文ほどになる。ただし揚げ代は、太夫を抱える遊女屋へ支払うもので、揚屋に支払う座敷代、料理代、酒代は別である。

しかも、いきなり閨《ねや》ごとは飢えていると嫌われるので、芸妓《げいこ》や幇間を招いての宴会もしなければならない。他にも、太夫が引き連れてくる格子女郎や女童《こども》といわれる幼女、太夫の荷物持ちの忘八、揚屋の女将《おかみ》、仲居、男衆、さらに太夫に渡す祝儀もいる。

その祝儀だけで二両ちかくになる。全部あわせれば、一度の逢瀬《おうせ》に四両から五両の金がとんだ。

一両で米が一石以上買えた時代に、これだけの散財は大名か、高禄の旗本、裕福な商人でもないと不可能であった。

黙って聞いていた緋之介が、口を開いた。

「伏見屋とは、何者だ」

「芝の増上寺《ぞうじょうじ》門前町で人入れ稼業を営む男でございます。京から江戸へ出てきてまだ十年にもならないというのに、江戸の人足の四半分を握っているといわれておりまする」

総兵衛が応えた。

「江戸の町で普請の音を聞かないところはございません。人手はどこでも足りませぬ。人足の駄賃は鰻登《うなぎのぼ》り、人入れ稼業は笑いが止まらぬとか」

「御影太夫は、伏見屋に惚《ほ》れているのか」

緋之介の言葉に、総兵衛は目を丸くし、平助は口の端をゆがめて笑った。

「太夫が客に惚れることはございません。惚れたふりはいたしますが、惚れさせても惚れてはならないのでございますよ、吉原の女は。惚れたら終わりなんでございます」

　総兵衛が笑いながら説明した。

「男に惚れた遊女の末路は哀れにすぎまする。身体のつながりを金であがなうことがいやになり、揚げ代を男からもらわなくなりまする。ですが、見世には揚げ代を支払わないと男と会うことは許されませぬ。遊女が身銭を切るようになると、もう終わりで。借金がふえ、身動きできなくなってしまいまする。一世を風靡《ふうび》した太夫とて同じ。末は河岸《かし》に並ぶ小屋で客をとる最下層の遊女にまで落ちるか、客とともに死ぬか。さとい遊女は、年季が明けるまでけっして男には惚れないものでございまする」

「そういうものか」

　緋之介がさめた顔をした。

「女というものを知りたくて吉原に来たが、そうやって偽《いつわ》りの姿しか見せてもらえぬのなら、無駄であったか」

「いえいえ。ここほど、女といわず人というものの本性を見るに適したところはございますまい。緋之介さまは、まだ吉原の表さえも知っておられませぬ」

　総兵衛は、吉原創立に加わった一人で、六十歳にちかい。体格が大柄で、歳相応《としそうおう》なのは薄くなった髪を小さくまとめてゆった髷だけという偉丈夫であった。

忘八たちがその一言に逆らうことはなく、客あしらいもうまい。ときどき見せる鋭い眼差《まなざ》しあり、一筋縄ではいかないと、緋之介は見ていた。

「おいおい、吉原の姿をご案内申しあげましょう」

総兵衛がにこやかに首を振った。

「頼みいる」

緋之介は、律儀に頭を下げた。

仲之町通りがさわがしくなった。

「勝山太夫の道中のようですな」

総兵衛が言った。

大門に近い江戸町の遊女屋から京町の揚屋に呼ばれて出ていく太夫の一行を、江戸から京への旅になぞらえて道中といった。

「騒ぐほどのものなのか」

首をかしげた緋之介に、平助が驚きの声をあげた。

「ご覧になったことがございませんので。勝山太夫の道中を見ようと江戸中の男が人だかりするというに。そりゃあまた、稀有《けう》なことで」

「本当のお侍さまというのは、こういうお人をいうんだよ」

総兵衛が平助をたしなめた。

「ですが、勝山太夫は吉原の看板を背負った名妓《めいぎ》でございまする。いまの吉原の道中は、勝山太夫がつくりあげたようなもの。一芸をなしたる者の姿は見るに値いたしまする」

「一芸に秀でた者か。それほどのものなら、一見しておくべきか」

緋之介は立ちあがった。

いづやの店先に置かれた床几《しょうぎ》に、緋之介は総兵衛と並んで坐《すわ》った。

「ごめんなはいよ。商売のさまたげになりますんで、見世先はお開けなすって」

平助が見世の出入り口前にひしめきあっている見物客たちを除《の》けた。

数人が怒声をあげたが、平助に睨《にら》みつけられ、黙って道をあけた。おかげで、仲之町通りがすっきりと見えるようになった。

江戸町一丁目のほうからどよめきが聞こえた。

「どうやら、会所を出たようですな」

総兵衛が緋之介にささやいた。

「太夫の道中は、大門のところから京町の角までおこなわれまする。距離にして二丁（約二二〇メートル）ほどで」

「それならすぐではないか」

「なかなか」

総兵衛が首を振った。

「太夫道中は、この二丁ほどを一刻《とき》（約二時間）かけて進むので」

「たわけたことを。蝸牛《かたつむり》ではあるまいに」

緋之介は笑った。

「外八文字という吉原太夫独特の歩みをいたしますれば、それぐらいはかかるので」

緋之介は、いまだに信じられなかった。

剣でも槍《やり》でも、速さがあるからまっすぐに使える。蠅《はえ》がとまるような動きで太刀筋をととのえるのは至難の業《わざ》である。歩くのも同じであった。

「承応《じょうおう》二年（一六五三）のことでございましたゆえ、もう二年にもなりましょうか。湯女から吉原の太夫になった勝山が最初の道中だと衆目を集めたときに、今までの太夫が踏んでいた内八文字を逆にやって見せたのが外八文字で、江戸中の評判をとりました。そのあまりの美しさに、それ以降、吉原の太夫は皆、外八文字に変わったほどでございます」

緋之介の疑問に答えず、総兵衛が歴史を語った。

「同じ外八文字でも、御影太夫のものと勝山太夫のものは違うでありんす」

背中から声をかけてきたのは桔梗であった。

あれ以来、桔梗はなんとなく緋之介の身の回りのことをするようになり、馴染《なじ》みの客以外も取らなくなっている。総兵衛も、それについてはなにも言わなかった。

「御影太夫の外八文字のほうが、ずっと美しいでありんす」

桔梗が怒ったように顔をあかくした。

「八文字とはどんなものだ」

緋之介は、桔梗のようすにはまったく気をとめることなく訊いた。

「えっ」

肩すかしを食わされたように、桔梗が口をあけた。

「真似《まね》ごとぐらいはできるであろう、桔梗。やってみせなさい」

総兵衛もうながした。

「あい」

桔梗が褄《つま》を高めにとった。裾《すそ》が引きあげられて白い足と目にも鮮やかな蹴《け》だしが見えた。

「まずは外八文字でありんす」

緋之介の正面に立った桔梗は、裾を蹴るように踏みだした左足で外に弧を描くように一歩進んだ。数呼吸おいて同じように右足も追う。

左足で裾を蹴ったとき、一瞬ではあったが桔梗のふくらはぎから膝《ひざ》までが露《あら》わになった。

「ううむ」

緋之介がうなった。正面から見る外八文字の艶《つや》に目を奪われたのだ。

桔梗が満足そうに笑った。

「次が内八文字」

桔梗が一歩さがった。

やはり褄は取るが、外八文字に比べると拳《こぶし》一つぐらい低い。今度は、左足が右足の前を通るようにさきほどとは逆の弧を描いた。そのあとを右足が同じ動きで追う。

緋之介はつぶやいた。

「臑《すね》のなかほどまでしか見えぬな」

「勝山太夫が評判をとったのもおわかりいただけましたでしょうか」

総兵衛の問いに、緋之介は無言で首肯した。

平助が緋之介に声をかけた。

「そろそろで」

どよめきがかなり近づいていた。見物の背中が揺れた。少しでも前で見ようと身を乗りだしたのだ。

「ええい」

甲高《かんだか》い少女の声が見物の歓声をつらぬいて聞こえた。

手に煙草盆《たばこぼん》や鏡など太夫の荷物を手にした女童が見えた。だが、女童は立ち止まってなかなか前に進まない。

「ええい」

再度のかけ声とともに女童が動くまでに、煙草を一服吸うだけの間があった。

「勝山太夫」

「日本一」

「吉原看板」

見物客からのかけ声にあわせるように勝山太夫が現れた。

勝山太夫は、黒地に小さな蝶がわずかに舞っているだけの地味な小袖を後ろに大きく抜くように羽織っていた。だが、そこにいるのは紛れもない吉原一の太夫であった。美しさとかもしだされる迫力に、緋之介は思わず息をのんだ。

勝山太夫は、武州八王子の生まれで、本名を張《はる》といった。甲州武田《たけだ》家の遺臣の血を引くと噂《うわさ》されるがたしかではない。

十代の終わりごろ、神田雉子町《かんだきじちょう》は堀丹後守《ほりたんごのかみ》の屋敷前にあった紀伊国屋《きのくにや》という湯屋の湯女になった。勝山は生まれついての美貌《びぼう》と天性の頭のよさで、たちまち人気を博した。

湯女とは、湯屋にあって客の背中を掻《か》いたり、湯茶の接待をおこなう女のことだ。とは表向きで、湯をおとしたあとは、脱衣場、二階の休憩所を商売の場として春をひさぐ。安直な遊び場として、江戸中に数百軒を数える繁盛となった。

吉原がそれを許すはずもなかった。湯屋や岡場所と呼ばれる私娼《ししょう》がはやれば、客足が減る。吉原は公認遊廓として幕府に莫大《ばくだい》な運上をおさめている。それをたてに湯女の取り締まりを町奉行所に願いでた。

吉原の嘆願が一年ちかく続いたとき、ちょうどよい事件が起こった。

承応《じょうおう》二年（一六五三）閏《うるう》六月十六日、勝山太夫の取り合いから、旗本御家人数名と町人が喧嘩《けんか》騒ぎを起こした。騒ぎはすぐに駆けつけた町奉行所役人によってたいした怪我《けが》人が出ることもなくおさまったが、幕臣にまで悪影響がでたことから、幕府は江戸中の湯屋をいっせいに取り締まった。

幕府と吉原のあいだに取り決められた条によって、捕らえられた隠し遊女たちはその身を吉原に預けられ、二年のあいだ無給で端遊女《はした》として働かされることになっている。

しかし、勝山の人気に目をつけた吉原京町二丁目の妓楼の主山本芳潤《やまもとほうじゅん》は、引き受けた勝山をいきなり太夫の位につけ、話題をさらった。それ以来、勝山太夫は、吉原の看板となって君臨していた。

「いかがで」

見とれている緋之介に、総兵衛が声をかけた。

「見事だな。背中に一本筋が通っているようだ」

「お武家の出といいますからな、多少武芸の心得もあるのでございましょう」

「かも知れぬな」

総兵衛の言葉に、緋之介は同意した。

なまじの修行であの腰の据わりかたはできない。身体の線の外に大きく足を振りだしていながら、残された足は微動だにしない。いや、髷さえ揺れることはないのだ。

「勝山太夫は、道中のあいだはなにがあっても左右を見ることはないと申しまする。あれは、一年ほど前のことでしょうか。町奴の唐犬権兵衛《からいぬごんべえ》という六法者が、道中をしている勝山太夫の後ろに回って、髷の元結いを切ったことがございました」

「どうなったのだ」

緋之介は、勝山太夫から目を離さずに訊いた。

「勝山太夫は、顔色一つ変えることなく近くの茶屋に立ち寄ると、乱れた髪を供の格《こう》子《し》に丸く巻かせて鼈甲《べっこう》の簪《かんざし》で留め、そのまま何事もなかったように道中を続けたので」

「それが、あの髷のかたちか」

「さようで」

勝山太夫が咄嗟《とっさ》に作りあげた髷のかたちが、その逸話とともに注目され、勝山髷としていまや吉原中の遊女たちにひろがっている。

「小憎いまねをする」

緋之介は、ふといたずら心をおこした。

「なにをなされるおつもりで」

何かを感じたらしい総兵衛が慌てた。

「なにもせぬ。なにもな」

緋之介は、そう言い終わると、口を閉じた。

二人が話しているあいだに、ようやく勝山太夫はいづやの前を通りすぎようとしていた。緋之介には、もう横顔も見えない。勝山太夫が見物の人垣に隠れるための最後の外八文字を踏みだそうとしたとき、緋之介は無言の気合いをはなった。

勝山太夫の足が、外八文字の途中で止まった。そして、ゆっくりと背中をよじるように上半身だけでふりかえった。

緋之介と目があったが、勝山太夫は何事もなかったようにすぐに道中を再開した。

「勝山太夫がふりかえったぞ。色男でも来ているのじゃねえか」

見物の一人が大きな叫びをあげた。

仲之町通りは、勝山太夫をふりむかせた男を捜そうとする人々でざわめいた。総兵衛と平助とが、目を緋之介にむけたまま呆然としていた。

緋之介の殺気は、勝山太夫にだけ投げられたものだ。大勢いる見物客は、誰一人として緋之介に注意をしていない。緋之介の隣に腰かけていた桔梗も気づかず、見物と同じように興奮している。

「女ながらに見事なものだ」

緋之介は床几から腰をあげると、ぞろぞろと太夫道中について歩く見物たちとは逆に大門へ向かって歩きだした。

二

吉原は、その周囲を海に囲まれている。もともと葦《よし》の生えている湿地帯だったのを、数年の歳月と莫大な費用をかけて埋め立てて造りあげた土地である。

創始のころにどのような意図があったのかは不明だが、吉原はその周りに海を残した。

東を掘留に、残り三方を一間《けん》（約一・八メートル）ほどの堀でめぐらした吉原の唯一の出入り口が、大門である。

大門を出た北側には、弥生《やよい》町、新大坂町、乗物町などの町屋がひろがるが、それ以外はそうそうたる屋敷に囲まれていた。

東は三代将軍家光《いえみつ》の懐刀《ふところがたな》として辣腕《らつわん》をふるった側役《そばやく》五千石中根《なかね》壱岐守正盛《いきのかみまさもり》の屋敷と面し、南には親子二代にわたって京都所司代の重職にあり、大坂の陣、天草の乱と戦乱をくぐり抜けてきた板倉周防守重宗《いたくらすおうのかみしげむね》の屋敷がある。掘留を挟むとはいえ、西には御三家の一つ水戸《みと》家の蔵屋敷と、春日局《かすがのつぼね》の孫、稲葉美濃守正則《いなばみののかみまさのり》の蔵屋敷が並ぶ。

周囲だけではない。二丁（約二二〇メートル）も歩けば、宿老酒井雅楽頭忠清《さかいうたのかみただきよ》の下屋敷があり、堀を挟むとはいえ老中松平伊豆守信綱《まつだいらいずのかみのぶつな》の下屋敷もある。移転を命じられるも当然であった。

緋之介は、いつの間にか吉原東側の掘留に出ていた。

水面《みなも》を吹きわたる風をうけながら、緋之介は葦の隙間《すきま》を探して堤に腰をおろした。

一刻（約二時間）あまりもそうしていた。

大門をくぐったときはまだ明るかった江戸は、徐々に夕暮れへと変わっていった。

武家屋敷のあたりに灯《あか》りがともる。灯籠《とうろう》や篝火《かがりび》をたいて警戒するのだ。それに比して町屋は暗くなっていく。

日が落ちれば、江戸の店は閉まる。そのなかで、ぎりぎりまで稼ごうとする吉原だけが灯りをともしていた。

西本願寺《にしほんがんじ》で鳴らされた暮れ六の鐘に、緋之介は腰をあげた。

しかし、灯りをつけずに掘留に入ってくる舟に気づき、すばやく堤に伏せた。

吉原の東にある掘留は、諸大名の蔵屋敷の裏手になる。舟が入ってくるのは不思議ではないが、乗っているのが黒装束の一団となると怪しい。

緋之介は、葦をゆらさないようにゆっくりと近づいた。

八間（約一四・五メートル）ほど離れたところに二艘《そう》の舟がついた。

黒装束の船頭が、竹竿《たけざお》を突きたてるようにして舟を止めた。船頭を残した黒装束が無言で堤に降りたった。

戦国水軍が用いた小早《こはや》を一回り小さくしたような舟は、狭い水路にでも入りこめ、足も速そうであった。

掘留ほどの幅があれば、舳先《へさき》を回すこともできる。

緋之介は、少しずつ舟に近づいていった。

「狙いは大門より南に一丁、江戸町二丁目のいづや。二手に分かれる。おぬしたち四人は、二階をやれ。われらは一階を。一人も逃してはならぬ」

頭領らしい男の声が聞こえた。

緋之介は、音をたてずに刀の鯉口《こいぐち》を切った。

「おまえたち二人は、探索に専念せよ。われらも手が空《あ》きしだい助けるが、かならず見つけだせ」

黒装束が厳しく命じた。

「よいか、周囲に気づかれるな。声一つあげさせてはならぬ」

「はっ」

頭領の合図に、九人の男たちが夕闇《ゆうやみ》に溶けていった。

一拍おいて、緋之介は葦の茂みからとびだし、太刀を抜き放った。残っていた船頭役の黒装束が、慌てて舟から堤へと飛び移った。

手前の黒装束が竹竿を水平に持ちなおして構えた。その先から、穂先が飛びだした。一間の長さの仕込み槍が、剣の間合いを越えたところから緋之介を襲った。鋭く突きだされた仕込み槍を、緋之介の太刀が下段からすくうように弾《はじ》いた。

穂先が飛んだ。黒装束が、手に残った竹竿を捨て、腰の刀に手をやった。

黒装束は目をみはった。緋之介が立ち止まっていた。刀を抜きかけたまま、黒装束は一瞬動きを止めた。

槍を使えなくしたら、相手に刀を使わせる間をあたえずに攻撃するのが常道だ。それを緋之介はしなかった。

緋之介の右手が、柄から離れると天に向かってのびた。星明かりを受けてわずかな光を放つものがそこに吸いこまれた。

落ちてきた槍を受け止めた緋之介がそのままの流れで右手を振った。

黒装束の男がその正体に気づいたとき、後ろにいたもう一人の船頭が音を立てて倒れた。

ふりかえった黒装束の男は、胸に仕込み槍を生やして死んでいる仲間を目にした。

黒装束が、あわてて太刀を抜いた。だが、一気に間合いを詰めた緋之介によって、構えをとることさえもできなかった。

袈裟がけに斬《き》られ、掘留へと落ちた。

緋之介は、最後まで見ず、堤を駆けあがり、塀にとりついた。

吉原は、土地の周囲に黒く焼いた杉板をつかって塀を作っていた。大門以外からの出入りを禁ずるためだ。治安の維持もあったが、吉原に遊びに来た客を外から見えなくするためでもあった。

一間強（約二メートル）ほどある塀を、緋之介は勢いのままに登った。

塀の内側には、河岸《かし》と呼ばれる最下級の見世が並んでいる。九尺（約二・七メートル）ほどの間口に奥行きも同じだ。半間（約九〇センチ）四方の土間があり、夜具を敷いたら坐る隙間もない。見世の前に立っている男が主《あるじ》で、女は一人だけで、線香一本燃えるまでの時間をいくらと決めて、ただことをすませる。屋根など猫がのっても崩れるほどに薄い。灯《ひ》をともす金などないから、すでに真っ暗だった。

緋之介は、屋根に大きな穴が開いている見世を見つけた。

穴の下で、男と女が裸のまま重なりあって死んでいた。見世が終われば夫婦に戻るのが、ここには多い。上になっていた男と、組み敷かれた女の首が、一刀で斬りとばされていた。

緋之介は、血に濡《ぬ》れていない床を目指して飛びおりた。

死者を片手で拝み、走った。

暮れ六をすぎた吉原に人通りはない。会所が雇った火の番の巡りも一刻《いっとき》（二時間）に一度だけだ。

いづやまでは指呼の距離が、緋之介は遠く感じた。

一方、路地裏から塀をのり越えていづやに入った黒装束たちは、激しい抵抗にあっていた。忘八たちが、樫《かし》の六角棒を手に迎え撃ったのだ。

狭いところでは思うように動けない。

守る側は母屋《おもや》を背にして動かずに撃ち払えばよいが、攻める側は慣れぬ足場に苦労しながら出ていくしかない。六角棒は固く、太刀とあたっても斬れることはなかった。

刀と棒がぶつかりあう甲高い音が、あちこちで聞こえる。だが、刺客たちを防ぎきれるものではなかった。傷を負って後ろに下がる忘八が増え、陣が薄くなり、ついに黒装束が母屋にとりついた。

そのとき、緋之介が木戸の桟を一刀で斬りおとして庭に入ってきた。

「旦那」

真正面からの一刀を受けながら平助が叫んだ。

「拙者ならばこちらぞ」

緋之介は、黒装束たちに向かって怒鳴った。

戦いの場は母屋近くに移り、三人の忘八を五人の黒装束が襲っていた。五人の背後に、頭領らしい黒装束と、戦いに参加するなと言われていた二人がいた。ほかに二人いるが、棒を喰《く》らって片手を押さえている。

「二人で抑えろ」

頭領の合図で、傷ついた二人が緋之介に向かってきた。脇差《わきざし》を左手にもって無造作に間合いを詰めてくる。

緋之介は相手を待たなかった。無言で歩みより、一瞬腰を据え、太刀を水平に払った。

二人は声もなく首から上を失った。

「一刀流《いっとうりゅう》か」

頭領が、落ち着いて歩を進めた。

「無関係な者を襲うのはやめろ」

「そうか、おまえが持っているのか。命が惜しくば、こちらに渡せ。さらば、黙って立ち去ってやろう」

「なにをわからぬことを。命など惜しみはせぬ」

緋之介も刀を構えた。

「ゆけ」

頭領が小さく命じた。平助たちにかまっていた黒装束三人が、緋之介に向かってきた。

中央の一人が上段から右袈裟にきた。

「遠い」

切っ先は、半歩下がった緋之介の身体にわずかに届かず、地面をうがった。

慌てて下段から斬りあげようと手首をかえしたところを、ふみこんだ緋之介が真っ向から断ち割った。

「こやつ」

二人が左右から同時に襲った。右から上段で頭を、左からは横薙《よこな》ぎに胴を狙ってきた。

「ふん」

緋之介は、身体を傾けただけで二人に空をきらせた。互いの刃《やいば》が当たりそうになって体勢を崩すところへ、すばやく身体を回すようにして小さく太刀を振った。

泣くような声をあげて、首の血脈を断たれた。二人が血を噴きながら崩れた。

「できるな」

頭領がゆっくりと腰を落とした。

鞘口に左手を添え、ぐっと前に突きだした。右手はかるく柄に添えられている。

「居合いか」

緋之介も腰を低くした。

頭領が腰を左にひねるように沈めていく。

暗闇に、緋之介の太刀が月明かりを映して光った。

限界までたわめられた膝と腰のひねりを利用して刃が鞘走った。ぐっと頭領の姿がふくれあがる。刀は、光の尾をひいて緋之介の胴体に吸いこまれたように見えた。

下段に変わっていた緋之介の太刀が、火花を散らしてそれを受けとめ、弾きかえした。

ふたりの立つ位置が入れかわった。

「おう」

緋之介の太刀が、大きく後ろに跳んだ頭領を追って伸びた。

真剣の刃先は思ったよりも伸びる。緋之介の太刀は、頭領の身体に一条の傷を負わせるはずだった。それが着物さえ斬れなかった。

「しまった」

緋之介の悔やみが闇に浮いた。

「白研ぎにするのを忘れていたようだな」

胸元を見た頭領が、小さな笑い声をあげた。

白研ぎとは、刀にあら研ぎをかけておくことだ。日本刀は、鉄を鍛えてつくるだけに錆《さび》が大敵である。そこで、手入れがしやすいように本研ぎをし、刃の表面を丁寧に細かい砥石《といし》で鏡のように磨きあげる。

ところが、これは実戦には適していない。人を斬れば、刃に血や脂がつく。これが刃先をにぶらせ、ついには斬れなくしてしまう。よほど腕のたつ者でも、五人も斬れば、刀は使いものにならなくなる。それを防ぐために、戦に向かう侍たちは刀を白研ぎにだす。白研ぎにすれば、本研ぎと違って刃の表面が細かくささくれるので、脂がついても切れ味は落ちにくい。だが、白研ぎは錆びやすく、日常では使用されなかった。

緋之介の刀も、本研ぎのままだった。

「その若さでは戦場に出たことなどあるまい。心得がたらなかったな」

頭領が、体勢をたてなおすと、ふたたび腰を落として居合いの構えに入った。

緋之介は、太刀を捨てると脇差を抜いた。居合いを相手に間合いの狭い脇差は不利であった。しかし緋之介はあえて脇差を手にした。切れ味の落ちた太刀よりもよいと考えたのだ。

頭領が、低く地を這《は》うようにして詰めてきた。白光が下から緋之介を襲った。

緋之介は、跳び下がって避けた。

「よくぞかわした」

声に余裕が感じられる。頭領は三度刀を鞘に戻した。

居合いの妙は速さにあり、その極意は鞘内にあって決するとされる。間合いが読みにくく、いつ抜くかがはかりにくい。ために、対した者がおのれの手の内に仕合をしきることができなくなる。居合いは、つねに戦いの主導を握っていた。

背中を向けた緋之介めがけて、忘八たちをおさえていた黒装束二人が斬りかかった。

緋之介はふりかえりもせず、わずかに腰を落としただけでそれをかわし、突っこんできた二人の首筋に脇差をひらめかせた。桶《おけ》の水を一度にまいたような音がして血が飛んだ。

二人の死体が、緋之介と頭領のあいだに転がった。

「馬鹿どもが」

頭領が冷たい目を二人にむけた。

体勢を低くし、飛びこむようにして斬りかかる居合いにとって、踏みこんだ足場は重要である。不安定ならば、必殺の一撃に体重がのらず、速さを失うだけでなく軽くなってしまう。それこそ、脇差で弾き返されることもある。

足で地を削るように動いた頭領が、右に倒れていた味方の死体を蹴りとばした。

平助が小さな叫びをあげた。

「野郎、なんてことをしやがる」

忘八は、親兄弟や故郷のすべてと別れ、無縁になる。そのため、仲間同士のつながりは強かった。

緋之介は、近づいてくる忘八たちを止めた。

「よせ。おまえたちを護《まも》る余裕はない」

忘八たちの顔色が変わった。さらに進もうとしていた三人を、母屋からの命が止めた。

「緋之介さまのおっしゃるとおりだ。さがりなさい」

いつのまにか、右手に太刀を持った総兵衛が姿を現していた。

「いい判断だな。さすがは……」

「緋之介さま、これを」

頭領の声を遮るように、総兵衛が手にしていた太刀を緋之介に投げた。

太刀は見極めたかのように緋之介の左手におさまった。緋之介は、右手の脇差をそのまま落として太刀を抜いた。

「これは」

鞘走らせた緋之介が総兵衛を見た。ずしりと重く、肉厚で、三尺（約九〇センチメートル）の長さがある太刀は、胴太貫《どうたぬき》と呼ばれる実戦重視のものであった。

頭領がいきなり飛びこんできた。

無言で緋之介は胴太貫を握った。大きな火の粉が散り、二人を一瞬闇に浮かびあがらせた。

頭領が後ろに跳ぼうとした。

緋之介は、追った。

「ちい……」

頭領が下がりながら太刀を振った。

緋之介は立ち止まって流し、半歩間合いを開けた。

その間隙《かんげき》を、頭領は無駄にしなかった。いづやの塀際で控えていた探索役の二人を一太刀で斬って捨てた。

「なにをする」

緋之介が目をむいた。

「無手で戻ることはかなわぬ。また、生きて虜囚となるを許さず」

頭領が血塗られた刀を拭《ぬぐ》いもせずに鞘に戻した。血を残したまま鞘に戻したのでは、刃に血がこびりつき、三日もしないうちにさびついてしまう。つぎの一撃にすべてをかけるつもりだ。

「おのれは……」

緋之介の憤怒《ふんぬ》を無視するかのように、頭領が静かに足下を固めた。

これまでと違って緋之介に正対した。腰をひねることなく鞘を大きく前に高く突きだした。まるで柄頭で緋之介を狙うかのようであった。

「ほう」

見たこともない居合いの構えに、緋之介は武芸者としての興味が湧《わ》いた。

緋之介は、胴太貫を青眼につけた。そのままゆっくりと身体を沈めていく。途中で左膝を曲げ、片蹲踞《かたそんきょ》のかたちになった。

闇が静かに濃くなっていった。

総兵衛や平助たちも動けない。すさまじいまでの剣気に圧倒されていた。

緋之介と頭領の息づかいが重なった。

あわせたかのように、二人が跳んだ。

頭領の鞘が大きく後ろに投げ捨てられ、そのまま右手だけで片手拝みに真っ向から斬りつけてきた。

緋之介は、それは胴太貫の峰で受け、弾き返した。そのまま体当たりをするように身体をぶつけ、胴太貫を押しこんだ。

跳ね飛ばされた頭領が、いづやの塀にぶつかった。袈裟懸けに斬られた左肩から、闇のなかに赤い染みがひろがっていった。

「お見事でございました」

総兵衛が、緋之介の後ろに来ていた。

「助かった。今の一撃、この胴太貫でなければ、受け止められなかった。普通の刀なら折れていた」

緋之介はちらと頭領を見た。一つまちがえば、血のなかに横たわっているのは緋之介であった。

緋之介は、胴太貫の柄を総兵衛にむけて返した。

「お預かりいたしまする。研ぎにださねばなりますまい」

総兵衛が胴太貫を受けとった。

「迷惑をかけた」

緋之介は頭を下げた。

「なにをおっしゃる。こちらこそご迷惑をおかけしました」

二人は顔を見あわせた。

「おい、片づけを頼むよ」

総兵衛が平助を招いた。

「水《みず》さまへ報せを」

黙ってうなずいた平助が背を向けた。

「とりあえずなかへ」

総兵衛が、緋之介をなかへといざなった。

投げ捨てた太刀と脇差を拾い、緋之介は奇異な思いにとらわれていた。これだけの騒ぎながら、ついに周囲の見世からは誰一人出てこなかった。

三

吉原の朝はにぎやかだ。

明け六つ（午前六時頃）には、廓《くるわ》中の者が動いている。

昼見世しかできないゆえに、客が来たらすぐに迎えいれられるように準備しておかなければならない。忘八たちは見世を清め、遊女たちは客を迎えるために風呂へ入り身体を磨く。

吉原の大見世には内風呂があった。

家康が征夷《せいい》大将軍となった慶長八年（一六〇三）から、江戸は四十回をこえる大火に見舞われている。造りあげた町が灰燼《かいじん》に帰すだけではない。慶安《けいあん》の由《ゆ》井正雪《いしょうせつ》が企みのように、幕府転覆を狙う手段として火事を利用する者もある。幕府は、江戸の町屋に対して内風呂を厳しく制限していた。

それが吉原には適されていない。遊女が数人程度しかいない小見世はさすがに内風呂をもたないが、いづやや庄司甚右衛門の興した西田屋、高尾太夫で名の知れた三浦屋などの大見世は、内風呂があった。

「緋之介さま、お湯を」

桔梗に迎えられて、緋之介は内風呂に向かった。

遊廓で一番風呂に入るのは看板となっている太夫だが、いづやでは遊女のあとに侍である緋之介をいれるわけにはいかないと、毎朝いちばんに声をかけていた。

水の便の悪い江戸では、風呂は蒸し風呂である。浴室のなかに設けられた大釜《おおがま》に湯を沸かし、そこから出る湯気を逃がさないように密閉してある。

緋之介は、内風呂の手前で控える桔梗に刀をあずけ、下帯一つになってなかに入った。下帯をしたままなのは、万一入浴中に襲われたときに恥をかかない心得である。

伊達ぶりを競う世風を受けてか、錦や緞子《どんす》で下帯をつくって湯屋で自慢する者もいたが、緋之介の下帯は質素な木綿《もめん》だった。

白い湯気に包まれて、緋之介の身体から汗がふきだす。それを手にした竹べらでこそぐようにおとす。

「頼もう」

一段落したところで、緋之介は浴室の片隅に設けられた小窓に声をかけた。

浴室の外に釜がある。そこに詰めている忘八に身体を流すための湯をだしてもらう。

浴室の壁につけられた樋《とい》から新しいお湯が出てくる。手桶に受けた緋之介は、下帯を解いて腰回りを洗った。

「お湯加減はいかがで」

小窓の外に控えているのは平助だった。

「どうなっているのだ。ここを襲った連中はおろか、掘留の堤で倒した二人の死体も消えた。なにより、あれだけの騒ぎがあって、近隣から誰も出てこないのは妙ではないか。忘八も二人死んだようだし、拙者は十人斬った。なのに奉行所の手入れもない」

緋之介は別のことを問うた。

「……ここが吉原だからでやすよ」

しばらくの沈黙の後、平助が応じた。

「吉原だからどうだというのだ。徳川家が天下をとってもう五十年を数える。将軍も四代だ。この日の本の国の津々浦々までご威光の届かぬところはあるまい。ましてや、お膝元の江戸で、侍が黒覆面で遊女屋を襲い、死人が消える。そんな大事が、吉原だからということで許されるのか」

「吉原は世間じゃございやせん。客にとっては極楽、女にとっては地獄。あの大門からこっちは違う世なんで」

「どう違うというのだ」

「無縁なんでさ。吉原の大門から内は、どこともつながっちゃいねえんで。女の生き血をすって生きていく連中が住むところ。そんな人とはいえねえ者たちに誰が目を向けやすかい。お上は、吉原を許しながら認めようとはしていねえ。江戸のなかの穢《え》土《ど》。この世じゃねえところで、なにがあっても関係ないということでさ」

平助の声は淡々としていた。

「旦那も、あまり長くいると、無縁に染まっちまいますぜ。無縁は生きて行くには厳しいですがね、人とのかかわりを気にしなくていいだけに気楽で。旦那、そろそろ」

平助が、風呂からあがってくれと話を終わらせた。

緋之介は、ふたたび下帯を締めると浴室を出た。

「長湯でござんしたなあ」

桔梗が呆れた顔で見た。

隣に御影太夫についている女童がいた。風呂があくのが遅いのでようすを見に来たようだ。緋之介の顔を見ると、にこやかに笑って出ていった。

「すまなかったな」

緋之介は、桔梗から新しい下帯を受けとり、締めた。すばやく着物を身につけ、太刀を手にする。襲撃以来、緋之介は風呂でも厠《かわや》でも太刀を離すことはなかった。

そこへ御影太夫が入ってきた。

「よろしいでありんすか」

「いま出る」

緋之介は慌てた。それを気にするふうもなく、御影太夫がはらりと着物を脱いだ。

吉原の遊女たちの着物は一本の紐《ひも》だけで留められている。湯文字といえども例外ではない。閨に侍《はべ》るときの至便を考えてのことであったが、乱暴をはたらく客に着物を摑《つか》まれたときに逃げやすくするためでもあった。

雪にわずかな桃の花の色をうつしたような裸身が、緋之介の目にとびこんだ。小さな顔、細い首、肩から胸へと重みをましながら流れる乳房、片腕であまるほど細い腰回りに張りをみせる尻と、緋之介の前に御影太夫のすべてがあった。

緋之介は目をそらすことができなかった。

小首を傾けてほほえみ、御影太夫はどこを隠すでもなくじっと緋之介を見つめた。

「太夫」

桔梗に声をかけられて、御影太夫はようやく歩きだした。一人の女童がぬか袋を、もう一人が火のついた線香をもって続く。

「線香をなぜ」

かすかに薫る抹香の匂《にお》いに、ようやく緋之介は我にかえった。

「柔毛《にこげ》の手入れに使うんでありんす」

桔梗が厳しい顔をしながら言った。

吉原に暮らしてそろそろ二カ月になる緋之介は、柔毛が陰毛をあらわすことぐらいは知っていた。

「線香の火で焼ききると毛の先が丸くなって、触りがよくなるのでありんす」

「どうしてそんなことを」

緋之介は御影太夫の股《また》にほとんど毛がなく、かわらけのように肉筋まで見えたことを思いだしていた。

「いやな緋之介さま」

桔梗はそれに気づいたのであろう、いちだんと眉《まゆ》を細めた。

「毛切れを防ぐためでありんす」

遊女は性行為が仕事だ。それで客に怪我を負わせることはできない。そのために手入れを毎日していた。

「河岸や端のなかには鋏《はさみ》で始末するのもおりんす」

鋏を使うと毛先がとがる。ちょっとした遊女なら、そんな真似はしないということを言外に含んでいた。

「では、あちきも」

桔梗も衣服を脱いだ。御影太夫の妹女郎として湯屋をともにするのは仕事である。ここで身体の磨きかた、柔毛の手入れの仕方などを教わる。

緋之介は急いで浴室を出た。

昼見世は、遊女たちの食事が終わって一服したころからはじまる。武家や商人の一部には一日三食も広まっていたが、吉原は一日二食であった。

未《ひつじ》（午後二時頃）の刻を報《しら》せる拍子木が会所から鳴らされると、太夫、格子が見世に出てくる。太夫が一番奥に腰をすえ、その前を序列に応じて格子が坐る。最前列に端女郎が並んで準備は終わる。

大門が大きく開かれ、待っていた客たちが入ってきた。仲之町通りに面した大見世では、抱えている芸妓が三味線を弾く。遊客の心を浮つかせるように調子をはずませた音色が吉原中に響いた。

吉原が地獄から極楽へと見た目をかえる一瞬であった。

いづやが襲われて以来、緋之介と総兵衛はまともに話をしていない。緋之介が話しかけようとしても、総兵衛が避けるのだった。

緋之介は、遊客の流れに逆らい、大門を出た。

吉原を出たところに茶店が数軒並んでいる。普通の茶店とはかたちが違う。お茶を飲むのが目的ではない。吉原に入るときに顔を隠したい武士たちのために編み笠《がさ》を貸す編み笠茶屋であった。暖簾《のれん》も普通の倍ほどの長さがあり、外からなかを窺《うかが》うことは難しかった。

その前を通りかかった緋之介を、茶店から出かかった侍が見て驚いた。

侍は、緋之介の背中が見えなくなるまで暖簾の隙間から見張り、若い衆を呼び寄せた。そして、すばやく手紙をしたためて銭を握らせると、茶店を出た。

緋之介は、新大坂町を北に二筋越えて、小伝馬町《こでんまちょう》二丁目と三丁目の角を右に曲がった。その後ろ姿を、茶店を出た侍が見つめていた。

侍は、小走りに足を進めた。

小伝馬町三丁目をすぎると、馬喰町《ばくろちょう》一丁目になる。

馬喰町の二丁目、三丁目、四丁目のほとんどを馬場が占め、その東端は浅草御門におよんでいた。武士たちから尚武の気風が失われつつあったが、馬術を学ぶ者、大名や高禄の旗本の馬を預かる者などが、毎日ここで馬を責めていた。

緋之介は、馬場の片隅にたたずみ、初秋の風のなかで汗びっしょりになりながら馬を操っている者たちを見つめた。

尾《つ》けてきた侍が、民家の陰から緋之介に目をむけていた。

緋之介は、一頭の見事な葦毛《あしげ》を目で追った。

目つきが鋭く、たてがみが長い。胸の張り、足の太さ、間違いなく大名道具だった。飾り気《け》もない鞍《くら》をつけているが、その気品は他の馬の追随を許さない。力強い歩み、手綱《たづな》の動きに反応する速さ、乗り手の意思を確実に受けとめている姿は、まさに人馬一体であった。

葦毛がゆっくりと近づいてきた。

馬上から乗り手が声をかけた。

「いい馬であろう」

両足を鐙《あぶみ》からはずしている。礼儀を心得た乗り手に、緋之介は好感を抱《いだ》いた。

「まさに、名馬でござる」

緋之介は、感動の眼差しで乗り手を見あげた。緋之介にも馬術の心得はあった。剣術ほどではないが、そのあたりの武士に負けぬだけの素養はもっていた。

「火風《かふう》という」

乗り手が鞍からおりた。満足そうな笑みを浮かべていた。

「甲州武田家の旗印からとられたか」

「うむ。疾《はや》きこと風の如《ごと》く、侵すこと火の如く」

乗り手は葦毛の首を掻いた。うれしそうに火風がいなないた。

「乗ってみられるか」

手綱が差しだされた。

「よろしいのか」

緋之介は身をのりだした。

これほどの馬に乗れることなどおそらく一生ない。武士ならば一度は駆けさせてみたいと思って当然であった。

「馬は乗り手を選ぶ。火風も貴公ならばいやがりはすまい」

再度差しだされた手綱を受け取った緋之介は、すばやく鐙に足をかけて鞍にあがった。

「はいっ」

火風の腹に軽く鐙をあてると、ゆっくりと歩きだした。

緋之介はそのまま馬場を一周した。

「あてていいんだぜ」

乗り手が言った。目が笑い、蓮《はす》っ葉な言葉になっていた。

緋之介は、うなずき、強めに鐙をあてた。馬場に出ていた他の馬たちが避ける勢いで火風が走りだした。

緋之介は鞍から軽く腰をあげ、火風の首に身体を隠すように前にかがんだ。一周およそ八丁（約八七〇メートル）ほどの馬場をあっという間に回った。

「どう」

乗り手の手前で手綱を引いて、緋之介は火風を止めた。

「まさに名馬と感じましてござる。よき思いをさせていただきました」

興奮しながら手綱を返し、緋之介は礼を言った。

「なあに、馬も喜んでいるさ」

乗り手が火風の胴をかるく叩いた。

「申しおくれました。拙者、織江緋之介と申しまする。以後、お見知りおきを」

緋之介はかるく頭を下げた。

「おう、こちらも遅れたわ。谷千《たにせん》之助《のすけ》だ。よろしく頼む」

千之助は、緋之介よりいささか年長のように見えた。

「どちらのご家中でござるか」

緋之介は訊いた。

谷という名前に憶《おぼ》えがなかった。これほどの馬ともなれば、千石程度の旗本では扱いきれない。専属の廏番《うまやばん》が数人必要になる。大名でないと難しい。

「北国の田舎大名だ。家名は勘弁してくれ」

「これは失礼を申しました」

緋之介は詫《わ》びた。詮索《せんさく》できる立場でないことを忘れていた。

「遊んできな」

千之助が手綱を放した。火風が少し離れたところで馬場の草をはみだした。

「坐らねえか」

「ごめん」

千之助に誘われて、緋之介は腰をおろした。

日差しが西にかたむき始めている。そろそろ七つ（午後四時頃）だ。馬場にいた他の馬たちの姿が、三々五々と消えていく。

「江戸もんだね、あんたは」

「いかにも。長く離れてはおりましたが」

「剣術遣いのようだが」

千之助の目が緋之介の左手を見ていた。

剣の修行を重ねると、柄頭のあたる左掌に大きなたこができる。武士ならばほとんどの者がもっているが、緋之介のそれは明らかに他に比して大きく硬かった。

「遣えるというほどの腕ではございませぬ。谷どのこそ、かなりお遣いになられるとお見受けいたしましたが」

緋之介は千之助の肩を見ていた。しっかりと盛りあがった肉は、修行を積んだ証《あかし》であった。

「勘弁してくれ。ちょっとかじった程度だ。それよりも、谷どのはやめてくれ。千之助でいい。そのかわり、こっちは緋の字と呼ばせてもらう」

「わかりました」

緋之介は、あけひろげな千之助に好意をいだいた。

「武士らしくねえと思っているだろう」

千之助が緋之介の心を見透かしたように言った。

「まあいいやな。われは次男なんだよ。それも、おやじに認められていない息子でな。

子供のころから武士以外の連中と在所や深川で過ごしてきたのさ。それが、妙なことで兄にかわって家を継ぐことになっちまった。三つ子の魂百までじゃねえが、なかなか武士の水になじめなくてな」

千之助が苦笑した。

「わたくしも次男でございまする」

緋之介も語りだした。

「家は兄が継ぎました。貧乏旗本のつねで、次男は養子にでも行かぬかぎり、生涯兄の厄介者《やっかいもの》になりまする」

手柄をたてて禄高を増やすことがなくなって久しい。大名家や高禄の旗本ともなれば、次男に封禄をわけて別家させることもあるが、石高の少ない家ではそれも難しかった。次男以降の生涯は、どこの家でも大きな問題だった。

「郷士の家に婿《むこ》養子として参ったのでございまするが、そこで大きな失敗をおかしまして、江戸に逃げ帰った……」

「はいいが、実家には戻れねえ。よくある話じゃねえか」

千之助が緋之介の言葉を継いだ。

「ところで、緋の字よ。ありゃあ、おめえの実家の連中かい」

千之助がたずねた。

馬場の四隅から侍が湧いてでた。緋之介は、起きあがると柄に手をかけた。

馬場からすっかり人気《ひとけ》が消え、知らぬまに日が落ちていた。

緋之介の表情が締まった。

「どうか、千之助どのは火風とともにお離れくだされ。どうやら、わたくしを追ってまいった者どものようでございますれば」

「郷士にしちゃ、身なりがいいな」

千之助が立ちあがった。

またたく間に、二人は十名をこえる侍に囲まれた。

「こちらのお方は拙者と関係ござらぬ。通されよ」

緋之介の声にも、侍たちは無言で間合いを詰めてきた。

「問答無用か。よほど怒らせたのだな」

千之助が刀を抜いた。

「関わり合いになられては、お立場が」

もっと早くにうって出るべきであった。緋之介は、千之助に刀を抜かせたことを後悔した。

「売られた喧嘩は買うたちでな」

千之助が笑った。

二人が、緋之介と千之助に同時に斬りかかってきた。緋之介は受け、千之助はかわした。

総兵衛が、緋之介の差料にと胴太貫を貸してくれていた。普通の太刀なら、受けることで刃を欠いたり折れたりすることがある。だが、戦国時代に武者を鎧《よろい》ごと両断することを目的につくられた胴太貫は、肉厚で折れることはまずない。それを白研ぎにしてある。なまなかなことで切れ味が鈍ることはなかった。

ふたたび斬りかかってきたのを、緋之介は真っ向から両断した。千之助も大きく前に出て、太刀を握った。

残った侍たちが一度にかかってきた。二人は前後左右からの攻撃にさらされることになった。

緋之介の胴太貫が振りおろされるたびに、首がとび、腕が落ちる。

だが、千之助は追いつめられていた。助けに行こうにも、あいだに入りこまれて動けない。残った連中は、遣い手ばかりであった。

千之助の背中に迫った侍が、太刀を振りあげた。

「後ろを」

緋之介は注意の声を出すしかできなかった。

千之助が鋭い口笛を吹いた。いななきとともに地響きをあげて火風が侍たちの輪にとびこんだ。陣形がくずれた。

火風の蹄《ひづめ》にかけられて、二人がふきとんだ。

緋之介は、その隙を逃さなかった。立ちふさがった相手を蹴りとばし、大きく踏みこんで、千之助の後ろと右を囲んでいた二人を一刀の上げ下げで斬り伏せた。

「退けっ」

怪我人を抱え、残った侍たちが逃げていった。

「助かったぜ」

千之助が、緋之介に頭を下げた。

「いえ、火風のおかげです」

緋之介は火風の首筋をなでた。火風が誇らしげに大きく首を上下に振った。

「さて、この後始末だが、役人はちょいと都合が悪いので、このまま消えさせてもらうぜ」

千之助が鮮やかに火風にまたがった。

「わたくしも同様でございまする」

緋之介も役人に捕まるわけにはいかなかった。

「縁があったら、また会おう」

「ご迷惑をおかけいたしました」

二人は急いで馬場から離れた。

緋之介は、かなり間をあけて尾行してくる男の存在に気づかなかった。


吉原の大門は暮れ六をすぎれば閉じられる。もっとも、両脇に潜《くぐ》り門があり、深夜といえども出入りはできる。緋之介は潜り門を小さく叩いた。

「誰でえ」

会所から門番の忘八が出てきて誰何《すいか》した。

「いづやの織江だ」

「旦那ですか」

門番がすぐに潜り門の閂《かんぬき》をはずした。

顔見知りの忘八に迎えられて、緋之介は潜り門を通った。

その背中で門が閉じられ、ふたたび閂がかけられた。しばらくして、大門の前に設けられている灯籠の灯りに人影が浮かんだ。

「吉原に住んでいるのか」

編み笠茶店で緋之介を見咎めた侍は、すばやく身をひるがえすと、闇のなかへと走り去っていった。

いづやに戻った緋之介を、総兵衛が待っていた。

「ご一緒に夕餉《ゆうげ》をとぞんじまして」

緋之介の膳も総兵衛の居間に用意されていた。

「お着替えをなさりませんといけませぬな」

返り血に気づいた総兵衛が手を叩くと、平助が真新しい小袖を持って入ってきた。

「あのときは返り血一つ浴びられておりませなんだが、此度《こたび》はかなり厳しいごようすで」

着替えている緋之介を見ながら総兵衛が言った。

「どうやら、おぬしも虎視《こし》されているようだな」

さきほどの連中こそが追っ手であり、先日のいづや襲撃が己を目的としたものではないことに、緋之介は気づいていた。

「お互いさまと申しましょうか」

総兵衛がさらっと笑った。

「命を狙われながらも、お行きになるところがなく、さらには女の修行をなさりたい緋之介さま。一人でも腕の立つものがほしいわたくし。なにかと助け合えるのではないかと思案いたしますが」

「わけはともに訊かず、手だけを貸しあおうというわけだな」

「はい」

総兵衛がうなずいた。

「よかろう」

緋之介は総兵衛の提案をのんだ。

第三章　江戸の華

一

緋之介は、いづやで退屈していた。しばらくは出歩かないようにと総兵衛に釘《くぎ》を刺されてしまったのだった。

馬場での戦いから三日たっていた。朝から出かけていた平助が戻ってきたのは、吉原の昼見世《みせ》が始まる寸前であった。

「妙でやすぜ。旦那《だんな》は、まちがいなく人を斬《き》った」

平助の問いかけに、緋之介は首肯《しゅこう》した。

「ですがね、その死体を見た奴がいねえんで」

あの夜、緋之介から詳しく場所を聞いた平助が馬場まで行った。だが、死体はおろか血の跡さえも見つけることができなかった。

「草を刈った跡があったし、砂をかぶせてあったので、旦那のおっしゃることが嘘《うそ》じゃねえとは思うのですがねえ」

平助は頭をかかえていた。

「暮れ六をすぎていたからな、人通りはなかった」

「そういう問題じゃござんせんよ」

平助がため息をついた。緋之介の世間知らずに呆《あき》れたふうであった。

「死体は人目につくものなんで。堀に捨てても二、三日で浮いてくるか、杭《くい》にひっかかる。獣に掘りかえされないように埋めるには、かなり深い穴を掘らなければいけやせん。なにより、動かすと目立ちやす。それが、どこを訊《き》いてまわっても、見た野郎がいねえ。浅草橋御門はすでに閉まっていたでやしょうから、川を渡ったとは思えやせん。馬喰町から小伝馬町、日本橋にいたるまで聞きこみやしたが、ぜんぜんで。自身番所にも尋ねやしたが、まったく同じ。こりゃあ、相当難しいですぜ」

「すまぬな」

緋之介は頭を下げた。

「お相手の名前を教えてくださると、ずいぶん助かるんでやすがねえ」

平助が恨めしそうに緋之介を見た。

「………」

「はあ、だめでやすか」

無言になった緋之介に、平助は大きなため息をついて立ちあがった。

「もう一度行ってきやす」

平助の背中を見送りながら、緋之介は同様ではないかと思っていた。総兵衛もいずやを襲った一団について何一つ緋之介に話していない。

「お邪魔いたしますよ」

総兵衛が、緋之介の居間になっている庭に面した離れに入ってきた。家の東北にあり、庭と路地に面した塀を一望できる。緋之介は望んでここに腰を据えていた。

「平助から馬場のようすを聞かれましたかな」

二人のあいだで相談がなって以来、総兵衛の口調が変わっていた。

「うむ」

「わたくしめのも、あまりいい話ではございませぬ。あの日、死体を運んだ駕籠屋《かごや》が見つかりませぬ」

医者以外は、大門うちへの駕籠は禁じられていた。だが、駕籠屋が大門外で客を取ることは許されている。客は楽しんで帰るところなので、気が大きく、代金以外に酒手と称する心付けをはずむことが多かった。

駕籠屋にとって、吉原は上得意だ。その依頼を断るはずもない。

総兵衛の手際のよさに、緋之介は驚いていた。

「死体を運ぶには、背中に負《お》ぶって行くこともありますが、普通は戸板か駕籠を使いまする。戸板は丸見え、ひそかになら駕籠と思ったのですが、残念ながら。緋之介さまのお相手は、一筋縄ではいかないようでございますな」

総兵衛が小さく笑った。

「ところで、今宵《こよい》は後の月見でございます」

吉原では、五節句の他に、二月の初午《はつうま》、八月八朔《はっさく》、十一月火除《ひよ》けなど、多彩な行事が毎月のようにおこなわれていた。

これらの日は、遊女総揚げと決められていた。客がつかないと、遊女は自分の揚げ代を支払わねばならなくなる。だから、馴染《なじ》みの客などに前もって約束をさせたり、手紙をだしたりして、かならず来てくれるようにと頼みこむのだった。

御影太夫くらいになると、逆にどの客をこの日に呼ぶかで選ぶのに困るぐらいだが、格子《こうし》や端《はした》のなかにはそれこそ必死になるのもいた。行事前になると、好きでもない客に惚《ほ》れたふりをする遊女もふえ、それを勘違いした客から行事あともしつこくされて揉《も》めることも多かった。行事は、遊女にとって辛《つら》い一日だった。

緋之介は、桔梗がうつむいているのに気づいた。桔梗が、最近は揚屋に呼ばれていないことを、緋之介は思いだした。

「すまぬことをした」

緋之介は、懐《ふところ》から大判を取りだした。

「総兵衛どの。これで桔梗を今宵買いきれるか」

「よろしゅうございます」

総兵衛は大判を受けとった。

「これで、桔梗は今年いっぱい緋之介さまに買いきりとさせていただきましょう」

桔梗が、うれしいような哀《かな》しいような顔をした。

緋之介は首をかしげた。

「しかし、総兵衛。今宵はたしかに名月ではあるが、昼見世だけの吉原では月見ができぬのではないのか」

「はい。まあ、本物の月を愛《め》でずとも、遊女の尻《しり》が満月にございますれば」

総兵衛が笑いながら去っていった。

「そなたも下がってよいぞ」

緋之介に言われた桔梗も立ちあがった。部屋を出るときに恨めしそうに振り返ったが、緋之介は物思いにふけっていて気づかなかった。

昼見世の終《しま》い時刻が近づいていた。

秋の日差しは、夕焼けから一気に消えていく。暮れ六の鐘が鳴りだすのも間近であった。

「稲村《いなむら》さま、本当においでくだされ、うれしいでありんす」

いづやから通りを一つ挟んだ角町の万字屋扇千代《まんじやせんちよ》方の端遊女、橘《たちばな》が行為の後始末をしながら甘えた声をだした。

「武士に二言はない」

稲村宗次郎《そうじろう》は、透かせば向こうが見えることから御簾紙《みすがみ》と名付けられた安い紙で一物を拭《ふ》かれながら応えた。

「暮れ六までまだ少しあるな」

始末を終えて素裸に小袖《こそで》を羽織っただけの橘を見ながら、稲村がつぶやいた。

「酒をもらおうか」

「あい、ちょいとお待ちくだしゃんせ」

橘が、屏風《びょうぶ》でしきっただけの大広間から顔をだし、忘八《ぼうはち》を呼んだ。

大広間に残っている客は数えるほどだった。馴染みの遊女と語らいながら煙草《たばこ》を吸ったり、酒を飲んだりしていて、稲村に注意を向けている者はいなかった。

「お待ちでありんした」

橘が、膳《ぜん》の上に片口《かたくち》と盃《さかずき》を二つのせて戻ってきた。

「お飲みなんし」

二人はしばらく無言で酒を交わしていた。やがて刻《とき》の鐘が聞こえてきた。

「次はいつお見えくだしゃんすか」

橘が稲村にしなだれかかった。

「三日までには来る」

稲村が、橘の懐に手を入れ、乳房をもてあそびながら応えた。

「まことでありんすか」

橘が喜色をうかべた。心付けも気前よくはずんでくれる稲村は、橘にとって上客だった。

「聞いた話なのだが、この吉原に侍が住んでいるとか。それはまことか」

稲村が問うた。

「あい、あちきもお噂《うわさ》だけは」

橘がうっとりとした顔をしながら言った。

「それがどうかしたのでありんすかえ」

稲村が、見あげてくる橘からそっと目を離した。

「吉原に住めるものなら、拙者《せっしゃ》もそうしたいと思うたのよ。かなえば、毎夜でもそなたのもとへ通えようが」

「あれ、うれしいこと」

橘が胸に入っている稲村の手を押さえた。

「どのようなご仁《じん》か会ってみたいと思っておる。かと申して、いきなり訪ねてまいるは礼に失するであろう。そなた、次までに訊いてみてはくれぬか」

「あい、あい」

橘がうなずいた。

「では、頼むぞ」

稲村が小粒金を橘に握らせた。小粒金は大きさによって価値が変わる。とはいえ、揚げ代が銀五匁と決まっている端女郎への心付けとしては破格だった。

ご機嫌な橘に店先まで送られ、稲村は吉原を出た。

後の月見から十日がたった。

「なんだ……」

妙な気配に、緋之介は目を覚ました。雨戸を開けると半鐘の音が聞こえた。

総兵衛も起きてきた。

「緋之介さま、火事のようでございますな」

「どのあたりだ」

「平助を見にやりました。半鐘の音がそれほど遠くないのが気になりまする」

江戸の町々に設けられている自身番所の上に、半鐘矢倉がある。その災害の状況と距離で叩《たた》きかたが違う。慣れてくれば、その音だけでどこでなにがあったのかわかるようになる。

緋之介は、見世の二階から屋根へ出た。総兵衛もついてきた。二人が屋根に腰をおろしたとき、吉原全体がざわつき始めた。

「きみかてて」

平助が軽い身のこなしでやってきた。緋之介は、火事の場所を訊いた。

「どこだ」

「神田大工町だそうで」

「お城のすぐ手前じゃないか」

総兵衛が驚いた。

緋之介は、急いで居室に戻った。そして、小袖を羽織り木綿《もめん》袴《ばかま》をつけると、両刀を差していづやを出た。

吉原から大工町までは、およそ六丁（約六五〇メートル）ほどだ。

四つ（午後十時頃）をすぎると、江戸の町は木戸が閉じられ通行ができなくなる。だが、火事のときは、近隣の木戸は避難を妨げないように開かれた。

しかし、三代将軍が亡くなった幕政の混乱を狙《ねら》った由井正雪の乱をうけ、江戸城の諸門は逆にかたく閉じられ、大番組の組士たちが警衛にあたる。さらに江戸城近くの火事となると、旗本や諸藩の藩士たちもようすを見に出てくる。

人と馬で、町はごったがえしていた。

江戸の町屋の消防はないも同然であった。一部の富裕な町人が、独自に出入りの大工や鳶《とび》に依頼して家財道具の運搬、蔵の目張りなどをする程度で、消火はほとんどおこなわれることがなかった。

幕府から奉書を受けた大名が抱えている人足で組織した大名火消しが出動はする。しかし、火を消すというより、周囲の家屋を破壊して延焼を止めるのが精一杯だった。庶民は火事に対してまったく無力であった。

人をかきわけ、緋之介は馬喰町にたどりついた。お城を目指して進めば神田大工町になる。

だが、緋之介はそこから進めなかった。家財道具を背負って逃げてくる庶民が、悪鬼の形相《ぎょうそう》で切れることなく日本橋から押し寄せてきていた。

その背後に、燃えさかる炎があり、まさに阿鼻叫喚《あびきょうかん》の図であった。

燃えるにまかせた火事は夜空を排し、真昼のように江戸の町を照らしていた。

「緋の字じゃねえか」

呆然《ぼうぜん》としている緋之介に声がかけられた。

「千之助どの」

呆れたような顔をして千之助が立っていた。

「命を狙われているにしちゃ、隙《すき》だらけじゃねえか。いまなら、赤子でもおぬしを殺せるぜ。誰か知り人でもいるのか」

「…………」

緋之介は無言であった。

「言いたかねえか」

千之助が小さく笑った。

「しかし、油断しすぎだ。まあ、無理はねえか。火事は人も家も物も、そして心も奪うからな」

千之助が遠くに目をやった。

「やっとこ奉書火消しが出たようだ。遅すぎるぜ。奉書なしでも出られるようにしねえとな」

火事場の向こうに、燃えさかる火に照らされた旗印が見えた。奉書火消しは老中からの許可なく出勤できなかった。

「さて、戻るとするか」

千之助がふりかえり、馬喰町の通りを見た。

金輪抜の笠《かさ》をかぶって立派な馬にまたがった侍が、供を三人連れて立ち往生していた。

「通せ、通さぬか」

供が走ってくる群衆を止めようとしているが、それこそ奔流を前にした小石状態で

れてしまった。

あった。業を煮やして無理に前に出ようとした一人が、町人に足払いをかけられて倒

「おのれ、無礼な輩《やから》ども め」

馬上の旗本が、手にしていた鞭《むち》を振りあげた。旗本の顔が、必死の形相で逃げてく

る子連れの女に向けられた。

千之助が駆けだした。緋之介も続いた。群衆の流れを縫うように走った千之助が怒

鳴った。

「よさないか。武士が、逃げまどう女子供に鞭をふるうなど、言語道断なるぞ」

千之助が、すばやく馬の轡《くつわ》をとると馬首を右にふった。馬の首が邪魔をして鞭が振

りおろせなくなった。

「なにをする。きさま、わしが大番組西岡隼人正《にしおかはやとのしょう》と知っての狼藉《ろうぜき》か。役目をもって

火事場へ向かうを邪魔するとあれば、そのままには捨ておかぬぞ」

「周りが見えていないのか。人の流れに逆らうときは、馬からおり、道の隅を進むの

が心得であろう」

「お城が危急のおりに、そのような悠長なことをしておれるか」

隼人正が手綱《たづな》を引いた。馬が大きく前足をあげた。そのまま千之助に覆いかぶさる

ように落ちてくる。

「危ない」

雑踏で太刀《たち》を抜いては他人を傷つける。緋之介は脇差《わきざし》を抜いた。

千之助が叫んだ。

「馬は斬るな」

緋之介は、馬の腹下をくぐり、鞍《くら》を止めている腹帯《はるび》を両断した。

鞍がずれて、馬上の隼人正が手綱を握ったまま落馬した。馬の首が右に大きく振られた。千之助は、傷一つおわなかった。

「相変わらず見事だな」

千之助が緋之介を誉《ほ》めた。

「おのれ、おのれえ」

立ちあがった隼人正が太刀を抜いた。供たちも刀を抜く。たちまち、周囲にいた町民から悲鳴があがった。

「殺すなよ」

緋之介は、無言でうなずき、脇差のまま隼人正に無造作に近づいた。

隼人正が上段から斬りつけてきた。

間合いが遠すぎた。隼人正は空振《からぶ》りして太刀を地面に食いこませた。

「うわっ」

緋之介は、脇差で隼人正の首筋をうった。隼人正が糸の切れた人形のように崩れた。

供二人をあしらっていた千之助がちらりと見た。

「おい、このままだと家名に傷がつくぞ。目付《めつけ》や町方に見つかるまえに、殿さまを抱えて帰ったほうがいい」

供二人は、慌てて隼人正を馬にのせると、日本橋に背を向けて逃げていった。

「助かったぜ。しかし、おめえと会うと、かならず刃物沙汰《ざた》になるなあ」

「申しわけございませぬ」

緋之介が詫《わ》びた。

「いやいや、他人《ひと》のことを言えた義理じゃねえ。いまのはこの方から仕掛けたことだ」

千之助が笑った。

「どうやら、火事も落ち着き始めたようだ。帰るとしよう。またな」

千之助が緋之介に別れを告げた。

緋之介は、後ろ姿を見送り、火事場をふりかえった。火勢がおさまり、夜空の明るさもおちてきていた。町方が出張《でば》ってきた。

緋之介は、背をむけた。

二

風が肌寒い初冬の十月一日、吉原の名主たちに評定所に来るようにと差し紙が届いた。

重い足取りで辰口《たつのくち》に向かいながら、二代目西田屋甚右衛門、山本芳潤《やまもとほうじゅん》らが不安げな顔をしていた。芳潤が言った。

「移転の御沙汰の返事を遅らせておりますからな。そのお叱《しか》りを受けるのではございませぬか」

総兵衛は、ほほえんだ。

「大丈夫でございましょうよ。移転の話は、町奉行石谷さまのお話にもありましたように、まだ内々のこと。再々の町奉行所へのお呼びたては、吉原から願いをあげさすようにとのご配慮でしかござらぬ」

「では、どのような御用でござろうか。まさか、運上をさらにあげよとの御沙汰ではござらぬでしょうな」

芳潤が口にしたのを、甚右衛門が否定した。

「吉原の運上は陰でござれば、評定所で言われることではないかと」

売りあげの一割を、吉原は幕府に運上としてとりあげられている。だが、さすがに遊女たちの生き血で稼いだ金の上前をはねているのは外聞が悪いと考えた勘定奉行らによって、裏の金とされていた。

「ならば、なんなのでござろうか」

勝山太夫を抱えたことで一気に吉原一の稼ぎ頭にあがった芳潤は、もとは京から出てきただけに、江戸者の総兵衛や甚右衛門に比べて気弱であった。

三人のなかでいちばん若い甚右衛門が芳潤をなだめた。

「ご老体、そう気に病まれてもいたしかたございますまい。とにかく出てみないことにはらちもあきませぬ」

評定所は、江戸城の東南にあたる和田倉御門の外にある。伝奏《てんそう》屋敷と隣接し、二千坪ちかい敷地をもつ。老中、若年寄、寺社奉行、町奉行、勘定奉行らが五手掛《ごてが》かりとして、合議をおこない、幕府の重要な施策を決めたり、大名や旗本などの非違をただしたりする。必要があれば、五手掛かり以外の役職の者が同席することもあった。呼びだされただけで腰を抜かした大名もいたというほど厳しいことで有名なところだった。

半刻（一時間）ほどで着いた三人は、評定所の門前で呼びだしを待った。

「吉原の名主一同、通りませい」

門番に伴われて、三人は評定所のなかに入った。下人扱いの吉原名主は、玄関をあがることは許されず、ぐるりと建物を回るように中庭に通された。

玉砂利の上に敷かれた薄いむしろに坐《すわ》らされた三人を、床上から幕府閣僚の面々が見つめていた。

「西田屋甚右衛門、山本芳潤、いづや総兵衛、出ておるな」

縁側近くに座をしめたなかでもっとも格下になる町奉行石谷貞清が、声をかけた。

「はっ、お召しによりまかりこしてございまする」

吉原惣名主《そうなぬし》である甚右衛門が応えた。

「よし」

形式でしかないが、三人の出席をたしかめて石谷がふりかえった。

老中松平伊豆守信綱がゆっくりと首肯した。

伊豆守は、今年で還暦をむかえた。三代将軍家光に小姓時代から仕え、五百石取りの小身から七万五千石の老中首座までのぼりつめた。家光の寵愛《ちょうあい》第一でありながら殉死《じゅんし》しなかったことを非難され、首座からおり、かつてほどの勢いは失ったが、幕閣の重鎮であることにかわりはなかった。

石谷が口をひらいた。

「将軍家お代がわりを祝して、朝鮮より使者一行が江戸にまいる。九月二十七日小田原に到着いたしたとの報《しら》せがあった。本来ならば、すでに江戸おもてに来着し、将軍家へ拝謁しておるのだが、知ってのとおり、先月二十三日の火事によって神田大工町一帯灰燼《かいじん》に帰し、朝鮮使一行の宿舎たる本誓寺《ほんせいじ》も被害を受け、修復中である」

神田大工町から出火した火災は、四十一丁六百八十五戸を焼いた。

「火事のために宿舎の準備が整わず、やむをえぬこととはいえ、小田原で二日の滞留をさせている。朝鮮使一行の疲れは尋常ならざるであろう。このままでは、国書伝命の儀に差し障りがでないともかぎらぬ」

石谷がゆっくりと三人を見た。

三人は頭を下げている。石谷の言葉が切れたことでなにかを感じ、わずかに身じろぎした。

「そこで、上様とのご対面の前日、十月の八日四つより正使、副使、従事官の朝鮮高官三人をこの評定所となりの伝奏屋敷にて慰労いたすことに相成った」

石谷が一度言葉をきった。

「よって吉原より湯茶の接待をおこなう者の差しだしを命じる」

甚右衛門が総兵衛に顔をむけた。小さく首を縦に振る。総兵衛も同じように合図をかえした。

承諾して、三人は評定所を出た。

京都出身の山本芳潤が訛《なま》りをだして嘆いた。

「かないまへんなあ。太夫《たゆう》のいてはらないお見世はよろしいやろが、いづやはんのところは御影太夫、うちは勝山太夫をださなあきまへんやろ。評定所へ遊女をだすには、その三日まえから斎戒沐浴《さいかいもくよく》させなあきまへん。見世でいちばん売れている勝山太夫を三日も遊ばせておくなんて、なんぼの損害や」

吉原が遊女を評定所での湯茶接待にだすのは、公的な夫役として定められていた。政務に忙しい老中や若年寄、奉行衆を慰労するために、三人の太夫を求めに応じてださなければならなかった。

これは豊臣秀吉の故事に由来している。文禄《ぶんろく》五年（一五九六）、京を大地震が襲った。山城伏見《やましろふしみ》大地震であった。京大仏、方広寺《ほうこうじ》などが倒壊、伏見城も大きな被害をこうむった。このとき、崩れ落ちた伏見小幡《おばた》城奥屋形の下敷きになって女中五百人が死亡した。ちょうど来日していた文禄の役の講和の使者の朝鮮人の接待をおこなう女手が不足した。そこで秀吉は、京柳町の遊女をこれにあたらせた。

天下が徳川に移り、日本一の遊廓も京島原から江戸吉原にかわったが、遊女に高官の接待を命じることは受け継がれていた。

「しかたないことでしょう。お上は一文もお代を払ってはくれませんが、決められたことを守らなければ、吉原が潰《つぶ》されまする」

甚右衛門が、年若ながら落ち着いた対応をした。

「残り一人の太夫は、三浦屋さんから高尾太夫をだしてもらうしかないようですな」

総兵衛が話を締めくくった。

戻ってきた三人を迎えて会所でおこなわれた君がててての集まりで、三浦屋四郎《しろう》右衛《え》門《もん》が、ため息をついた。

「火事で遅れたお詫びに太夫をだすと言われるのですな、お上は」

「ありていに言えばそうなりますな」

総兵衛が応えた。

「この月の八日ということは、五日から客を取らせてはいけなくなりますな」

集まっている全員が、がっくりとした顔をしていた。

「最近のお上は、なにか吉原を目の敵《かたき》にされているような気がしますが、黙って従うしかございませぬ。三浦屋さんたちには申しわけないが、太夫たちをだしていただきましょう」

惣名主である甚右衛門の一言で集会は終わった。

吉原の看板太夫三人が評定所への夫役のために五日から見世に出ないことが、翌日には江戸中にひろまった。

五日、六日はまだよかった。客はとらないが、太夫の道中があるので、田舎から江戸へ出てきて一度吉原を見てみたいという見物客や馴染みの女に会いにきた客でそこの賑《にぎ》わいはあった。しかし、準備のため太夫が見世から出ない七日は、大門をくぐる男の数が普段の半分にまで落ちこんだ。

総兵衛から話を聞いて、緋之介は興味を覚えた。

「使節が来るのか」

「はい。朝鮮は、我が国と通交のある数少ない国のうえ、将軍家代替わりごとに祝賀使を送ってきてくれるほど親密な関わりをもっているとかで、お上の気の遣いかたも尋常ではございませぬ。かの秀吉公の朝鮮進軍で、一時途絶えておりましたが、家康公のご尽力で修好を取り戻し、以来、互角のつきあいをしておりまする。やはり、秀吉公のことで仲違《なかたが》いした明国《みん》とは、いまだに国同士のやりとりがないことを思えば、たいせつな相手でございましょう。だからこそ、日の本を代表する美形三人を接待にだそうとしておるので」

総兵衛が緋之介に教えるように言った。

「なるほどな。御影太夫に高尾太夫、それに勝山太夫か。朝鮮の使者が国に帰らないと言いださないともかぎらないな」

緋之介は声をあげて笑った。総兵衛も笑う。

「初めて拝見しましたな、緋之介さまの笑い顔を」

「そうであったか」

「ええ。いつも厳しい顔ばかりでございましたよ」

緋之介は、しばし考えこんだ。

「で、評定所には太夫たちだけで行くのか」

「とんでもございませぬ。吉原の惣名主が先導し、それぞれの太夫に一人荷物持ちの男と格子がつき、二人の女童《こども》がつきまする。それと同行はいたしませんが、忘八どもが、あらかじめ道筋に散っておりまする」

思案顔の緋之介を、総兵衛が興味深げに見つめていた。

七日の昼過ぎ、品川をたった朝鮮通信使が馬喰町の客館本誓寺に入った。

異文化を運んできた朝鮮使節との面会を望む者は、諸大名、旗本、文人墨客と多い。

本誓寺が落ち着いたのは、日が落ちてからであった。

「お疲れでございましょう」

朝鮮通信使接待役の三万二千六百石河内《かわち》藩嗣子《しし》牧野因幡守富成《まきのいなばのかみとみしげ》が、朝鮮通信使正使趙珩をねぎらった。それを対馬《つしま》藩から差し回されていた通事が朝鮮語に訳す。

「いえいえ。お気遣い、感謝します」

にこやかに趙が笑った。

趙の前には七五三膳が並べられていた。七五三膳とは、本膳に七つの菜、二の膳に五の菜、三の膳に菜三つを載せてだす豪華なものである。これ以外に飯、酒、茶が饗されていた。

「明日は、宿老がご接待を申しあげまする。朝早くになりまするので、本日はゆるりとおやすみくださいませ」

正使の部屋を出た因幡守は、副使兪場の部屋へと足を運んだ。そこでも豪華な食膳を前にしている兪に同じ挨拶《あいさつ》をかわし、次に一つ離れた従事官南龍翼の居室へと向かった。

南の前には茶以外なにも置かれていなかった。

「まだお気持ちはかわられませぬか」

「余は、朝鮮国王に忠義を尽くす者。なぜに倭国《わこく》の関白の廟《びょう》に額《ぬか》ずかねばならぬと言うのだ」

武家が政《まつりごと》をおこなう習慣のない朝鮮王朝では、将軍の地位は低い。幕府は征夷《せいい》大将軍を関白の異称と伝えていた。

従事官南は、朝鮮通信使の恒例となっている日光東照宮《にっこうとうしょうぐう》への参拝を拒否し、品川を出てからいっさいの食材の支給を止められていた。

「朝鮮国王とわが将軍家は同格でございまする。その始祖である大権現《だいごんげん》さまを祀《まつ》る東照宮に敬意を表すのは礼にかなったことだと存じますが」

因幡守は、十四歳で四代将軍家綱《いえつな》の小姓《こしょう》に召しだされ、兄の嗣子の身分ながら今回の接待を任されたほどの人物である。整然たる言動とおだやかな口調で南を説得し続けていた。

「廟に礼をするは、その家臣となったも同然。倭寇《わこう》、秀吉と同じ粗暴なる倭ごとき領袖《りょうしゅう》のまえに額ずけるものか」

　吐き捨てるように南が言った。

　因幡守の一つ下の二十七歳の南は、字《あざな》を雲卿、壺谷と号した学者で、十八歳で進士、二十歳で庭試文科の丙科に合格した秀才だった。侍講院説書、三司などを歴任、一時国王の勘気に触れて慶尚道都事《けいしょうどうとじ》に降格されたが、すぐに三司に復職し、通信使の従事官として日本にやってきた。正使が四十九歳、副使が四十二歳であることからみても、いかに南がすぐれた人物であるかが知れる。

「いたしかたございませぬな。ならば、夕餉《ゆうげ》はお出しいたしませぬ。お気が変わられましたら、いつでもそこに控えておりまする通事にお申しつけくださいますように」

　因幡守は残念そうに応えた。

「明日の宿老どもによりまする慰労の茶席にはぜひともご出座を願いまする。膳はでませぬが、湯茶をたしなみながら宿老と胸襟を開いてお話しいただけますれば、ご理解を願えるやもしれませぬゆえ」

　因幡守は席をたった。

三

そして八日をむかえた。

夜が明ける前に沐浴をすませた御影、高尾、勝山の三人は、吉原惣名主西田屋甚右衛門の先導で吉原を出た。

吉原を代表する太夫とはいえ、評定所へ向かうに駕籠は使えない。着ているものも、普段とは違って町屋の女ふうに地味な小袖だった。

「いよっ、勝山太夫」

「高尾太夫、日本一」

「御影太夫」

太夫たちを一目見ようと、早くから江戸中から通人、物好きが集まっていた。

大門の外は、黒山の人だかりであった。

先触れとして出ていた忘八たちによって、見物人たちは通りの両脇に寄らされていた。だが、人数があまりに多すぎた。いちばん前の見物客は、手を伸ばせば太夫に触れられそうなほどであった。

進むたびに声がかかる。しかし、三人はいっさい脇目をふることなく甚右衛門にあわせて歩いた。

大伝馬町《おおでんまちょう》の角で腕組みをした緋之介が、呆れた声をだした。

「まだ太夫たちは来てないというのに、なんという人出だ」

「当然でさ。吉原の太夫を大門の外で見られるのは、評定所へ出向くときだけでやすからねえ」

隣にいるのは平助であった。

「万一に備えるのはよいが、もっと大門そばでなくてよかったのか」

「吉原近くでことをおこす馬鹿はいやせんよ。吉原には忘八が何人いるとお思いで。今朝も、目立たないでしょうが、二十人以上の忘八が通りを見回ってやす。それに、行列にはお供姿の腕のたつ連中が十名もついてやすからねえ」

「拙者もそちらにいれてもらってかまわなかったのだが」

「ご冗談を。お侍さまを行列に加えるなんてことはできやせんよ。旦那だって、そんなところを見られてはご都合の悪いこともおありでしょうに」

言われた緋之介は黙りこむしかなかった。

二人が大伝馬町で待ち始めて半刻（約一時間）ほどしたとき、評定所御用と書いた幟《のぼり》を手にした忘八が見えた。

大伝馬町は、大川から江戸城の外堀へと延びる掘留を持ち、大きな商家の蔵屋敷が立ち並んでいる。

「行くぞ」

その掘留に止められていた三艘《そう》の伝馬船の薦《こも》がはねあげられた。なかから出てきたのは、六兵衛率いる町奴大髑髏《まちやっこおおどくろ》組であった。

船頭だけを残して、町奴が伝馬船からあがった。

「邪魔だ」

通りについた六兵衛が大脇差を抜くと、目の前にいた職人体の男の尻を浅く斬った。

斬られた職人が悲鳴をあげた。

はしょった尻から血を流してわめいている職人と血刀をもって立っている六兵衛に、見物が蜘蛛《くも》の子を散らしたように道をあけた。

そこへ行列がさしかかった。

「野郎ども。やっちまえ」

「おうよ」

六兵衛の声に、九人の町奴が応じた。

「平助」

立っていた商家の軒先から、緋之介は通りへと飛びだした。平助が追う。

六兵衛たちの現れた大伝馬町二丁目の角までは一丁（約一〇九メートル）ほどある。

二人は走った。走りながら、緋之介が訊いた。

「下見をしたんじゃなかったのか」

「舟のなかまでは見てなかったようで」

行列の警固についていた忘八が町奴にせまった。

手に三尺（約九一センチ）ほどの樫《かし》の棒を持っている。先端に麻紐《あさひも》をまき、漆《うるし》で固めてある。吉原独特の武器であった。

「どいてくれ」

だが、ここでも集まった群衆が障害となった。五間（約九メートル）幅の通りの半分以上が見物で埋められ、わずか二人の町奴に行く手を阻まれていた。

高尾太夫をかばった西田屋甚右衛門が、六兵衛の刀に打たれて倒れた。慌てて駆けよる御影太夫の手を六兵衛がつかんだ。

平助が顔色をかえた。

「野郎、生かしちゃおかねえ」

平助の身体《からだ》から殺気がほとばしった。

「峰打ちだ。西田屋どのは死んでおらぬ」

群衆をかきわけながら、緋之介は大声で言った。

六兵衛は、御影太夫を抱きかかえると、掘留に向かって走りだした。高尾太夫と勝山太夫の二人も、別の町奴に連れさられていく。

残った五人の町奴が、掘留への路地に立ちふさがった。

「どけ」

平助が怒気のこもった声で迫った。

「忘八づれが生意気な」

町奴が言い返した。

忘八たちの顔が殺気でどす黒くふくれあがった。

平助のかけ声で、忘八たちが跳びかかった。

「この野郎」

若い忘八の一人が、棒でなじりにいった。甲高《かんだか》い音をたてて棒がはじかれ、若い忘八の姿勢がくずれた。

「やっちまえ」

町奴は場慣れしている。しかも、太夫を助けなければという焦りが、忘八たちの動きを鈍らせていた。

「下がれ」

緋之介が平助をおさえた。

「旦那。あっしら忘八は、女郎衆《じょろう》のおかげで生きていくことができるので。その忘八がこれだけいながら、吉原の看板太夫三人をまんまとさらわれたとあっては、この首を差しだしたところで詫びきれるものじゃねえんで」

平助の目が血走っていた。

「だからこそだ。このままでは、舟で太夫は運ばれてしまうぞ。そうなっては取りかえすことも難しくなる。一刻を争う」

緋之介の目が厳しく平助を見つめた。

「拙者とて世話になっているいづやの危機を見逃したとあっては、このまま帰れぬ」

緋之介はすばやく胴太貫を抜いた。

平助が、首で忘八たちに下がるように命じた。

「りゃんこが、一人でいきがってどうするつもりだ」

いちばん身体の大きな町奴が嗤《わら》った。りゃんことは刀を二本差している侍を町人があざけるときに使う悪口だ。

「ぬし」

だが、緋之介の動きをとらえることができた者はいなかった。

胴太貫がかすんだように見えた。斬られた町奴ですら気がつかなかった。

一拍おいて、町奴の右腕が大脇差を握ったまま肩のところからずれるように落ちた。大きな音が静寂を破り、肩からふきでる血が隣にいた町奴の顔にかかった。

斬られた町奴が重心を失い、倒れていく。

それを蹴《け》りとばし、緋之介が町奴のなかへ飛びこんだ。緋之介の身体が舞うように動いた。五人の町奴は身動き一つするまもなく、緋之介によって左右の違いはあるがその腕を失った。

「…………」

あまりの速さに、忘八たちも呆然とたちすくんでいた。

「平助」

緋之介はひとこと叫ぶと、そのまま掘留へと走った。

「こいつらを番屋につきだしておけ。四人ついてこい」

平助はそう命じると、緋之介のあとを追った。

すでに、六兵衛たちは舟に乗りこんでいた。

「まにあわねえ」

平助の悲鳴と、緋之介が脇差の小柄《こづか》を投げるのとが、ほとんど同時であった。

手裏剣として遣うには柄が重すぎる。が、緋之介ほどの手練《てだ》れにかかると、小柄といえども矢のように飛ぶ。

いち早く櫓《ろ》を使いだしていた舟の船頭がうめき声をあげ、肩を押さえて川に落ちた。

緋之介の声が川面《かわも》と両側の蔵に響いた。

「命が惜しくば、去れ」

残った船頭が急いで川へ飛びこんだ。

「この野郎」

六兵衛が毒づいた。だが、御影太夫を押さえているために、船頭を追うことも竿《さお》を拾いあげることもできない。伝馬船は三つとも河岸から一間《けん》ほど離れたところを漂った。

「てめえか」

六兵衛が、緋之介の顔を見てうめいた。

「太夫」

緋之介に続いて、平助たちも河岸についた。忘八たちが名前を呼ぶと、三人の太夫は婉然《えんぜん》とほほえんでみせた。多少顔色が白いだけだった。

緋之介が、無言で飛んだ。まるで重さのないもののように、もっとも近い伝馬船の艫《とも》に降り立った。

「ぐえっ」

高尾太夫をかき抱《いだ》いていた町奴が、胴太貫の峰打ちを受け、白目を剝《む》いて倒れた。

緋之介が次の伝馬船に跳ぶのと入れ替わりに、平助が伝馬船に飛び乗った。追うように岸から投げられた竿を受け取って、平助が伝馬船をあやつって河岸につけた。

「高尾太夫」

三浦屋からだされた忘八が、太夫の足下にひれ伏した。

「伝八《でんぱち》、履き物を落としたでありんす」

高尾太夫が困った顔をした。

「こちらに」

途中で拾ってきていた伝八が、雪駄《せった》を高尾太夫の前にそろえた。

「参りましょう」

高尾太夫は何事もなかったかのように伝八を連れて通りへと戻っていった。

勝山太夫の懐《ふところ》に手を入れていた町奴が気を失った。右肩の骨が、鈍い音をたて、懐に入れていた右手がぶら下がった。

「こちらへ」

平助が勝山太夫の隣に舟を着け、手をかして勝山太夫を移らせた。

「御影太夫、最後になったことを許されい」

緋之介は、腰をたわめた。

「待て。来たら太夫を殺す」

六兵衛が大脇差の刃先を御影太夫の喉《のど》にあてた。わずかに御影太夫の眉《まゆ》がしかめられた。

「卑怯《ひきょう》なまねを」

緋之介はゆっくりと立ちあがった。

「忘八、竿を捨てろ」

六兵衛が平助に命じた。

「くそっ」

平助が唇をかみながら従った。

「どうやって逃げるつもりだ」

緋之介が訊いた。竿もなく、両手で御影太夫の動きを封じながらでは、舟を操ることもできない。

「もう少しで引き潮になる。そうすれば、掘留の水は大川へと吸いこまれていく。俺はそれに乗りさえすればいい。どこかで舟が河岸に近づいたら飛び移るだけよ」

六兵衛がいやな笑い声をたてた。

緋之介は、胴太貫を右手にさげた。

「二人ともさっさと川に入らねえか」

六兵衛が怒鳴った。

緋之介が平助に目配せをした。

平助が船縁《ふなべり》から川へと入った。蔵屋敷の荷物の出入りを担う掘留は、船底にすらないように深く掘られている。

「あ、足がとどかねえ。おりゃあ、泳げねえんだ」

平助が、ばたばた両手を動かし、水面《みなも》で大きな波紋をつくりだした。緋之介の乗った舟が揺れ、遅れて六兵衛の乗った舟がゆらいだ。

「情けねえ野郎だぜ」

六兵衛の目が平助にむけられた。

そのとき、御影太夫の首が小さく動いた。ほんのわずかだったが、六兵衛の切っ先が御影太夫の喉からずれた。

「やあっ」

緋之介は見逃さなかった。脇差を抜くなり投げつけた。

喉を貫かれた六兵衛は、一言も声を出すことなく息絶えた。

「旦那。殺してしまったんじゃ、なにもわからねえじゃねえですかい」

平助が、御影太夫の船にとりついた。手にはしっかりと竿を握っている。

「あれしかなかったのでありんす」

御影太夫が口を開いた。

「どういうことで」

平助が、濡《ぬ》れた着物を絞りながら御影太夫にたずねた。

「着物を汚さず、評定所へ出向く刻限にも遅れず、あちきだけを助けるには、ああやって六兵衛を殺すしかなかったのでありんす。ねえ、ぬしさま」

御影太夫にほほえみかけられて、緋之介は赤面した。

「恐ろしい人でやんすねえ、旦那は。あれだけのあいだに、そこまで考えていたんで」

平助が舟を河岸につけた。

六兵衛以外の二人は、水練の達者な忘八によって河岸に引きあげられ、自分の下緒《さげお》で縛《いまし》められていた。

「遅れなんした。参りましょう」

意識を取り戻した西田屋甚右衛門に、御影太夫がかるく頭を下げた。

「では、出立」

甚右衛門のかけ声で、ふたたび行列は進みだした。緋之介も、行列の後ろにつきそった。

小半刻（約三十分）ほど遅れただけであった。

行列が進むにつれて、右側の家並みに白板塀が目立つようになった。火事で燃え落ちた江戸の惨状を朝鮮使に見せまいとして幕府が命じたのだった。

濡れた着物に顔をしかめながら平助が並んだ。

「旦那。妙だと思いやせんか」

「舟のことであろう。夜明け前に、吉原の忘八たちが、通りの下調べをしたはずだな」

「へい」

平助が首肯した。見世の規模に応じて、数名から十名の忘八がかりだされている。

「掘留につながれた舟の薦下に、町奴どもがひそんでいるのを見落とすとは思えぬ」

「おっしゃるとおりで。さっきは気づかなかったかと思いやしたが、腑《ふ》に落ちやせん」

「六兵衛は、捕まる気などさらさらなかったようだ。いかに遊女とはいえ、評定所御用に向かう太夫に手出しして無事ですむことはない。今朝の六兵衛らの企《たくら》みがなっていたとしたら、吉原はどうなったか」

緋之介が平助に問うた。

「あれからすぐに別の太夫を呼んだとしても、間に合ったかどうか。それに、あの三人の太夫以外では許されませんでしょう。となったら、評定所の夫役を果たせなかった。そうなると……」

緋之介の顔を見ていた平助が、音をたてて唾《つば》を飲みこんだ。

四

見物の群衆も常盤橋御門から先には入れない。忘八たちも、ここで半数が待つ。

平助は、着物が濡れていることを門を警衛する大番組士に咎《とが》められては面倒なので入るのをやめ、着替えに帰った。

「終わるまでには戻ってきやす」

緋之介は、ゆっくりと門をくぐった。

御門内はいわば城中である。小袖に木綿袴の緋之介は、番組の士、あるいは諸藩の藩士に見える。軽く黙礼するだけで御門を通ることができた。

常盤橋御門を入ってすぐに左に向かい、銭瓶橋《ぜにかめばし》を渡り、そのまま道三堀にそって進めば、評定所は近い。

「かわらぬな」

緋之介がつぶやいた。

前をゆく太夫たちを見ようと、城内に屋敷をもつ神尾備前《かみおびぜん》や井出甚介《いでじんすけ》らの高禄の旗本や、堀の名前となった典薬頭《てんやくのかみ》今大路道三《いまおおじどうさん》の家臣たちが、門の外へ出ていた。

評定所の門から先は、荷物持ちである三人の忘八者と太夫の手助けをする格子以外は入れない。そろって評定所外の堀際松並木のところで待つことになった。

茶席は朝鮮使たちが着いてからおよそ一刻（約二時間）ほどである。夏のさなかではないので、待つ身もそう辛くはなかった。

緋之介も、側《そば》にあった松の木に身をもたせかけた。

評定所と伝奏屋敷は隣接している。もとは一つの敷地であっただけに、奥で小さい冠木《かぶき》門を通じてつながっていた。

西田屋甚右衛門と太夫たちは庭づたいにその門を通って伝奏屋敷に入った。

「遅くなりまして申しわけございませぬ」

庭で待っていた因幡守に、甚右衛門が頭を下げた。

「まあよい。朝鮮使たちが伝奏屋敷に入るには、もうあと半刻ほどあろう。今日は、朝鮮使たちに本朝の遊妓のあでやかさと優雅さを見せつけてくれるように」

因幡守が甚右衛門に命じた。

「吉原の太夫のなかでも、選りすぐりました三名を連れてまいりました。茶道、詩歌、音曲など、なにをとってもひけを取るようなことはございませぬ」

西田屋甚右衛門は、幕府の実力者を前に物怖《ものお》じしなかった。伊達《だて》家や池田《いけだ》家などの五十万石をこえる大名たちを客として迎えることがあるだけではなく、先代甚右衛門が家康に直接目通りをしたことがあるとの矜持《きょうじ》からであった。

「たのむぞ」

因幡守は、そう言い残すと建物のなかへ入っていった。

伝奏屋敷の庭園に面して、二十畳ほどの広間がある。

湯茶の接待はそこでおこなわれることになっていた。太夫たちは、隣接する八畳ほどの小部屋で持ちこんだ風炉をつかい、湯を沸かしはじめた。

評定所御用は、すべてを吉原が負担しなければならなかった。道具も吉原から持ちこむ。茶道具はもちろん、炭、懐紙、さらには水にいたるまで用意する。名のある茶道具を使うことも多いが、その座で茶道具を所望されて召し上げられることもたびたびであり、評定所御用は、吉原にとって頭の痛いことであった。

風炉からは湯気があがりはじめた。

甚右衛門は茶道具を調べた。吉原を出る前に十分見ているが、欠けやひびがあってはたいへんなことになる。そのための予備の茶器も用意してあった。

「よし」

甚右衛門がうなずいたとき、控えの間の襖《ふすま》が開いて伝奏屋敷留守居役が顔をだした。

「ただいま、門前に使者どのを乗せた駕籠がついた。まもなく広間にお通りになる。用意は怠りないな」

「はい」

甚右衛門が応えた。太夫たちも首肯した。

隣の広間に人が入った気配がした。しばらく歓談しているようであった。やがて、留守居役が声をかけにきた。

「茶をおだしせよ」

「承知つかまつりました」

甚右衛門が、三人の太夫に目配せをした。

隣の部屋にいるのは、朝鮮側が正使の趙、副使の兪、従事官の南であった。幕府からは、老中首座の大老格酒井《さかい》讃岐守忠勝《さぬきのかみただかつ》、老中の松平和泉守乗寿《まつだいらいずみのかみのりなが》、そして接待役の牧野因幡守富成である。

太夫三人が、同時に抹茶をたてはじめた。控えの間に、茶筅《ちゃせん》の音が響く。

人気では、第一が勝山、続いて高尾、そして御影だが、格式でいえば湯女から来て吉原でお職をはっている期間の短い勝山が一番下になる。

「高尾太夫は朝鮮正使さまに。御影太夫、大老さまに。勝山太夫は朝鮮副使さまに茶をお出ししてくだされ」

「あい」

高尾太夫が代表して返事をした。

控えの間と広間は襖一枚で隔てられているが、その襖際には留守居配下の番士二名が警固として坐っている。ここを開くことはできない。

太夫たちは、懐紙を敷いた漆塗りの盆に茶碗をのせて一度濡れ縁へと出て、そこを経て広間へ入った。

朝鮮通信使の三人には、それぞれ対馬藩から差しまわされた通事がついている。

「これは美しい」

正使趙が、高尾太夫を見て感嘆の声をあげた。

「本朝の遊妓どもでござる」

讃岐守が誇らしげに言った。

「我が国の宮廷官女におとりませぬな」

副使兪もにこやかに愛想を口にした。

高尾太夫が趙の前に片膝《かたひざ》をたてて坐った。同じように御影太夫、勝山太夫も腰をおろす。

三人は、高尾太夫にあわせて茶盆をすすめた。趙、兪、讃岐守が茶碗を手にした。

三人は丁寧にお辞儀をすると控え室にかえり、ふたたび茶を手にして戻ってきた。

「どうぞ」

高尾太夫が和泉守に、御影太夫が南に、勝山太夫が因幡守に茶を捧げた。

「これはうまい」

「口中がさわやかになり申すな」

趙と兪が満足そうに茶碗を干した。

日本の茶道の作法など知るはずもないが、さすがに朝鮮王朝の高官である。見事な姿勢であった。讃岐守、和泉守、因幡守も作法どおりに茶を喫した。

南だけが手をださないでいた。

御影太夫が首をかしげた。

「お茶はお嫌いでありんすか」

江戸の男を虜《とりこ》にした太夫の仕草にも、南は目をやろうともしなかった。

「倭人のだしたものなど飲めるか。毒でも入っていたらどうする」

南が吐き捨てた。一瞬、通事が通訳をとまどったほどの激烈な言葉であった。

「これ、南どの。失礼であろう」

「そうじゃ、詫びなされ」

正使と副使が口々に南をたしなめた。南は沈黙を保ったまま返事をしない。

「われらは、この国との和親を続けるために遠路海を越えて来ているのだ。その若さで従事官というお役目に補してくだされた王の御心に背くつもりか」

正使趙がつよい口調で言った。

「お二方こそ、わが朝鮮王朝をおとしめるおつもりか。たかが倭寇が頭領のような倭国の関白の墓へ、それもこの地からまだ二日もかかるという遠地へ出むき、廟前に額ずくなど恥を知られよ」

南は鋭く正使副使の二人を非難した。

大老、老中が顔を見あわし、そろって接待役因幡守に目を向けた。

因幡守は、朝鮮側の争いなど聞こえていないかのように茶碗を目の前に掲げて愛でていた。

「あちきがお出ししたお茶に毒が入っているなどと申されては、太夫としての面目がたちやせん」

御影太夫の涼やかな声が広間を制した。

「お許しを」

御影太夫は、小さくつぶやくと、南の茶碗を取りあげて中身を盆に流し、立てた片膝に叩きつけた。

茶碗が四つに割れた。

一番とがった破片を手にすると、御影太夫は片肌を脱いで左の胸をさらした。

真正面の南が、真っ白な肌に大きく盛りあがった乳房を見せられて慌てた。

「な、なにを」

「高尾太夫、お願いできんすか」

「あい」

高尾太夫がすっと立ちあがると、控えの間に新しい茶碗を取りに行った。

柔らかな湯気を上げる茶碗が南の前に置かれた。

「ぬしさまの国の女《おなご》さまのことはぞんじませぬが、吉原の女はお客を相手に命をかけているでありんす。さあ、あちきの命と引き替えのお茶、どうぞお飲みやんし」

御影太夫は、切っ先を乳房の下にあてて押した。

「待て、待ってくれ」

南がとびだすようにして御影太夫の手を押さえた。

破片を取りあげる。乳房の下から血が流れだした。白い肌を伝わるようにくびれた腹へと流れていく紅《あか》は、一座の目を奪うに十分であった。

「いただこう」

破片を袖のなかに隠すと、南は高尾太夫の用意した茶碗をとりあげ、一気に茶を飲んだ。

「うまい。茶はいつどこで飲んでもいいものだ」

南がほめた。

「お粗末でござんした」

御影太夫は、にこやかに笑うと、血止めもせずに小袖を着直した。

「お代わりはいかがでありんすか」

勝山太夫が、副使兪にほほえんだ。

「いただこう。いやあ、喉が渇いたわ」

「余にももらえぬか」

讃岐守も高尾太夫に求めた。

ようやく座がほどけてきた。三人の太夫は茶碗を一度さげ、すぐにお代わりを用意した。

「恥ずかしいところをお見せした」

「いやいや、お気になさらず」

真向かいに坐った趙と讃岐守が会話を始めた。和泉守と兪も歓談している。南と因幡守だけは相変わらず目を合わそうとさえしなかった。

御影太夫が、おだやかな笑みを浮かべながらじっと南を見つめていた。

「痛くはないのか」

ふと顔をあげた南が訊いた。

「いえ、痛《いと》うありんす。でも、これはあちきがぬしさまのお心を楽しませることができませんでしたゆえ。吉原の女として忘れてはならぬ痛みでありんす」

「どうしてそこまでできるのだ」

南が不思議そうな顔をした。

「ぬしさまのお仕事は、朝鮮の国から我が国へ祝賀をお運びになることとか。海を越え、幾月もかかって江戸までおいでなされた。命がけのお役目でございましょう。あちきは、人の端にもかからぬ遊女の身、殿方をお慰めするだけが務め。殿方がどれほどおつらいお仕事をなされていても、あちきがお側にいるあいだは、忘れていただかねばなりやせん。殿方のお側に侍《はべ》るときは、我が身をなくすのが遊女でありんす」

御影太夫は、笑みを浮かべたまま言った。

「そうか。余の仕事は、倭との和親であったな」

南が力なく笑った。

「個は滅さねばならぬか」

それを聞いた因幡守が、下を向いたままにやっと笑った。

「いえ。お比べするのもおそれ多いことながら、遊女といえども生きてござれば、身体は売っても心までは売りませぬ。ぬしさまも、どうぞお心安らかなる道をお選びなんし」

御影太夫がすっくと背筋を伸ばして、笑った。

南が、御影太夫の顔を食い入るように見た。

「見くびっていた。余は倭を見くびっていた。遊女にさえこれほどの者がいる」

南の顔が明るくなった。

「もう一服所望したい」

「あい」

婉然とほほえんで御影太夫が席を立った。片膝たてた裾からあでやかな緋《ひ》が舞った。

予想より半刻ほど遅く、太夫たちが評定所の門を出てきた。手には朝鮮使からの下《か》賜《し》の品を持っていた。待っていた忘八、女童が駆けよった。

行列が吉原目指して歩きだした。戻ってきていた平助が、緋之介に語りかけた。

「ゆっくりでしたね」

「妙だな。御影太夫のようすもおかしい」

緋之介は、甚右衛門の顔色がよくないことに気づいた。

「たしかに、顔色が蒼《あお》いでやんす」

平助が御影太夫を見た。

甚右衛門が近づいてきた。

「平助、常盤橋御門の外まで駕籠を一丁用意しなさい。御影太夫が傷を負った」

「けっ」

平助が跳びあがった。

「詳しくは、吉原に帰ってからいづやさんに話す。急げ」

「へい」

平助が走っていった。

甚右衛門が、疲れた顔を緋之介に向けた。

「御影太夫を駕籠までお願いいたしまする」

「承知」

緋之介は御影太夫に近づいて肩を貸した。

「かたじけのう」

御影太夫の声は細かった。

「なにがあったのだ」

緋之介は、御影太夫を抱きかかえるようにしながら首をかしげた。

第四章　闇の因縁

一

御影太夫が左乳の下に傷を負ったことは、たちまち江戸中に広まった。

茶碗のかけらが鋭く尖っていなかったことでさほど深くなく、命に別状はないが、傷が癒《い》えるまで休養することになった。

総兵衛と平助が緋之介の居間にやってきた。緋之介が平助にたずねた。

「織江さま」

「萩《はぎ》の太夫《たゆう》と評判だそうだな」

「へい。茶碗の破片で傷をしたのを、萩焼の茶碗の高台が欠けていることになぞらえて、御影太夫のことを萩の太夫と通人連中がはやしたてているようで」

萩焼は、秀吉が朝鮮に侵攻したときに長州毛利《もうり》家が朝鮮から連れてきた陶工李勺光に焼かせたのが始まりで、藩主用と庶民用に区別するため、庶民用の高台をあらかじめ欠いておくことを特徴としていた。

「巷説《こうせつ》というのはあなどれぬ」

庶民の噂《うわさ》は正鵠《せいこく》を射ていた。伝奏《てんそう》屋敷であったことは表沙汰《おもてざた》にならぬはずなのに、江戸中に知れわたっている。おかげで、さすがは吉原の看板太夫よと日増しに御影太夫の名前は高まっていた。

「それはありがたいことなのでございますが……」

総兵衛が何ともいえない顔をした。

「京屋利右衛門《きょうやりえもん》のことか」

緋之介は、総兵衛の顔に目をやった。

評定所御用に出た太夫一行を六兵衛が襲った。通り筋を下見に出た忘八に疑いをいだいた平助の調べで、それが京屋の者だということが明らかになっていた。

京屋は、吉原では歴史が浅い。しかし、京町二丁目に見世《みせ》を構え、京女の伏見《ふしみ》太夫を筆頭に格子《こうし》十名、端《はし》十二名をかかえる大見世だった。

利右衛門は四十になるかならずだが、京島原から吉原に来て十年ちょっとで名主の一人に名を連ねるほどのやり手であった。

「島原衆と江戸衆は、もともとしっくりいってはいなかったのでございますよ」

総兵衛がため息を吐いた。

吉原の遊廓《ゆうかく》は大別して三つに分かれていた。

京から江戸へ出てきた島原衆と、廓《くるわ》の名前になったといわれる東海道吉原の宿の吉原衆、そして徳川家康の開府以来江戸で見世を営んでいた江戸衆であった。

幕府に公許をださせた西田屋が江戸衆なことから、吉原では江戸衆の発言力が強い。しかし、廓としての歴史、廓のしきたりの発祥地として島原衆の権威も大きく、勢力はほとんど五分にちかかった。

「つまるところは、抱えている太夫の売れ具合で大きくかわるのですが。あのまま三人がさらわれ、その責めをおって西田屋さんが惣名主《そうなぬし》をやめていたら、島原衆が吉原を牛耳《ぎゆうじ》ることになったかもしれませぬ」

今、吉原を支えているのは、評定所に呼ばれた三人の太夫である。このうち高尾太夫と御影太夫は、江戸衆、勝山太夫は島原衆だった。

三人につづくのが、京屋の伏見太夫、万字屋《まんじや》の小柳《こやなぎ》太夫、大坂屋の逢坂《おおさか》太夫である。このうち、江戸ものは万字屋だけだ。大坂屋は大坂出身だが、島原衆に属していた。

「吉原一の太夫となれば、どのくらいの勢いをもつのだ」

緋之介が訊《き》いた。

「それは桁外《けたはず》れでございますよ。揚屋に入る金、飲み食いの代金、客が支払う心付け、行事ごとの衣装代など、太夫に縋《すが》って生きている者は多うございます。高尾太夫と、わが御影太夫とでも、かなりの差がございまする。おそらく、年に千両ではきかぬかと」

「なるほどな。それならば、太夫を襲わせる理由《わけ》になるか」

緋之介は腕を組んだ。

「かといって、京屋を咎《とが》めるわけにはいきませぬ。わざと見逃したという証《あかし》がございませぬからな。一つまちがえば、潰《つぶ》されかねませぬ。それでもやったというのは、なにか大きな後ろ盾が……」

総兵衛が首を小さく振った。

「それがわからぬと、下手《へた》に動くことはかえってよくないか」

「はい」

総兵衛がうなずいた。

あれだけのことが起こったにもかかわらず、町方はいっさい動かなかった。見物の庶民にたいした怪我《けが》人がでなかったとはいえ、あまりに妙であった。

「平助、しばらくは見世の仕事をしなくてよい。京屋を見張っていなさい」

「へい」

総兵衛に指示された平助が、下がっていった。

「拙者《せっしゃ》も手伝おう」

緋之介が腰に両刀を差した。総兵衛が注意をうながした。

「お気をつけくださいませ。緋之介さまをねらう輩《やから》はまだ健在なのでございましょう」

「あれ以来、なにもしてこぬ。油断はしておらぬが、相応の傷は負わせた。しばらくは大丈夫であろう。ではの」

部屋を出ようとした緋之介に、ふいに総兵衛が言った。

「桔梗をお抱きになりませんので」

見世のなかのことで総兵衛の耳に入らないことはない。緋之介がいづやに来てから、誰一人として閨《ねや》をともにしていないことを、総兵衛は知っていた。

「桔梗はどうやら、緋之介さまに惚《ほ》れておるようでございまする。お嫌でなければ抱いてやってください」

「…………」

緋之介は沈黙した。

「女の修行をなさりたいのでしたら、見ているだけではなにもわかりませぬ。抱いてみないと、女の本当はわかりませぬ。いや、抱いてみてもわからぬものでしょうが」

総兵衛が小さく笑った。

「桔梗でご不満ならば御影太夫はいかがでしょう。太夫も、緋之介さまのことは憎からず思っておるようでございます」

緋之介は、応えることなくいづやを出た。


ことが終わってから、橘がけだるい声をだした。

「ぬしさまがおっしゃってた吉原に住まいしているお侍のことでありんすが」

「わかったのか」

稲村が、吸いつけた煙管《キセル》を投げだして起きあがった。

「あれ、敷物に焦げ跡がついてしまいますよう」

橘が慌てて煙管を拾いあげた。煙管を煙草盆《たばこぼん》に戻すと、橘は稲村に背をむけて股間《こかん》の始末をすませ、小袖《こそで》を羽織る。

「すまなかった。で、どこに住んでいるのだ」

「いづやさんでありんす」

端女郎のなかには廓言葉をまともにつかえない者も多い。橘もその一人だった。

「御影太夫の見世か」

「あい、背の高いお武家さまでありんす」

橘は、熱心に捜していたわけではなかった。昨日の朝、偶然にいづやから出てくる緋之介の姿を目にして、稲村に頼まれていたことを思いだしたのだった。稲村も、一度頼んだだけで催促はしなかった。表向きは怪しまれないためだったが、その方が吉原に通う理由となる。

「背の高いか」

稲村がつぶやいた。五尺二寸（約一五八センチメートル）の稲村に比べて緋之介は顔半分背が高い。五尺七寸（約一七三センチメートル）はある。

「まちがいないな」

稲村が爪《つめ》を噛《か》んだ。

「なにか言われましたかえ」

橘が稲村の衣服をととのえながらふりかえった。

「いや、いいご身分だと思ってな」

稲村は、橘の胸の谷間に手を突っこむと二朱金をおいた。稲村の手を胸から抜き、そのあと残されたものに気づいた橘がうれしそうな顔をした。

「こんなに」

「では、また来る」

稲村は万字屋を出た。

暮れ六にはまだ間がある。稲村はまっすぐ戻らず、馬喰町にある屋台屋に立ちよった。

「ご家老にお報《しら》せすれば、吉原に行く口実がなくなる。いますこし役得をいただいてもばちはあたるまい」

屋台屋で茶碗酒をあおりながら稲村が笑った。

朝鮮通信使の国書伝達が無事にすんだ十月九日、宿直《とのい》勤務から通信使式典の警固と二日にわたる役目を終えて、柳生宗冬《やぎゅうむねふゆ》が虎の御門前の屋敷に帰ってきた。

「まだ友悟《ゆうご》の居場所はわからぬのか」

屋敷に帰るなり家老の柳生肥後《ひご》を呼びつけた宗冬が、いらだった声をあげた。

「あやつの姿を江戸で見かけてから一カ月になる。国元からの手練《てだ》れどもも江戸について十日をこえる。柳生道場の精鋭に髀肉《ひにく》の嘆をかこわせる気か」

城中で何かあったのか、この日の宗冬は荒れていた。

柳生宗冬には大きな悲願があった。柳生家の大名への復帰である。徳川家では、一万石以上を大名、未満を旗本と称している。

家康の旗本として徳川家につかえた柳生宗矩《むねのり》は、二代将軍秀忠《ひでただ》に気にいられ、惣目付《そうめつけ》、今の大目付として辣腕《らつわん》をふるい、外様譜代に拘《かか》わらず多くの大名を改易《かいえき》、転封、減封してきた。

大名を潰すたびに宗矩の石高はふえ、ついに一万二千五百石を領する大名になった。

宗矩には、長男の十兵衛三厳《じゅうべえみつよし》、次男の左門友矩《さもんとものり》、三男の主膳《しゅぜん》宗冬、四男の六郎《ろくろう》と四人の男子があり、柳生家の未来は安泰だと思われていた。

それが暗転したのは、寛永《かんえい》年間であった。まずは秀忠の手直し役として仕えていた十兵衛三厳が、勘気を被《こうむ》り、追放となった。それが許されて戻ってきたかと思えば、三代将軍家光の剣の相手であった次男友矩が病死した。そして、正保《しょうほう》三年（一六四六）に、宗矩が七十六歳で死んだ。

宗矩の死後、幕府は妙な禄高の配分を柳生家に課した。

長男十兵衛三厳に遺領のうち八千三百石、三男主膳宗冬に四千石、すでに僧籍に入っていた四男六郎こと烈堂《れつどう》には寺領として二百石と分けたのだ。書院番士として四百石をもらって別家していた宗冬の家禄を取りあげてまでの分割であった。誰が見ても、柳生家を大名から落とすための処罰であった。

「柳生になんの罪科《つみとが》があるというのだ」

十兵衛三厳は、家光の態度に呆《あき》れはて、役目を辞すると、病と称して領地柳生に引きこもってしまった。これがまた将軍家光を怒らせた。

書院番としてつとめていた宗冬を家光がひそかに呼んだのは、十兵衛三厳が江戸を去ってしばらくのことだった。

「十兵衛は、余に反逆の心をいだいておる。このままでは柳生は滅びるぞ」

家光の言葉を聞いた宗冬の背筋が凍った。

十兵衛三厳を殺せと、家光は命じていた。宗冬は、怖《おそ》れおののいた。父の宗矩亡き後、柳生流を代表する遣い手である兄に、宗冬が勝てるはずもなかった。

それよりもさらに怖れたのは相剋《そうこく》の輪廻《りんね》であった。病死とされていた次男の友矩は、家光の命を受けた長男十兵衛三厳によって殺されていた。

友矩は、寛永十一年（一六三四）に小姓《こしょう》として家光に仕えた。同時に家光の剣の相手となった。友矩は十兵衛三厳以上といわれた新陰流名人であった。春日局によって軟弱に育てられた将軍を、友矩は鍛えなおそうと考えた。

三十一歳の将軍に二十四歳の師範。格も年齢も上の家光を、友矩は遠慮なく鍛えた。家光を終生嫌いぬいた秀忠の遺言をうけた宗矩の命によるものだったともいわれた。友矩の木刀は、家光を道場の床に何度となく這《は》わせた。

女ばかりの大奥で育ち、父母に疎まれて、弟に将軍職を奪われそうになるという幼少期を過ごした家光が、まっすぐな性質に育つはずがない。

友矩の修行の背後に、秀忠の忠臣として裏で家光排斥に動いた憎むべき宗矩の姿を見た家光は、柳生家を潰すことに執念をもやした。

最初におこなったのは懐柔であった。

家光は、友矩を寵愛《ちょうあい》し、寛永十一年の上洛の供に加え、京に在しているあいだに徒頭《かちがしら》に昇格させた。さらには、従五位下刑部《ぎょうぶ》少輔《しょう》に任じた。兄十兵衛三厳がまだ任官していなかったことからみても、破格のあつかいである。

それでも足りないと思ったのか、そのわずか三月後には二千石をあたえ、別家を許した。

宗冬が最初にもらったのは三百石、ここでも友矩は格別であった。家光は、友矩を薬籠中《やくろうちゅう》のものとし、柳生家に分裂の楔《くさび》を打ち込もうとしたのだった。

しかし、友矩は変わらなかった。変わることなく家光に厳しい手直しを続けた。

ついに家光の辛抱がきれた。七年もの歳月をかけて懐柔を果たせなかった家光の反発は厳しかった。友矩の顔を見ることさえ嫌がり、江戸城内の稽古《けいこ》場《ば》への出入りも禁じた。

剣一筋にきた純朴な青年友矩は、家光の豹変《ひょうへん》についていけず、心を痛め倒れた。

家光の策略に気づいた宗矩は、老齢で鈍った自らの勘を恨みながらも、友矩を家光のさらなる魔手から守るべく柳生の里へと帰した。

だが、家光は見逃しはしなかった。こともあろうに兄十兵衛三厳を呼びだして、友矩殺害を命じたのだ。

柳生の家を守りたくば、友矩を殺せ。

十兵衛三厳は嬉々《きき》として家光の言葉に従った。剣士としてどちらが優れているか、幼少の頃から比べられてきた兄弟に決着をつけられる。十兵衛三厳は、柳生の里で静養していた友矩を襲った。

「上意」

この一言がなければ、勝っていたのは友矩だったかも知れない。新陰流浮舟《うきふね》と転《まろほし》の太刀《たち》が交錯し、友矩は首の血脈をはねられて倒れ、十兵衛三厳は右目を失った。

ことがすんでから聞かされた宗矩は、急速に老いを深め、死んだ。

それでも、家光の復讐《ふくしゅう》は終わらなかった。

家光は、柳生家を三つに解体し、大名の座から引きずりおろした。弟をこの手にかけていた十兵衛三厳は、家光の策略にのった我が身を呪《のろ》い、書院番を辞して国元へと退いた。そして、宗冬に因果が巡ってきた。

宗冬は、肥後を脅した。

「友悟めを消さねば、柳生家は終わりだ。そうなれば一門の、そなたも一蓮托生《いちれんたくしょう》だということを忘れるな」

「承知いたしております」

肥後が苦い顔をした。

宗矩亡きあと、十兵衛三厳に仕えていた肥後だったが、十兵衛が勝手に江戸を空《あ》けたことに呆れ、宗冬の誘いにのり、移っていた。

「織江は、見張っているのだろうな」

「はい。烈堂和尚《おしょう》が手にござれば、大丈夫かと」

烈堂和尚は宗矩の四男である六郎の法名だった。柳生の里の法徳寺《ほうとくじ》の住職として宗矩、友矩、十兵衛三厳の菩提《ぼだい》をとむらっている。その烈堂和尚も、柳生家が大名に復帰したあかつきには還俗《げんぞく》させて二千石を与えると約束したことで、宗冬に与《くみ》していた。

「織江には気づかれておらぬのであろうな」

宗冬が重ねて問うた。

「はっ。近づく者がないように手練れ二名で絶えず見張っておりますれば」

肥後が自信ありげに応えた。

「あやつの剣は天性のものだ。まともに立ち合えば……」

宗冬が暗澹《あんたん》たる顔をみせた。

四代将軍家綱が蒲柳《ほりゅう》の質で、剣のお手直しで呼びだされることがそうないのでごまかせているが、宗冬は兄二人におよびもつかない。柳生が大名になれないのは宗冬の腕が石高に沿わないからだと噂になるほどであった。今日も聞こえよがしに殿中でそのことを言われていた。

「稲村を呼べ」

「吉原からまだ戻っておりませぬようで」

「まだわからぬのか。あやつはいったいいくら金を使うつもりじゃ」

宗冬が顔をゆがめた。

「戻りしだい余のもとにこさせよ」

宗冬は足音高く奥へと消えていった。

稲村が柳生家の潜《くぐ》り門を叩《たた》いたのは、暮れ六を小半刻《こはんとき》（約三十分）ほどすぎたあたりだった。

酔いも手伝い、稲村は無防備に宗冬の居室に伺候した。宗冬も酒を飲んでいた。

「お呼びでございまするか」

「今までなにをしておったのだ」

稲村の発する酒のにおいに、宗冬の怒りが爆発した。

宗冬は、盃《さかずき》を投げつけると素早く膝行《しっこう》し、逃げ腰になった稲村の首を右手で巻きこむように押さえこんだ。

「と、殿、お許しくだされ」

稲村は、宗冬の剣幕におそれをなしてすべてをしゃべった。

「きさま、余をたばかっておったのか」

宗冬の声が小さくなった。

「申しわけございませぬ。なにとぞこれまでの功績に免じて……」

稲村の声が途絶えた。

ひとしきり痙攣《けいれん》していた稲村が動かなくなった。

宗冬は、稲村の背中に突き刺した脇差《わきざし》をそのままにして離れると、柳生肥後を呼んだ。

「殿、これは」

事情を聞いた肥後は、すぐに腹心を集めると稲村を運びだした。

翌朝、江戸城の堀に素裸で髷《まげ》を切り落とされた男の死体が浮いた。

二

大番組、書院番組などの番方の勤務は三日に一度である。当番、宿直番、そして非番。これを繰り返す。宗冬の場合は、将軍家お手直し役もかねているので、宿直番が明けても昼過ぎまで江戸城にいることが多いが、翌日はまる一日非番となる。

稲村を手打ちにした翌日、宗冬は屋敷内の道場に柳生の庄から呼びよせた手練れたちを集めた。

「友悟めの居場所が知れた。今暮れ六をもって討ち入る」

人を刺した興奮が残っているのか、宗冬の声は震えていた。

「手はずは、以下のとおり」

肥後が一人一人の名前を挙げて役割を伝えた。

「よいか、吉原は御法の埒外《らちがい》、殺し得、殺され損だ。遠慮はいらぬ」

肥後が皆を見回した。

「おまえたちが殺されても同じ。万一俘虜《ふりょ》となっても我が家の援助はいっさいないものと思え」

「承知いたしておりまする」

一同が応えた。

「柳生家中であることはむろんのこと、名前を書いたものさえも身につけてはいかぬ。門を出たところで、お主たちは、生きて帰ってくるまで名なしであり、浪人になる」

肥後の声に、みなが固唾《かたず》を呑んだ。

「友悟を討ち果たした者には百石の加増か、諸藩の剣術師範役への推挙を約する。また、任を果たして生還した者にも加増をくれる。剣の腕で立身するはいまぞ。命を惜しむな」

「おう」

揚げ代の一分金が入っていた。

「では、ゆけ」

宗冬の檄《げき》をうけ、皆がほえた。

目だたぬように一人、二人と虎の御門内から出ていく。懐《ふところ》には宗冬から渡された

吉原は昼見世の準備におおわらわであった。

女髪結《かみゆ》いが忙しそうに見世を渡り歩く。昼飯のおかずを売り歩く煮売り屋が、今日のおすすめを声高《こわだか》に告げている。寝過ぎた遊女が慌ただしく風呂へと向かう。いつもと変わらぬ一日が始まろうとしていた。

「紀伊《きい》徳川家御家中、松井河内守《まついかわちのかみ》さまより、御影太夫お見舞いと雉《きじ》二羽届きやした」

「旗本寄合《よりあい》席池添土佐守《いけぞえとさのかみ》さまより、御影太夫へ白絹二反お見舞い」

「尾張《おわり》さま御家中中村治彦《なかむらはるひこ》さまより、名酒三瀧川《みたきがわ》一樽《たる》、御影太夫へお見舞いと」

いづやは、大門の潜りが開いてからずっと届け物がひっきりなしであった。御影太夫が怪我をおったと知れてから、連日このありさまだった。届け物に応対するため、忘八《ぼうはち》一人を専用にしなければならないほどであった。

見世を覗《のぞ》いた緋之介が驚きの声をあげた。

「すごいものだな」

「ありがたいことではございまするが……」

総兵衛が首を振った。

「すべてにお礼状をださねばなりませぬ。御影太夫は休む暇もございませぬ」

御影太夫の傷は左乳の下である。右手を使うには困らぬが、怪我をしてから手当まで時がかかりすぎたことで血を失い、立っているのもつらい状態が続いていた。

「それでも手紙を書かねばならぬか。見舞いも善《よ》し悪《あ》しだな」

緋之介が呆れた。

「ありていに申しあげれば、桔梗が手紙を書き、それに御影太夫が名を入れているだけでございますが」

総兵衛が苦笑した。

「それでも横になってはできぬな。断ってしまえばいいのではないか」

「緋之介さま、なにせ客商売でございまする。それはできませぬ。それに、お見舞いをくださっている方々は、御影太夫の馴染《なじ》みの方ばかり、こちらの方の見舞いを受け、あちらを断るということはできませぬ」

「それもそうか」

そう言っているあいだにも、見舞いの品は続いていた。

「昼見世が始まるころには見舞いの品も止まってくれますのが、救いでございます」

見世に迷惑をかけるような見舞いは野暮として嫌われる。客もその辺は心得ていた。

「そろそろ開門でございますれば、お部屋へ」

総兵衛がうながした。

緋之介は、居室へ戻った。

三味線がそちこちの見世で鳴らされ、吉原の大門が開かれた。

待ちかねたように男たちが仲之町通りに溢《あふ》れだした。いつもなら目あての見世に散っていくか、いろいろな見世で女の品定めをする男たちが、いちようにいづやへと向かってくる。いづやのまがきを覗いて御影太夫の姿がないことを見ていくのだ。

そのなかに、虎の御門の柳生屋敷を出た侍たちの姿があった。

いづやにちらと目を走らせ、隣や向かいの見世にあがった侍たちは、懐から一分金をだして、端女郎を一日貸し切りにした。

変わらぬ吉原の一日が過ぎた。

時の鐘が江戸に暮れ六を報せた。

帰る客の流れに逆らうように、二人の中間《ちゅうげん》ふうの男が手に大きな傘をさげて大門を入ってきた。

会所《かいしょ》前で出入りを見張っていた番人が、同僚に話しかけた。

「妙な野郎だぜ、こんないい天気に傘だとよ」

「よほどのお偉い方がお忍びでお見えなんだろうよ」

貴人は外に出るときに奉公人に傘を差しかけてもらう。

「それにしちゃあ、安物の番傘だぜ」

二人の興味もそこまでだった。

中間二人が人混《ひとご》みに紛れて見えなくなった。

「また来ておくなんし」

「ぬしさま、つぎはいつお見えになりんす」

一日借りきってくれるような上客を精一杯の戯態で引きつけようとがんばる端を無言で押しのけて、柳生の侍たちはそれぞれの見世を出た。

江戸町二丁目の角に侍六人と中間二人の八人が集まった。

「まだ人通りがあるぞ」

柳生家臣の一人があたりを見回した。中間の一人が手を西に向けた。

「こちらへ」

仲之町通りから西に向かうとすぐに河岸《かし》が並ぶ通りに出る。

背中に高い吉原の塀を背負う河岸は、日暮れ前に陰に入り真っ暗になる。そのため、ここだけが暮れ六前に客を追いだし、見世を閉める。灯明の灯《あか》りさえない河岸通りはまったく人通りがなかった。

「これを」

さきほどの中間から、二人がそれぞれ傘を受け取った。

ひねると柄が抜けた。さらになかほどをひねると柄がのび、その先から槍《やり》の穂先があらわれた。仕込み槍であった。柳生家臣たちは、それぞれの得物《えもの》を確かめたりしながら人気《ひとけ》がなくなるまで小半刻ほど忍んだ。

「行くぞ」

八人は四人二組に分かれた。

それぞれに中間が一人ついた。一組はいづやの手前で路地に入り、もう一組がいづやの見世先に回った。

中間がいづやの表戸を小さく叩いた。

「ごめんやして、三浦屋のものですが」

いづやの隣、三浦屋の忘八を装う。

「へい、ちょいとお待ちを」

表の潜り戸をあけ、なかから顔をだしたいづやの忘八が、一閃《いっせん》で斬《き》られた。

「いくぞ」

柳生家臣たちが躍りこんだ。

裏では、中間がいづやの庭木戸に体当たりしていた。が、びくともしない。過日の襲撃以来、いづやではすべての木戸に鉄格子を埋め込んでいた。

「急がねば挟み撃ちができなくなる。跳びこえられるか」

中間がうなずいた。

「お願《ねげ》えしやす」

柳生家臣の一人が、塀際に膝《ひざ》をついた。

その肩を踏み台にして、中間が塀を乗り越えた。しかし、飛びおりた中間は、地に着くことができなかった。いや、地に落ちた。

見世先の喧噪《けんそう》に気づいた緋之介が、居室から庭に出ていたのだ。胴太貫の一振りで、中間はまっ二つになった。

緋之介は、庭木戸の閂《かんぬき》を開け、陰に隠れた。

「よし」

外から侍が入りこんできた。三人まで数えて、緋之介が後ろから突いた。

「ぐげっ」

盆の窪《くぼ》を突き刺された苦鳴をあげて倒れた。先に進んでいた二人がふりかえった。

「なにもの」

手前にいた一人が、大きく刀を振りかぶった。

機先を制するつもりが制された。焦りが柳生の刺客たちの技を鈍らせていた。剣先が思ったよりも伸びない。刃先が緋之介に触れることなく空を斬った。

間合いをはかっていた緋之介が、右足を前に踏みこみ、胴太貫を横にはらった。そのまま返り血をさけるべく、右に大きく跳んだ。

黒い血をわき出させながら柳生の刺客が崩れた。

「きさまあ」

先頭にいた刺客が叫び声をあげた。

抜きはなっていた太刀を振り下ろす。緋之介には、それが見せ太刀だとわかった。

「ふん」

煽《あお》られたかのように後ろに跳ぶ。背後に殺気を感じ、わずかに身体《からだ》をひねった。

最後に木戸をくぐってきた刺客は槍を持っていた。いづやの庭に入ったとき、仲間二人が地に伏しているのを見た刺客は槍を手の内にしごき入れていた。

「喰らえ」

緋之介の背中めがけ、刺客は槍を大きく突きだした。

手槍と呼ばれる半間（約九〇センチメートル）ほどの長さしかない武器は、取り回しやすく、普通の槍よりも速さをだせる。

しかし、その速ささえも、緋之介は読んでいた。穂先の動きに合わすように身体をひねって必殺の一撃をかわすと、その回転を利用して一気に間合いをつめた。

大きく目を見ひらいた刺客が、空を突いた槍を捨て、太刀の柄《つか》に手をかけた。

「遅い」

胴太貫が小さく鋭利な角度で疾《はし》った。喉仏《のどぼとけ》を割られ虎落《もがり》と呼ばれる甲高《かんだか》い笛のような音をだしながら、刺客は膝をついた。血が噴きあがっていた。

最後に残った刺客が見世のほうにちらと目をむけ、緋之介に対峙《たいじ》した。知った顔であった。

「わざわざ江戸へ呼ばれたようだな。血を吐くような修行を積んで刺客とはな。やはり柳生の剣は陰だな」

「だ、黙れ」

明らかな怯《おび》えが浮かんでいた。

緋之介は、ゆっくりと胴太貫を肩にかついだ。

どの流派にしても、剣の基本は青眼《せいがん》である。臍《へそ》のあたりに柄を置き、切っ先を相手の喉、あるいは眉間《みけん》に擬《ぎ》する。

守りと攻撃のどちらにでも変化できるが、突き技以外で攻撃に移る場合は、振りかぶるか、脇にひくか、肩にかつぐか、下段におろさなければならない。

緋之介ほどの遣い手であっても、重い胴太貫では普段よりわずかに遅くなる。それを補うために、最初から肩にかついだ。守りを捨てた一撃必殺の心構えができていないと、二の腕が、肘《ひじ》がすくんで動けなくなる。

緋之介の身体から殺気があふれた。

刺客が青眼から太刀を下段にさげた。一寸刻みに足を動かし、間合いを詰めていく。

「刻を稼ごうとしても無駄だ」

表から攻めこんだ連中が合流するのを刺客が待っていることに、緋之介は気づいていた。

頭に血がのぼっていた刺客は、すでに緋之介の間合いに入ったことに気づいていなかった。太刀よりも重い胴太貫は、剣先が伸びる。

緋之介は踏みこみ、胴太貫を袈裟《けさ》に振りおろした。

刺客が後ろに下がった。それで十分なはずであった。重い胴太貫は、普通の太刀よりも刃先が伸びる。信じられないといった表情を浮かべた刺客の右肩から臍へと、胴太貫が食いこんだ。斬るというより割る感じで、刺客が二つになった。

緋之介は最後まで見ていなかった。そのまま見世へと向かった。

いづやの屋敷と見世の境で桔梗が震えていた。

「緋之介さま」

「どこだ」

「風呂の前で君がてさまと平助さんが」

いづやの風呂は屋敷から見世に入ったところにある。

「下がっていろ」

緋之介は走った。

風呂の前はちょっとした板敷きになっている。ここで、風呂に入る順番を待ったり、湯上がりのほてった身体をさますのだ。

総兵衛と平助、それに四人の忘八が、手に棒をもって襲撃をよく防いでいた。だが、傷を負っている者もいる。

「総兵衛どの、無事か」

「そちらはおすみになられたので」

緋之介は、総兵衛の意図を悟った。別働隊の全滅を報せることで、敵の士気をくじくのだ。

「ああ、みな斬った」

「馬鹿な」

思惑どおりに、敵の一団から驚愕《きょうがく》の声があがった。

中間以外は、いずれも修行仲間であり、名も技量のほども承知していた。

「代わろう」

緋之介は前へ出た。

「旦那《だんな》、遅いですよ」

平助が文句をつけた。

「総兵衛どの、後ろを頼みます」

「うけたまわりました。おい、平助」

総兵衛が平助に目配せした。

「へい」

平助が無傷な忘八を連れて下がった。

「槍」

一人が叫んだ。応じるように手槍をもった刺客が、前に出た。

「芸のないことだ」

すでに手槍と戦っている緋之介は、退屈げに言った。

「そうかな」

手槍をもった刺客がにやっと笑った。右手に手槍をもったまま器用に左手で脇差を抜いた。

「ほう。槍で遠間をねらい、懐にとびこまれたら脇差で受けとめるか」

緋之介は、胴太貫を下段に構えた。間合いは二間（約三・六メートル）と近い。

気合いをあげて片手で突きだされた槍を、緋之介は下段から振りあげた胴太貫でひっぱたくように払い、そのまま間合いを詰めた。

左に流れた胴太貫を引き戻すようにして胴を狙《ねら》う。

「なんの」

槍をもった刺客が、胴太貫を止めようと脇差をだした。続いて右手が翻るように手槍を回しにかかった。胴太貫を封じて槍の穂先で首を襲うつもりであった。

「おう」

足を止めて、緋之介が珍しく気合いを発した。

胴太貫に力を入れて握った。脇差が斬れた。折れたのではない。その勢いのまま、胴太貫が脇腹に食いこんだ。

「かはっ」

死んだ刺客から槍を奪いとると、緋之介は無造作に投げた。最後尾にいた中間が胸を槍で貫かれて後ろへ倒れた。

「おい」

「ああ」

残った三人が、太刀を青眼に構えながら陣形をととのえた。

死ぬ覚悟ができたのだ。顔に迷いがない。

一人を前に二人が一歩下がった両翼にと互いを援護しやすいように位置を決めた三人が、半歩近づいてきた。緋之介は半分下がった。

「翼」

中央の一人が声をかけると、左右の二人が青眼からすばやく脇構えになった。右は右脇構え、左は左脇構えと対称に構える。

一体となった三人の間隔は半間（約九〇センチメートル）もない。味方を傷つけてしまいかねないが、それさえ気にしていない。

真っ向から斬りつけ、左右から斬りあげる。これを躱《かわ》すとしたら、上に跳ぶか下がるかしかない。

上に跳ぶのは論外である。いかに名人上手でも、跳んでは次を躱せない。しかも、跳びながらの一撃は体重をのせられないので軽くなる。かといって、三方向からの撃を太刀で防ぐのは難しい。ましてや、反撃などまずできない。

敵を後ろに追いやり、逃げ場を失わせるための陣を三人は張った。

「…………」

緋之介は、胴太貫を八相《はっそう》に構えた。肩にかつぐのに比して威力は劣るが、臨機応変に変化を起こせる。

また半歩、中央の刺客が足を進めた。

緋之介は同じだけ下がった。

一呼吸おいて、また半歩刺客たちが出た。

悲壮だった顔に赤みが戻ってきている。緋之介が下がり続けていることに満足している。死ぬ気だった心に、勝てるかもしれないという揺らぎがでた。緋之介はそれを待っていた。

「やあ」

緋之介が踏みだし、胴太貫を振るった。

先頭の刺客が、小さなうめき声をあげ、急いで青眼から上段へと剣を振りあげた。が、間にあうはずもない。緋之介は、左袈裟に斬った先頭の刺客を右翼の刺客にむかって突きとばした。

脇構えから胴を狙って繰りだされた太刀は、味方に食いこんで止められた。

緋之介は、左翼の太刀を袈裟に斬った勢いの残った胴太貫によって弾《はじ》きとばした。

左翼の太刀が折れた。折れた太刀を捨てるまもなく、左翼の刺客は腰骨から鎖骨までを斬りはなたれて、崩れ落ちた。

「わああ」

右翼の刺客がわめいた。

剣理も忘れはてて、刀を振りまわしながら背中を向け、逃げだそうとした。

「逃がすか。吾作《ごさく》の仇だ」

落ちていた槍を拾っていた平助が、追いすがり、槍で刺客の背中を突き破った。声が止まり、最後の刺客が死んだ。

「よくやった」

総兵衛が平助をほめた。

平助は、にやりと笑うと、槍を離した。槍に支えられていた侍の身体が倒れた。

「死体を片づけなさい。いつものように、重石をつけて海へ沈めてな。吾作の遺骸《いがい》は、きれいにしてやってから運光院《うんこういん》さまに運んで、回向《えこう》をしてもらうように」

総兵衛は、生き残った忘八たちに指示すると、緋之介に身体を向けた。

「さて。我が家の忘八を殺されました。連中が誰なのか、話してくださいますな」

総兵衛が冷たく言った。

「わかった」

緋之介は、うなずくしかなかった。


宗冬は、襲撃に加わらない男を吉原にいれていた。

暮れ六の拍子木で河岸の見世を追いだされた男は、人目につかない路地で黒装束に着替えると、猿《ましら》のように京町の遊女屋の屋根にのぼった。

そこから屋根づたいに角町二丁目長崎喜衛門《ながさききえもん》方にたどりついた。遊女屋長崎喜衛門方から、江戸町二丁目いづや総兵衛方をよく見ることができる。

男は、ここから一部始終を見ていた。

いづやから十個の薦包《こもづつ》みが運びだされ、江戸町二丁目の突きあたりにある河岸見世に運ばれるのも、戸板にのせられた忘八の遺体が大門脇の潜りを出ていくのも、男はじっと観察していた。

冷静な観察者の目がいづやを見ているとは知らない緋之介と総兵衛は、総兵衛の居室で向かいあっていた。

小半刻あまり、二人とも黙ったままだった。

「柳生だ」

沈黙にたえかねた緋之介が口を開いた。

「主膳さまですか」

総兵衛が訊き返した。

「ああ」

緋之介は、そこで言葉を切り、しばらく沈黙を保った。だが、老練な遊女屋の君がての前に若者の抵抗は無駄でしかなかった。

「拙者の本名は、小野《おの》友悟という。小野次郎右衛門忠常《じろうえもんただつね》が末子だ」

「将軍家剣術指南役、小野派一刀流」

総兵衛が、さすがに驚いた顔をみせた。

「では、あの大判は」

総兵衛が訊いた。

「祖父が家康さまより拝領したものを形見分けとして拙者がもらったのだ」

「その小野さまのご子息であるあなたが、どうして同じ将軍家剣術指南役である柳生さまに命を狙われることになったので」

総兵衛の問いは当然であった。

柳生と小野家とではなにより格が違いすぎた。柳生は大名に列したことがある。だが、小野家は、友悟の父忠常が寛永十年（一六三三）に加増をうけても、八百石の小旗本でしかなかった。

柳生家が大和《やまと》柳生の庄の領主であったことも無関係ではないが、初代宗矩が秀忠の腹心として剣以外での功績を多くあげたのに対し、初代小野忠明《ただあき》は剣一筋でいっこうに秀忠に気にいられることがなかった。同じ将軍家剣術指南役でも、触れあうところはまったくといっていいほどない。

緋之介が小さな声で言った。

「柳生十兵衛三厳どのの息女織江どのと拙者は、許嫁《いいなずけ》の仲でござる」

得心した表情をうかべた総兵衛が、すぐに眉《まゆ》をひそめた。

「はて、十兵衛三厳さまのお娘ごなら、すでにご長女さまは跡部《あとべ》さまへ、末娘さまは渡辺《わたなべ》さまへ嫁がれたはずでございまするが」

さすがに十兵衛三厳ほどの著名な剣豪ともなると、その遺児の行方も知られていた。

「養女でござる。織江どのの実の父は、友矩どののなのだ」

織江は、友矩が柳生の庄へ引きこもってから手をつけた女から生まれた。父母の美《び》貌《ぼう》を受け継いだが、母は織江を産んでまもなく産後の肥立ちが悪くて亡くなり、父友矩も五歳のときに死んだ。

幼くして両親を失った織江を、十兵衛三厳が引き取り養女として育てた。

織江には、容貌以上に天から与えられたものがあった。剣の才能である。いちはやくそれを見抜いた十兵衛三厳は、時を惜しむかのようにして織江を鍛えた。織江は、その教えを乾いた砂が水を吸うように身につけた。

柳生の鬼姫と陰で言われても、歳《とし》をおうごとに娘らしくなっていくその容姿に、縁談は引きも切らなかった。だが、十兵衛三厳は織江の夫に友悟を選んだ。どこでどう接点があったのか、十兵衛三厳と友悟の父忠常とには交りがあった。

織江より五歳年上であった友悟は、父から話を聞かされ、伝説の剣豪、柳生十兵衛三厳に会えることを楽しみに大和柳生へと旅立った。

「拙者は、夢中で十兵衛三厳どのの指南を受けた。一刀流とはまったく違う愛洲移香《あいすいこう》斎《さい》が陰流をきわめた新陰流、その第一の遣い手と立ち合うことに、拙者は時が経《た》つのも忘れた。しかし、拙者と織江どのが剣を交えることは許されなかった。織江どのが二十歳になったときに婚礼をおこなう。その前に生涯に一度だけ織江どのと立ち合え。それまではならぬ。十兵衛三厳どのは厳命された。だが、そんなことなどどうでもよかった」

緋之介は、懐かしい日々を思い出すかのように目を閉じた。

「あれは、忘れもしない慶安《けいあん》三年（一六五〇）三月二十一日のことだった。早朝の稽古に向かうために寄宿していた百姓家を出た拙者は、朝靄《あさもや》のなかに十兵衛三厳どのが誰かと歩いていかれるのを見た。拙者は、なにも考えずに二人の跡をつけていた。並んで歩いているのが、十兵衛三厳どのの弟で柳生法徳寺の住持烈堂和尚とわかったからかも知れぬ。烈堂和尚も、柳生新陰流の遣い手だったが、僧籍に入ってからは刀を手にされなくなり、その腕前のほどはわからなかった。拙者は、二人が人目を忍んで早くに出歩くのは試合をするに違いないと思ったのだ。拙者はそれを見たいと願ったのよ」

「…………」

総兵衛は口を挟むことなく聞いていた。

「人気のない河原にて対峙した二人に気づかれないように、拙者はかなり離れた木の陰に隠れて見ていた。二人の立ち合いは、激しいものであったが、殺しあいではなかった。それが突然、烈堂どのからものすごい殺気が放たれた。一丁（約一〇九メートル）離れていた拙者の背中が震えるほどの鋭い殺気だった。いきなりの殺気をうけて、十兵衛三厳どのの動きが止まった。烈堂どのから間合いをとられたのだ。だが、それは目くらましだった。烈堂どのは、刺客を、それも飛び道具の刺客を伏せていた。気合いに紛れて、刺客がもらす殺気を十兵衛三厳どのは見抜けず、一弾に腹を破られた」

総兵衛の眉が小さく動いた。緋之介が話しだしてはじめてみせた感情であった。

「烈堂は、倒れた十兵衛三厳どのを捨てて里へと帰っていった。僧籍にある者は殺生をしないと呵々大笑《かかたいしょう》したのを、憶《おぼ》えている。拙者は烈堂をやりすごし、十兵衛三厳どのに駆けよった。そこに遅れてとどめを刺しに刺客が出てきた。鉄砲を持っていた刺客は、拙者を見て太刀を抜いたが、腕はさしたることはなかった。拙者は、一撃で斬って捨てた。近寄れば、十兵衛三厳どのはまだ生きておられた。しかし、それが風前の灯火《ともしび》であることはすぐにわかった」

烈堂の敬称を緋之介は取った。

「ここから先を聞くには、柳生を敵にまわす覚悟がいるが、よいのか」

緋之介は、総兵衛の顔を見た。

「すでに、わたくしどもは柳生さまの敵になっておりまするよ」

総兵衛が感情のない顔で笑った。

「柳生十兵衛三厳さまのご遺言はなんでございましたか」

「拙者にすべてを話してくださった。家光公に言われて友矩どのをひそかに討ったことも、このたびも家光公の命令で宗冬が、烈堂に命じて己を殺させたことも」

「十兵衛三厳さまは、ご自身が殺されると知っておられたのでございますか」

総兵衛が驚きの感情をあらわにした。

「家光公の猜疑心《さいぎしん》の強さを身にしみて知っておられたゆえな」

緋之介は、総兵衛に十兵衛三厳の話したことを伝えた。

「さらに十兵衛三厳どのは、手にしておられた刀に刺客の血をなすりつけ、このまま儂をうち捨てて行けと命じられた」

「相打ちになった体《てい》にせよと」

「そうだ。烈堂が動いた。ということは、柳生の庄も敵に回った。拙者がここに来たと悟られてはまずいと。そして、最後に織江をたのむと……」

緋之介が唇をかんだ。唇が破れ、赤い玉が浮いた。

「これを話すのは、おぬしが初めてだ」

「織江さまにもお話しにならなかったので」

総兵衛が問うた。

「十兵衛三厳どのが話すなと仰せられた。一つには、織江どのの父を殺したこともあったろうが、なによりも、知られれば、宗冬や烈堂が織江どのを生かしておかないとわかっておられたからであろう」

「さようでございますな」

総兵衛は納得した。

「緋之介さまは、どうされたのでございまするか」

総兵衛が当然の問いを発した。

「拙者は、なにも見ていなかったように過ごすしかなかった。うかつに動けば、拙者はもとより、織江どのも殺される。柳生の里は、敵地となった」

「緋之介さまは、今年で二十五歳におなりでございましたな。ならば、足かけ五年ものあいだ敵中に」

　緋之介は黙ってうなずいた。

「そして、この三月、二十歳になられた織江どのと拙者の婚姻がおこなわれるはこびとなった。その前日、一度もお互いの剣技を見たことがない二人が、柳生の道場で対峙した。そこには、柳生家の重臣や門弟が居並んでいた。そして、烈堂も」

　緋之介がかっと目を見開いた。

「やっと日が昇ったばかりの早朝、互いに藍《あい》染めの稽古着に袴《はかま》、素足で二間《けん》（約三・六メートル）の間合いで対峙した」

「どうなったのでございますか」

　総兵衛が先をせかした。

「拙者は小野派一刀流の奥義一の太刀、織江どのは柳生新陰流浮舟の太刀に構えた」

「一の太刀は、太刀を大きく振りかぶって敵を威圧し、いすくめたあと真っ向から斬りふせるという一刀流の極意」

　総兵衛がうなった。

「対して柳生流の浮舟は、波に漂う舟のように相手の出方によっていかようにも変化するという。すばやさと臨機応変をその極意とする新陰流の代表的な構えだ。その姿を見て、拙者は感心した。柳生道場の誰よりも堂にいったものだった。十兵衛三厳どのに勝るとも劣るまい。女でなければ、柳生流はまちがいなく織江どのが継いだだろう」

「それほどの腕をお持ち……」

総兵衛が驚いた。

「我らは、試合が始まるなり激しくうちあった。何合にわたったかは憶えておらぬ。だが、拙者の太刀はことごとく織江どのにかわされ、あるいは流されていた。もちろん、織江どのの技のすべてを拙者も防いでいたが」

緋之介が思いだすかのように目を閉じた。

「開始からどのくらい経ったのかはわからぬ。織江どのが拙者の小手を撃ちにこられた。それを引かずに拙者は逆にとびこんだ。乾いた音がしてお互いの木刀がぶつかり鍔《つば》ぜり合いになった」

「…………」

続きを緋之介が逡巡《しゅんじゅん》した。

「どうなったのでございまするか」

総兵衛が身をのりだした。

「あれほど間近で女を見たことはなかった。上気した顔の美しさ、稽古着の上からもわかる乳房の大きさ、吐く息のかぐわしさに拙者の頭に血がのぼってしまった。禁欲の修行など飛んでしまったのだ」

緋之介が恥じるように下を向いた。

「知ってのとおり鍔ぜりあいは、一瞬の油断もゆるされない。拙者の隙《すき》を織江どのは見逃されなかった。大きく後ろにとびながら突いてこられた。かわしきれぬと、拙者は片手薙《な》ぎにでた。男と女の手の長さの差で拙者が早かった。突いてくるのを弾いたあとそのまま走った拙者の木刀が織江どのの稽古着の留めひもをとばしてしまった」

緋之介がふっと力なく笑った。

「それから」

総兵衛が先をせかせた。

「織江どのの胸がはだけて、厚くまかれた晒《さら》しでも被《おお》いきれない乳房の上のふくらみが見えた。その白き丘に拙者は思わず見とれてしまった。すぐにそれに気づき、羞恥《しゅうち》と怒りで真っ赤になった織江どのが、一気に間合いをつめてこられた。完全に虚におちいっていた拙者は、なにも考えることもできず、とっさに飛燕《ひえん》という技を使ってしまった」

緋之介が悔しそうな顔をした。

「それがなにか」

総兵衛が怪訝《けげん》な顔をした。

試合の最中には秘術をつかって戦う。どのような技を使っても問題はない。

「飛燕は、十兵衛三厳どのが編みだし、たった一度だけ試合で使われた柳生流でも使える者のいない秘太刀中の秘太刀なのだ」

「なんと」

「拙者は、それを死に瀕した十兵衛三厳どのから口伝され、ひそかに修行をつみ、自分のものとしていた。いかに危機とはいえ、拙者は見せてはならぬものを見せてしまった。拙者の木刀が織江どのの木刀をはじきとばしたとき、真正面に烈堂の顔が歪《ゆが》んだのが見えた。烈堂ほどの遣い手が、一度でも見た太刀筋を忘れることはない」

見ただけで秘太刀をものにすることは、そうとうな天分をもっても難しい。最後の最後がわからないからだ。師は、それを弟子に伝えるときに口伝として秘密をあかす。けっして書き物に残すことはしない。残せばいつか漏れるからだ。

「あと二日だった。試合が終われば、翌日はいよいよ祝言になる。祝言が終われば、拙者は織江どのを江戸に連れてゆける。虎口《ここう》をあと少しで脱するというときに、拙者の心が練れていなかったばかりに取り返しのつかないことになってしまった」

「その夜に襲撃を受けられたのでございますね」

総兵衛が言った。

「寝込みを襲われた。もっとも、拙者もその心づもりはできていたから、油断をしてはいなかった」

刺客は、緋之介が寝ていた百姓家の離れに火をつけた。

離れの周囲は柳生の遣い手で囲まれていた。気配でそれに気づいた緋之介は、雨戸を開けずに天井から屋根にのぼった。

かやぶきの屋根は、脇差で破ることができた。燃え上がる炎と煙で、地上から屋根の上は見えにくい。

緋之介は、裏山に面した裏庭にとびおりた。

待ちかまえていた柳生道場の剣士を一閃で斬り、裏山目指して駆けこんだが、地の利は敵にある。

追いつかれては、足を止めて斬り、また追いつかれては斬りと六人を地に伏せたが、緋之介も背中に傷を負った。

ようやく大和と伊賀の国境にたどりついたところに、烈堂が待っていた。

「烈堂は強かった。織江どのを除けば柳生一と言ってもいいだろう。だが、十兵衛三厳どのはもっとすごかった。拙者は、わざと飛燕の太刀を遣い、烈堂の左肘の筋を断った」

緋之介は、烈堂に十兵衛三厳から誰にも話すなと口止めされたことを語り、その足で江戸へと帰ってきたのだった。

「ご実家に戻られなかったのは、なぜでございますか」

「書院番をつとめている父に迷惑がかかるのを避けたかったのだ」

柳生が、黙って緋之介を見逃すはずはなかった。

家光の命であったとはいえ、証明するものはなにもない。すべてが明るみになれば、柳生の家などふきとんでしまう。また、家光の秘事を隠そうと、幕府も知る者すべてを闇《やみ》に葬り去ろうとするのはわかりきっていた。

「なぜ、吉原にお見えになられました」

総兵衛がたずねた。

緋之介がとまどった。蒼白《そうはく》だった顔色が紅《あか》く変わった。

「まさか、織江さまの胸肌……」

総兵衛が絶句した。

緋之介が、総兵衛から顔をそむけた。

「ひょっとして、緋之介さまは女《おなご》をご存じない」

総兵衛が、呆れたようにため息をついた。

「剣の修行に女はいらぬ。いや、女にかまっている暇などなかった」

緋之介が慌てたように弁解した。

「江戸じゃ十三、十四で男と女の道を知るのがあたりまえだと申しますに、まあ、なんと申しましょうか、稀有《けう》なお方だ」

「………」

「なるほど。織江さまの乳房に見とれて油断したことが情けないとお考えになって、次にそういうことがあってもゆらがないために、吉原へ女の修行をなさりに来られたのでございますな」

「そうだ。剣士たるもの、なにがあろうとも戦いのさなかに心が揺れてはならぬと悟った。それで吉原に来た。だが、これ以上迷惑をかけるわけにはいかぬ。いろいろと世話になった」

「相変わらずお若い。いや、気のお早い」

総兵衛が小さく首を左右に振った。

「ここは女の里でございまする。女を知らずにお帰しするわけにはいきませぬ。それに、緋之介さまの腕は、わたくしどもにとっても貴重でございますから」

出ていかなくていいと総兵衛が緋之介を止めた。

「今度はそちらの番だ。いづやは誰に狙われているのだ」

緋之介が総兵衛を見た。

「いずれお話しします。今はお知りにならぬほうがよろしいでしょう。さて、空腹になりました。夕餉《ゆうげ》にいたしましょう」

総兵衛が、逃げた。

子《ね》の刻（深夜十二時頃）をすぎるまで長崎喜衛門方の屋根で見張っていた黒装束が、屋根づたいに吉原の塀をのり越えて闇に消えた。

その後ろ姿をじっと見据えている別の目があった。

まんじりともせずに吉報を待っていた宗冬のもとに、黒装束によって襲撃失敗の報告が届いた。

「十人ともやられたというのか」

宗冬が絶句した。同席していた肥後も言葉を失っていた。

「柳生の庄から呼びよせた新陰流の免許の者たちだぞ。槍も宝蔵院《ほうぞういん》の練達だった。それがたかが一人に倒されたというのか」

宗冬の声は悲鳴に近かった。

「いえ、それが友悟だけではないので」

黒装束が見てきたことを報告した。

「遊廓の忘八どもに柳生が負けたというのか。たわけたことを申すな」

宗冬が黒装束を怒鳴りつけた。

「殿、黒蔵《こくぞう》は、見てきたことしか口にいたしませぬ」

肥後が、宗冬をたしなめた。

「人ですらない忘八に柳生の手練れが、なぜだ」

宗冬の身体が震えた。

「そのいづやという遊廓を調べよ。ただの遊女屋とは思えぬ」

呆然《ぼうぜん》としている宗冬に代わって肥後が命じた。

「承知つかまつった」

黒装束は、肥後の手から金を受けとると、すばやく姿を消した。

三

書院番組は将軍の身辺警固と江戸城諸門の警衛を任とする。

慶長十年(一六〇五)に秀忠が征夷大将軍になったときに創設され、十組前後からなる。若年寄支配で、四千石高の書院番頭のもとに、組頭が一人、さらに五十人の書院番士が付属した。

将軍外出のおりには駕籠《かご》脇で供するなど、戦国の馬廻りが変化した。旗本のなかでも腕利《うでき》きのものが就く名誉ある役職であった。

「次郎右衛門」

宿直を終えて下城しようとしていた小野次郎右衛門忠常が呼び止められた。

「これは伊豆守さま」

ふりかえった忠常が、急いで腰をかがめた。老中松平伊豆守信綱が立っていた。

「なにか御用の儀でも」

忠常が怪訝な顔をした。

老中が、八百石にしかすぎない旗本に声をかけるなどまずない。

「いや、お勤め、ご精がでるの。上様もそなたの誠実を愛《め》でておられる」

伊豆守が、にこやかに言った。

「ありがたきお言葉でございまする」

家綱に話がおよんだので、忠常がより一層頭を深く下げた。

伊豆守が沈黙した。

忠常はじっと頭を下げたままでいた。そこへ、わずかな衣擦《きぬず》れが聞こえてきた。

「主膳ではないか」

伊豆守が、声をかけた。

忠常は上目遣いに相手を見た。組は違うが同じ書院番の柳生宗冬が、やはりとまどったような表情を浮かべて伊豆守に挨拶《あいさつ》をしていた。

「これはご老中さま」

「宿直か、ご苦労だな」

「はっ」

「わたくしはこれで」

会話が宗冬に移ったので、忠常は一礼してそこから離れようとした。

「ああ、次郎右衛門。子息は息災か」

行きかけた忠常を、伊豆守が引きとめた。

「忠於《ただお》でございますれば、変わりませず」

忠常が、驚いたように伊豆守の顔を見た。お役についてさえいない部屋住の息子のことを老中が気にしていることなど、かつて聞いたことさえなかった。

「いやいや、嫡男のことではない。たしか、友悟とか申したかな、末息子の名は」

「…………」

忠常だけでなく宗冬までが、思わず驚いた。

「友悟めまでご存じいただけるとは、望外の喜びでございまする。ただいま剣術修行のため旅に出ておりまするが、壮健でございまする」

「それは重畳《ちょうじょう》、小野家も安泰じゃな。流派を護《まも》りうるだけの後継者に恵まれての」

伊豆守が笑い声をあげた。

「足を止めたな、次郎右衛門」

伊豆守は、急に忠常に興味を失ったかのように素《そ》っ気《け》なく手を振った。

「ご無礼いたしまする」

伊豆守と宗冬に礼をすると、忠常は歩きだした。

「なんだ」

忠常は首をかしげた。

友悟から最後の連絡がきたのは、いよいよ織江と試合し、そのあと祝言をあげまするという報告の手紙であった。忠常の足は、いつの間にか速くなっていた。

忠常が廊下の角を曲がるまで見ていた伊豆守に、宗冬が言った。

「では、わたくしもこれにて」

「ああ、主膳。待て」

伊豆守は、目で坊主にさがるように命じた。

「なにやら、吉原に足繁く通っておるようだが」

宗冬が、愕然《がくぜん》とした表情を浮かべた。

「いづやへの手出しは無用と心得よ」

「伊豆守さま」

背中を見せた伊豆守を宗冬が呼び止めた。

「よいか。ご先代上様の御代を生きぬいた柳生の家を潰したくなければ、忘るるな」

伊豆守はふりかえることなく去っていった。

宗冬は、呆然と立ちすくんだ。

怪我の養生をしていた御影太夫が見世に戻った。

その日、萩の太夫と呼ばれるゆえんとなった乳下の傷を一目見ようと、吉原中の置屋から御影太夫に呼びだしがかかった。

「どうしやす」

平助が頭を抱えていた。一見《いちげん》の客は断るにしても、馴染みと呼ばれる客だけでも十人からが御影太夫を所望している。

「太夫ともなれば、廻しはせぬからなあ」

総兵衛も悩んでいた。

廻しとは、吉原の言葉で一日に二人以上の客をとることを言う。端なぞは五人ぐらいの廻しをすることもあるが、太夫や格子は一日一人しか相手にしない。これは、吉原が客と遊女の関係をかりそめの夫婦に見立てているからであった。

「お見舞いをいただいた方々はお断りできぬぞ。桔梗に代役をさせることもできぬ」

吉原では、太夫の身体にさわりがあるときに妹女郎を代役にたてる。太夫は顔を出すが、閨に侍《はべ》るのは妹女郎になる。

このとき、客はけっして妹女郎に手をだしてはならない。むろん、揚げ代金は太夫を呼んだときと同じのうえに、見合う心付けをやらねばならない。客にとっては踏んだり蹴《け》ったりのしきたりであった。

「たいへんなものなのだな」

緋之介は、感心していた。

一人の女に、多くの男たちが必死になる。それも、身分も名声も手にした人物が競うのだ。太夫が松の位、従五位にあたると言われる由縁を、緋之介はやっとわかった気がした。

このとき、御影太夫が桔梗を連れて帳場へ顔をだした。そろそろ太夫道中の準備をしないといけないからであった。行き先の揚屋が決まってないと道中ができない。

「なにをご協議でありんすかえ」

「じつはな……」

総兵衛が太夫に悩みの種を語った。

「そんなことでおわずらいでありんしたか」

御影太夫がにこりと笑った。

「なにかよい手だてでもあるのかい」

「皆さまに京町の揚屋柳屋《やなぎや》さんまでお集まりいただいてくんなまし」

「お集まりって、水野《みずの》さまも、中村《なかむら》さまも、池添さまも、松井さまもか」

総兵衛が問うた。

「いえいえ、あちきを見てやろうと思《おぼ》し召しの殿方すべて、と申しあげても柳屋さんの座敷にも限りがござんすから、入るだけの方々に」

「柳屋さんの座敷でしたら、二階の襖《ふすま》をとっぱらえば三十人ぐらいなら入れやすぜ」

平助が総兵衛に告げた。

三十人なら馴染み客だけでなく、御影太夫を求めてきた客全部を呼べる。

「で、どうしようというんだい、太夫」

総兵衛が訊いた。

「そこで今宵《こよい》は、ご酒なし、唄《うた》なし、閨ごとなしで、あちきの傷をお披露目しやんす」

「ううむ、それは考えたな」

緋之介が感嘆の声をあげた。

「あい。てでさま、その座敷のお代金、あちきがお見舞い返しかわりとさせてもらうでありんす、とみなさまにお伝えのうえ、お集まりを」

「さすがは、太夫だ」

平助が手を打った。

「それはいい。吉原中の話題をさらうな。おい、平助、柳屋さんに、今日はいづやで借りきらせていただきたいと言ってこい。あと、お馴染みさんにもわけを話してな、おあがりの揚屋から移ってもらえ。そこの代金は、いづやがもたせていただきますとも伝えてきなさい」

総兵衛も、めずらしく興奮していた。

「へい」

平助が出ていった。

「喜平《きへい》」

総兵衛がもう一人の忘八を呼んだ。

「今宵、御影太夫の萩見を京町柳屋でおこないますれば、ご参集くださいませと、廓中に触れてこい」

「合点で」

喜平も勇んで出ていった。

「では、あちきは道中の準備にかからせていただくでありんす」

「頼むよ。柳屋さんにかけてもらう看板を書く。誰か檜《ひのき》の三尺板を持ってきておくれ」

総兵衛も忙しそうに立っていった。

御影太夫の道中衣装の用意のために、桔梗も顔を輝かせて二階へと駆けあがっていった。

「緋之介さま」

残っていた御影太夫が、緋之介にそっと寄りそった。

「二人きりで萩見をしたいでありんす。人気がおさまったら、きっとですよ」

「な、なにを……」

真っ赤になった緋之介を残して、御影太夫も去った。

この日の御影太夫の道中は、一目見ようとする客で怪我人が出たほどであった。

しかし、それ以上だったのが柳屋でのお披露目だ。見せろと押しかける客を断るだけで、柳屋といづやの忘八全部が出払ってしまうほどであった。

馴染み客たちを前列に、それ以外を後方にと配した座敷で、御影太夫は療養中の詫《わ》びと見舞いの礼を見事な口上でしてのけた。そのあと、すっくと立ちあがり、紐《ひも》をほどき惜しげもなくその見事な裸身を衆目にさらした。

「どうぞ、ご覧なされてくださりなんせ」

その姿を見た客たちのどよめきで柳屋が揺れた。御影太夫の萩見披露は、長く吉原の語りぐさとなり、御影太夫を一気に吉原一の太夫にのしあげた。

吉原中がその熱気からさめやらぬ当夜、吉原の潜り門が静かに開いた。

顔をだしたのは、会所に新しく雇われた男であった。男は提灯《ちょうちん》を突きだすと、大きく輪をかくように振った。

「大丈夫か」

闇のなかから侍たちが駆けよってきた。

「三上《みかみ》さま、会所の連中はよく眠ってやす」

男が応えた。

「ご苦労だったな、儀平《ぎへい》。あとも頼むぞ」

「へい」

三上に率いられた一団が吉原のなかへ消えた。

呼ばれた男は、あたりを見まわしてから潜り戸を閉めた。掘り割りを挟んだ民家の屋根上に男が潜み、一連の動きを見ていることには気づかなかった。

仲之町通りを足音を忍ばせて駆けた一団は、いづやの裏口へと着いた。

「よいか、主は殺すな。あとは斬ってすてよ」

三上が皆に命じた。

りこえた。

「真田《さなだ》、吉村《よしむら》」

名前を呼ばれた二人が塀に手をついた。

「今野《こんの》、ゆけ」

もっとも小柄な男が太刀を傍《かたわ》らの仲間に渡すと、真田と吉村の背にのって板塀をのりこえた。

緋之介は、気配を感じて目覚めた。

「またか」

すばやく身支度を整えると、脇差だけを腰に差し、胴太貫は鞘《さや》をはずしてそのまま右手に持った。白研ぎされている刀身は、月明かりをうけてもあまり輝くことはない。

緋之介は、居室の裏側の月見窓からそっと庭へ忍びでた。

「…………」

三上が指で母屋《おもや》の雨戸をさした。

真田が小柄を雨戸の下に入れ、こじるように持ちあげる。吉村が手を貸した。

緋之介は走った。二人の手がふさがるのを待っていたのだ。

「おうりゃあ」

最後列で雨戸を注視していた二人の背後に回りこみ、胴太貫を一閃した。一人は峰打ちだった。

「用心棒か。こいつの相手は拙者がする。おまえたちは……」

三上は、無造作に間合いを詰めてくる緋之介にあわてて太刀を構えようとしたが、できなかった。

「ぐえっ」

恐怖に引きつった顔をまっぷたつにされ、三上は絶命した。

「三上どの」

雨戸を持っていた二人が慌てて手を離して刀を抜いた。

「わああ」

真田が刀をやたらと振りまわした。緋之介は軽く刀身を胴太貫の峰で叩いて弾き飛ばし、そのまま振りおろした。

刀を失った手を握りしめて真田が死んだ。

吉村が、その隙に緋之介の横を駆けぬけて逃げだそうとした。数歩逃げたところで、上半身が落ちた。

「逃げようとする者まで殺すか」

一人残った今野が緋之介を睨《にら》んだ。

「夜中に他人の家に押し入って皆殺しの算段をするような輩に情けが要るか」

緋之介は冷たく言った。

何度となく死地をくぐっているうちに、緋之介は襲いくる相手には容赦しなくなっていた。

緋之介は、胴太貫をだらりとさげた。

今野がふっと消えた。

緋之介は、すばやく後ろに跳び、胴太貫を身体の前にだした。

今野が放った太刀が緋之介の太腿《ふともも》を横なぎにきた。鈍い音がして火花が散った。その光のなかに、地に這うように身を沈めた今野が映った。

「二階堂流《にかいどうりゅう》か」

緋之介は間合いを二間に取った。

二階堂流は、江戸のはじめごろ、九州熊本の細川《ほそかわ》藩士であった松山主水《まつやまもんど》によって開かれたものである。上段横なぎ、真っ向斬り、左右の袈裟懸け、下段の横なぎの五太刀によってなり、それらを合わせれば平らという字になることから二階堂平法ともいわれた。

開祖松山主水は、心眼金縛りと呼ばれる相手を動けなくしてから斬るのを得意としたが、これは学べるものではなかったらしく、その後仙台《せんだい》藩に仕えた息子二代目松山主水だけにしか伝わらなかった。だが、平法の単純な動きは、戦国の気風の色濃く残る九州では学ぶ者も多かった。

「おうよ」

今野が上段に構えた。天高く月を刺すかのように剣先をまっすぐに立てる。

「修練の速さで勝つというわけか」

緋之介も胴太貫を上段にあげた。

二人が跳んだ。

小柄な剣士には足腰の異様に強い者がいる。そのことを、緋之介は柳生十兵衛から聞かされていた。それが幸いした。

緋之介よりも高く跳んだ今野がまっすぐに振り下ろした太刀は、上段にかかげられていた胴太貫に当たった。

緋之介は空中でそれを巻きこむように右手首をひねった。今野の太刀の筋がわずかに狂った。

地に落ちたのは緋之介が少し早かった。そのまま足で地を蹴るように身体をひねった緋之介が、真っ向から斬り落とした。

空中にまだ浮いていた今野に避ける手段はなかった。体重ののった一撃を受け、今野は縦に裂けた。

「ぎゃっ」

「…………」

血がしたたり落ちている胴太貫を手にしたまま、緋之介はふりかえって万字屋の屋根を見あげた。

屋根の上にいた影が消えた。

「緋之介さま」

総兵衛が出てきた。

「拙者の客ではない。そちらの来客だったようだ」

「お手をわずらわせました」

総兵衛が頭を下げた。

「そいつだけは峰打ちだ。訊きたいこともあるだろう」

緋之介が倒れている一人に目をやった。

「それはたすかりまする。おい、平助」

総兵衛がふりかえった。平助が急いで出てきた。

「こいつを蔵へな。責めは任せる」

「へい」

気を失ったままの侍を素早く荒縄で高手小手に縛りあげた平助が、庭の片隅にある土蔵へと運んでいった。


吉原の責めは、足抜けをしようとして捕まった遊女や、遊女とできた忘八、買われてきたのに客をとるのを嫌がる女など、遊廓の根本にかかわる罪人どもを改悛《かいしゅん》、あるいはみせしめにするためにおこなわれた。連綿と受けつがれてきたその技は、いかに殺さずに苦痛を与えるかだけを昇華させ続けてきた。町奉行所の責め問いよりもはるかにむごい。

生き残った侍が堕《お》ちるのに半日もかからなかった。

平助から報告を受けた総兵衛がつぶやいた。

「そうか、対馬のな。まえの連中もそうなのか」

「いいえ、そいつが、まったく違うそうで」

「やれやれ、死に損ないの相手をするだけでもたいへんだというのに」

総兵衛が腕を組んだ。

それまで黙っていた緋之介が口を開いた。

「死に損ないとは誰のことだ」

「それぐらいはお知りになられてもよろしいでしょう。松平伊豆守信綱どののことでござる」

総兵衛が感情をまじえずに応えた。

「ご老中の松平伊豆守どのが、死に損ないとはどういうことなのだ」

緋之介の問いに、総兵衛が淡々と言った。

「殉死《じゅんし》なさらなかったからで」

殉死は自決の一種で、仕えていた主人の死に供することをいう。殉死した者の遺族は手厚く保護されるが、しなかった者は迫害される。

「伊豆守どのは、故家光公より幼君の傅育《ふいく》をとくに命じられ、厳しく殉死を止められたと聞くが」

「だからこそ手強《てごわ》いのでございますよ。死ねなかった侍は、なにも失うものがなくなりますから。そう、命にさえ執着しない」

「その伊豆守といいづやが、なぜ争うのかは教えてもらえぬのだな」

「世の中、知らぬほうがよいこともございますので」

総兵衛がつらそうな顔をした。

四

十月二十二日。十四日に江戸を出て日光へ出向いていた朝鮮通信使の一行が江戸へと戻ってきて、本誓寺に残っていた者たちと合流した。四百人ちかい人数が戻ってきた本誓寺は、一気に活気にあふれた。

翌朝から正使、副使らと交流を望む文人たちが訪ねてきた。その来客も夕暮れには帰っていく。

「お見事でございました」

接待役牧野因幡守富成が、朝鮮通信使従事官南の前に頭を下げた。

南は、家康の廟《びょう》への参詣《さんけい》を断って、食事を十日あまり止められたにもかかわらず、とうとう折れることなく東照宮へ参拝しなかった。もっとも、南もかつてのように江戸から出ないとは言わず、日光への参詣行列には黙って加わった。

「おそれいりましてござる」

膳《ぜん》を用意させて因幡守が去っていった。対馬藩宗《そう》家からだされていた通事も姿を消した。

国より持ってきた食糧で飢えだけはしのいでいた南はやつれてはいたが、その気力は衰えてはいなかった。

「従事官どの」

饗された食事を終えて茶を喫していた南に声がかけられた。

「入られよ、明使どの」

南が天井を見あげた。

隅の天井板がずれ、そこから朝鮮の下人姿の男がおりてきた。

「対馬でお目にかかって以来なれど、名乗りは初めてでござる。明国禁軍都尉、楚周建」

下人姿の男が名乗った。禁軍都尉といえば、地方なら軍司令官にあたるほどのかなり高位の軍人である。

南が慌てて座をさがった。

「どうぞ、上座へ」

明国は朝鮮国の宗主国である。いかに従事官とはいえ、礼を失することはできない。

「まずは礼を言う。貴君が幕府の目を集めてくれたおかげで、我らが動きがたやすくなった」

楚が頭を下げた。

「いえ、少しでもお役にたてたならば光栄でござる。しかし、明国の都尉ほどのお方が、我が使節に混じってまで倭《わ》に参られるとは、いかなることでございましょうか」

南が問うた。

「取り戻さねばならぬものを探している。それ以上は」

楚の声は厳しく、そしてとぎれた。

「要《い》らぬことを訊きました。お詫び申しあげまする。なにかお手伝いできることはございませぬか」

南の言葉に、楚が首を振った。

「あとは我らだけで。御助力に感謝する」

その姿がふたたび天井裏に消えた。

四つ（午後十時頃）。吉原は静かに眠りについていた。

二つの人影が、軽々と大門を越えると、音もなくいづやの前に立った。

「夜分に悪いが開けてくれ」

楚が流暢《りゅうちょう》な日本語で言うと、いづやの潜りを叩いた。

「誰でい」

眠そうな声をあげながら忘八が応えた。

「明国の使者が来たと、主《あるじ》に伝えてくれ」

忘八の目が一変した。

「しばらくお待ちを」

「奥へな」

報せを聞いた総兵衛は、使者を丁寧にお迎えするように申しつけた。

「平助、緋之介さまをお呼びしてくれ」

総兵衛は、緋之介にも同席を求めた。

緋之介が来るのを待っていた総兵衛の案内で、二人は客間へとでむいた。

「お待たせいたしました。いづやの主総兵衛でございまする。こちらは、当屋のお客人で織江緋之介さまで」

総兵衛が、上座に席を占めている楚と正対する下座についた。

「緋之介さまは、あちらに」

緋之介は、楚の配下の真正面に坐《すわ》った。

「礼を守らぬ時間に訪ねたことを詫びる。儂は明国禁軍都尉楚周建、そしてこれは部下の黄輝狼だ」

楚が自ら配下の紹介をした。

緋之介は、左膝《ひだりひざ》に添えていた胴太貫をそっと背中にまわした。貴人に対する礼であった。

「お茶をお持ちしました」

薄茶を持った桔梗が入ってきた。

桔梗の言葉遣いが遊女のものから変わってきていた。遊客の枕頭《ちんとう》に侍ることがなくなってから、桔梗はより美しくなった。その名のとおり秋をむかえてきれいに咲いていた。

桔梗が去るまで、一同は沈黙していた。緋之介はもとより、楚も黄も総兵衛までが桔梗に見とれていた。

「いい女になったな」

総兵衛が小さくつぶやいた。それが静けさを破るきっかけになった。

「儂がなぜここに来たのかわかっていると思うが、黙って渡してくれはしまいか」

楚が口火を切った。

「よくぞ、ここを探されました。知っている者は、そう多くはございませんのに」

「一人知る者がいれば、それは十人に知れるのと同じという。それでも五十年かかった。見事だと誉《ほ》めておこう」

　楚が総兵衛を見た。

「すべてをご存じのうえでお見えになられたのであれば、答えもおわかりいただけるはず」

　総兵衛もじっと楚を見た。

「我が皇帝から下賜《かし》されたそれを本来持つべき者は死んだ。受け継ぐべき子孫すら滅んだ。手に入れたからといって、他人に贈られたものをいつまでも持っているのはおかしくはないか。正統な所有者がなくなった今、皇帝に返上されるべきなのだ」

　楚が厳しい口調で言った。

「はて、異なことを。貴国の歴史をひもとけば、玉璽《ぎょくじ》がいくつもの王朝をこえて伝えられておるようでございまするが。過去のすべての王朝が、正統な継承者によって継がれてきたとでも申されまするか」

　総兵衛が皮肉を口にした。

　玉璽はその王朝の皇帝が持つ印である。これなくしては、皇帝といえども正式な継承者と名乗ることができない。玉璽を巡っての争いは、どの王朝においても枚挙にいとまがないほどある。

「わが国の王朝は、徳のある者に天より付託されるもの。玉璽も同じ。玉璽は天帝のもの。皇帝陛下はそれを代行しているにすぎぬ」

「ならば、わたくしも同じことを言わせていただきましょう。あれは、死後神になられた大権現家康さまから直接お預かりいたしたもの。ときが来るまでは、何人たりといえども渡すことはできませぬ」

総兵衛がきっぱりと拒絶した。

「そうか。穏便にことをすすめたかったのだが。そのために、儂は対馬で倭の言葉を習った。残念である。黙って引き渡してくれれば、我が皇帝は貴国の王の望みに応えたかもしれぬというのに」

楚が首を左右に振った。

「かと申して、このまま帰ることは許されぬ」

楚が、総兵衛、緋之介、そして隣室との襖に目をやった。

「二人では、勝てそうにもないようだ」

隣室にはいづやの忘八すべてが潜んでいた。

「武人として勝負を挑みたい」

楚が左右の膝元につけていた剣を手にした。刃渡りは日本刀よりも短く、そりもない諸刃《もろは》の直刀である。

「お受けいたそう」

総兵衛が手を叩いた。

「お呼びでございますか」

平助が廊下に平伏した。

「儂の刀を」

「しばしお待ちを」

平助が折り目正しく礼をして去っていった。

まもなく戻ってきた平助が、総兵衛に両刀を差しだした。

「脇差は要らぬ。太刀だけでよい。もう二刀は重いわ」

総兵衛が脇差を押しやった。

「庭先でよろしいかな」

楚がうなずいた。

控えていた忘八の手で、庭に赤々と篝火《かがりび》が焚《た》かれた。

三間（約五・五メートル）の間合いをあけて、二人は対峙した。

「禁軍都尉、楚周建」

「稲田徹右衛門《いなだてつえもん》」

二人が名乗った。

楚は、両腕を水平に広げ、手首だけで剣をたてるようにした。山という字に似た構えであった。それに対して、総兵衛は柄を臍下《せいか》にさげて剣先を高めにした青眼に構えた。

「神影流《しんかげ》」

緋之介は目を見張った。

総兵衛の前身が武士であろうことはわかっていたが、神影流を遣うとは思ってもみなかった。

神影流は、陰流の達人上泉伊勢守信綱《かみいずみいせのかみのぶつな》が興した新陰流の高弟であった奥山休賀斎《おくやまきゅうがさい》公重《きみしげ》の創始になる。戦国時代の末期に完成した神影流は、始祖奥山休賀斎が家康の剣術師範となったことで一躍名を知られ、慶長から元和《げんな》頃までは徳川家臣にこれを学ぶ者が多かった。

しかし、家康亡き後、柳生新陰流、あるいは小野派一刀流におされ、今では稽古する者も少なくなっていた。

楚が、甲高《かんだか》い声をあげ、両刀を広げてはたたむ翼のように繰りだした。さらには、同時に首をねらって一刀が襲い来るかと思えば、もう一刀が胴を襲う。

真っ向から斬りおろしてくる。まさに、変幻自在であった。

緋之介は縁側に身を移し、見守った。黄が横にいた。

「かあっ」

総兵衛が、楚の一撃を弾きかえし、そのまま打って出た。

肩口から左袈裟に刀をおとす。黄が思わず腰をあげたほど鋭いものだったが、楚は身体をひねって難なくかわした。

二人の位置が入れ替わった。

激しいやりとりが続いた。

「対馬宗家の者に我が家を襲わせたのも貴君か」

総兵衛が荒い息のなかから訊いた。

「襲えなどとは命じておらぬ。在処《ありか》を探せとは命じた。それを手柄にしようと焦ったのであろう。対馬は文禄以来、我が国へ出入りを止められておるからの。海に浮かぶ小さな島では、交易なくしてはなりたたぬ。今はかろうじて朝鮮とやりとりしておるが、かつてほどの栄華は望めぬ。自らの手で取り返すことで朝貢を許してもらうつもりだったのであろう」

楚も大きく息を吸いながら応えた。

「りゃあ」

それを隙を見た総兵衛が気合いをあげて走った。

「腰が据わっているな。見事だ」

緋之介は感心していた。

総兵衛は還暦をこえている。それでいて、これだけの技をだせる。日頃からよほど精進をしているのと、若いときにかなりの修行を積んだことが見てとれた。

「しゃ、しゃ、しゃ」

楚が両刀を振りまわして総兵衛を間合いにいれない戦法にでた。

総兵衛が、大きく後ろに跳んで間合いを開けた。

構えが変わった。高青眼から地摺《じず》り下段になった。腰が落ち、切っ先が庭土に触れるほど低くなる。そのまま総兵衛が固まったように動かなくなった。

楚が突っこんだ。総兵衛の変化を待っていたのでは、息を落ち着かせてしまう。楚の両刀が、まっすぐに総兵衛の胸めがけて突きだされた。

十分に引きつけるまで、総兵衛は動かなかった。

「………」

楚の両刀が総兵衛の身を貫いたと見えたとき、無言の気合いを発して総兵衛が上に伸びた。

楚と総兵衛の身体がぶつかった。そのまま塑像のように固まる。

重い音をたてて楚の両刀が庭に落ちた。肘から先の両腕がついたままであった。

黄が叫び、手にしていた長刀を抜いた。その前に緋之介が立ちはだかった。

「尋常の勝負が終わったのだ。手出しは無用」

黄が緋之介を怒鳴った。明の言葉はわからないが、殺意は伝わった。

「きええい」

振りあげた長刀を振りおろそうとした黄の喉を、緋之介の胴太貫が貫いていた。

「黄、馬鹿なことを」

両腕を失い、総兵衛に支えられながら楚が嘆いた。

血止めの布をもって近づいてこようとする平助に、総兵衛が首を振った。楚が助からないのは緋之介にもわかった。

「稲田よ、われらは使者にすぎぬ。それも初めての交渉を担うべき使だ。明は倭と違い、いきなり他国を襲うようなことはせぬ。だが、われらが帰らぬことで、明は倭の返事を知る。次からは力をもって参るであろう」

「覚悟はできておりまする」

総兵衛が首肯《しゅこう》した。

「なにか、国元へお送りするものがあれば」

総兵衛が訊いた。

すでに、楚の顔色は真っ白になっていた。

「通信使の従事官に我が両刀を渡してくれ。黄の長刀も頼めるか」

「承りましてございまする」

総兵衛が受けた。

「ふっ、異国でも月は白いわ」

天を仰いだ楚の身体が崩れ落ちた。

朝鮮通信使が江戸を出立する前日、十月二十九日に本誓寺を美しい女人が訪ねた。

「従事官、南さまへ」

あでやかに笑った女の対応に、番士が苦慮した。女が使節を訪ねてきた前例がないからであった。

そこへ接待役牧野因幡守が通りかかった。

「どうした」

番人に事情を訊いて女の顔を見た因幡守が、驚いた表情を浮かべた。

「太夫ではないか」

「先日はご無礼を」

女は御影太夫であった。荷物を持った忘八らしい男を供に連れていた。

「従事官どのに逢《あ》いたいと申すか」

「あい」

御影太夫がしなをつくってほほえんだ。

しばらく考えていた因幡守が、番士に命じた。

「よかろう。通してやれ」

「ごめんでありんす」

宿舎を訪れた御影太夫を見て、南が驚いた。

「先夜、お見えになられたお方さまより、ぬしさまへお渡しするようにとあずかったでありんす」

御影太夫は、言葉が通じないことを知りながら一人でしゃべり、忘八から受けとった荷をほどいた。

「お渡ししやんした」

長剣二振りと長刀一つを南の前に置いて、御影太夫はさみしそうな顔をした。

「これは……」

それでわかったのだろう。南が息をのんだ。

「月はどこで見ても白いと仰せられたでありんす」

御影太夫は楚の最後の言葉を伝えると、一度もほほえむことなく立ち去った。

南は、懐から茶碗の破片を取りだし、赤黒く染まったそれをいつまでも見つめていた。

第五章　女城攻防

一

秋から冬へ、そして春へと、吉原は平穏な日々を送った。

緋之介を狙《ねら》う柳生の者も来ず、いづやが襲われることもなかった。

春には、吉原の大きな行事ごとの花見がある。三月三日、四日と花の節句をおこなうための準備に総兵衛も忘八《ぼうはち》たちも忙殺されていた。

吉原の花見は、遊女たちが常着と違ったそれぞれ趣向をこらした衣装を身にまとい、仲之町を練り歩くのである。

この日ばかりは、端女郎《はした》も着飾って見世《みせ》を出るので廻しをとらない。もちろん、前もって馴染《なじ》み客に一日借り切りを願っておく。

吉原惣名主《そうなぬし》西田屋甚右衛門が、腕を組んだ。

「どうしたものですかなあ」

遊客の浮かれ具合と相反して、会所《かいしょ》に集まっている遊女屋の主《あるじ》、揚屋の女将《おかみ》の顔色は沈んでいた。

「またぞろ町奉行石谷将監さまから、移転の願いをだせとのご催促じゃ。なんとかその場での返答は許していただいたが、こうたびたびの御催足では、そろそろ腹を決めねばならぬかもしれぬ」

西田屋甚右衛門に同行した三浦屋四郎右衛門がため息をついた。

女将の一人が悲鳴をあげた。

「代替え地は浅草か、本所と申すではございませぬか。そんな遠方に引っ越しては、馴染み客の半分を失ってしまいまする。そうなれば揚屋はなりたちませぬ」

揚屋は吉原独自のものだった。遊女と客の出会いの場であり、酒食も提供する。人が来なければ明日にでも潰《つぶ》れてしまう。

太夫《たゆう》を持たぬ小見世の主がわめいた。

「お上から御免色里をつくるにあたって下賜《かし》された葦原《よしはら》に土を入れ、堀をつくって使い物にできるようにしたのは、われらが先代ではないか。それをいまさら屋敷地が足りなくなったからといって取りあげるとは無道なこと」

気弱な意見をだす者もいる。

「しかし、お上に逆らえば、なにかとなあ」

「そのとおりだ。お上に従わねば、吉原は潰されてしまうかもしれぬぞ」

大声をあげたのは島原衆をまとめる京屋利右衛門だった。

長崎喜衛門が反対した。

「移転して客が減って潰れるよりはましではないか。お上とて、一度与えた土地を無理から取りあげようとはなさらぬだろう。吉原から移転を願いでよと石谷さまが言われているのがなによりの証拠ではないか」

「そのとおりだ。吉原が潰れては運上を取りあげているお上も困るだけ。ここは強く移転の話を撤回していただこう」

京の出ながら島原衆とは距離をおいている山本芳潤が、同意した。

「ちょっと待ってくださいよ」

利右衛門が声をあげた。

「お上にさからって御免色里のお許しを奪われては、元も子もなくしてしまいかねません。ここはあえてこちらが折れることで、移転先の無理を聞いていただくなり、長く禁止されていた夜見世を許していただくなり、身になる方法で交渉をしたほうがよろしいのでは。いつまでも嫌じゃ嫌じゃとおぼこの初見世じゃあるまいし、無理矢理痛い目を見るより、落としどころを考えたほうがよいと思いますがな」

利右衛門のたとえに笑いが漏れた。そちこちで小声で賛同する者がでた。

「どうじゃろうな、いづやさん」

甚右衛門が、一番の年長で吉原創設を知っている総兵衛に意見を求めた。

「京屋さんの言うとおり、お上が一度言いだしたことを取りやめることはございますまい。ですが、なにもこちらから折れていかずともよいと思案いたしまする。いずれ、お上がしびれをきらせて、正式に移転のことを御命じになられるまで待ってよろしいと思いまする。まさか、お上といえども、内々の話でいきなりお咎《とが》めをなさることはありますまい。なによりも肝心なことは、吉原が一枚岩であることだと存じまする」

総兵衛が利右衛門を見た。

利右衛門が、すっと目をそらすと鼻先で笑いをうかべた。それを横目で睨《にら》んで、甚右衛門がみなを見わたした。

「さすがはいづやさん。おっしゃるとおりとわたくしも同意いたしまする。本日の会合はこれにて終わりまするが、なにがあっても吉原は一蓮托生《いちれんたくしょう》。けっして先走ったまねはなさらないようにお願いいたしますよ」

二代目とはいえ、家康と心やすく話をした初代甚右衛門の血を引くだけあって堂々としたものであった。

三々五々と見世の主たちが帰っていくのを見送り、甚右衛門が総兵衛に近づいてきた。

「どうも京屋さんが、よくありませんな」

「はい。吉原に来てまだ十年ですからねえ。はじめの苦労と吉原のありようがわかっておられないようで」

「とにかく、いまは静観するしかございませんな」

甚右衛門が、お先にと会所を出ていった。

春の節句が過ぎた翌日、柳生屋敷に来訪者があった。

一人は総髪の髪を後ろでまとめた若武者で、もう一人はその供らしい老爺《ろうや》であった。

「織江が参りましたと主膳さまにお取り次ぎを」

柳生友矩の娘織江であった。男姿だけでなく、革袴《かわばかま》に小袖《こそで》、両刀を差していた。

門番からの報《しら》せをうけた家老柳生肥後が、宗冬の居室に駆けこんだ。

「織江さまがお見えでございまする」

宗冬は落ち着いていた。

「やっと来たか。ここへ通せ」

「はあ」

事情ののみこめていない肥後が間の抜けた返事をした。

「儂《わし》が呼んだのだ。いや、烈堂に命じて送らせたのだ」

「よ、よろしいので。織江さまは、友矩さまと三厳さまの最期《さいご》について知っておられるのでは」

肥後は震えていた。

「烈堂に抜かりなどない。こちらの都合のよいことしか教えてはおらぬ。安心しろ」

宗冬は肥後を落ち着かせると、織江を連れてくるようにと言った。

織江は、友矩が柳生の庄に引きこんでから産ませた子供である。ずっと柳生で育てられてきた。宗冬は江戸で生まれ、江戸から出たことはない。絡みあう運命で結ばれた叔父と姪《めい》の初対面であった。

織江は、宗冬の前で折り目正しく名乗った。

「お初にお目どおりいたしまする。柳生織江でございまする」

紅一つさしてはいないが、織江の天性の美貌《びぼう》は劣ることはなかった。剣で鍛えた身体は、無駄な肉をつけることなくすっきりとしている。宗冬は、しばらく見とれていた。

「主膳宗冬じゃ。長旅ご苦労であった」

「この度《たび》は、お呼びいただきかたじけなく存じまする。さっそくでございますが、小野友悟の居場所はどこでございましょうか」

織江が冷たい声で言った。

「うむ。その前に、織江は烈堂からどのように聞かされておる」

宗冬が訊《き》いた。

「小野友悟は、わたくしとの婚姻をと偽《いつわ》って柳生の庄に入り、父十兵衛三厳の技を盗み取っただけでなく、烈堂さまに正体を見抜かれると、柳生道場の遣い手六名を斬殺《ざんさつ》。烈堂どのにも怪我《けが》を負わせて逃げだしたにっくき技盗人と聞いておりまする」

技盗人とは、すぐれた職人や武芸者に弟子入りし、門外不出の技を取得したとたんに姿を消す者のことをいう。見つけしだい二度と技を使えないように両腕を叩《たた》き折られるのが決まりであった。

「許嫁《いいなずけ》であったそなたには辛《つら》いことであろうが、友悟めは小野家より柳生の技を盗めと差し遣わされた者だ。決して許すことはできぬ」

宗冬が痛ましそうな顔を見せた。

「お気遣いなく。わたくしも柳生の者。技盗人を許すことなどありえませぬ」

織江が強い口調で述べた。

「しかし、叔父上さま。友悟の居場所がわかっていながら、なぜそのままになされておられるのです。江戸にもすぐれた剣士はおりましょうに」

宗冬の顔が歪《ゆが》んだ。

「二度襲ったが、返り討ちにあったわ」

織江は表情を変えなかった。

「やはり、わたくしが行かねばなりませぬ。友悟の居場所はいずこでございましょうや」

織江がきっと宗冬を見つめた。

「ここは将軍家お膝元《ひざもと》、大和の田舎ではない。うかつに動いては、柳生の家に傷がつく。そう急《せ》くな」

宗冬が織江をなだめた。

「承知いたしました。ですが、友悟の居場所ぐらいは知っておきたいと存じまする。

けっして叔父上のご指示あるまでは手出しなどいたしませぬゆえ。居場所を前もって下見しておくのも、剣士としての心得でございまする」

織江が重ねて問うた。宗冬が、しぶしぶ応えた。

「江戸一の遊廓《ゆうかく》、吉原じゃ」

織江が眉をしかめた。


五つ半（午前九時頃）をこえたばかりの江戸城は慌ただしい。

役職にある者と将軍家へ目通りを願う大名たちが、いっせいに登城してくる。なかでも、もっとも慌ただしいのが老中、若年寄の詰める御用部屋であった。

決済を求める書類を持ったり、面談を求める役人で、御用部屋の前にある畳敷きの廊下は身動きがならぬほど混雑する。このときばかりは、誰も他人のことを気にしている暇はない。

屛風《びょうぶ》でしきられた御用部屋の片隅で、松平伊豆守と町奉行石谷将監が小声で話しこんでいた。

「そうか、移転に応じるつもりはないか」

「さように思えまする。話を持ちかけてはおるのでございますが、なんといっても惣名主が反対しておりますれば、なまなかなことでは」

石谷将監が申しわけなさそうに告げた。

「江戸の町造りを完成されるのは、亡くなられた先代上様のご悲願であった。大権現家康公にまさるとも劣らない功績を後の世に残し、あっぱれ将軍として日光に祀《まつ》られるのを願いとされておられたからの。なんとしてでも御遺言は果たさねばならぬ。だが、老中どもの顔ぶれも変わった。いかに先代様の命じゃとて、ない袖はふれぬと申す者も多い。なんとか穏便にことを運びたいのだが」

「承知いたしておりまする。かならずや吉原を説き伏せてみせまする」

石谷将監が頭を下げた。

「頼むぞ。町造りを完成させたあかつきには、そなたにも十分な恩賞が与えられるであろう。心配せずとも、それぐらいの力は儂にはまだあるでな」

伊豆守が小さく笑ってみせた。

「お願いいたしまする」

石谷将監は深く平伏すると御用部屋を出ていった。

ちょうどそのころ、江戸城大廊下を歩いていた宗冬に小野次郎右衛門が声をかけた。

「殿中ではいつもお姿を拝見しながら、あらたまってお話をすることはございませなんだが、お久しぶりでござる」

　忠常が頭を下げて礼をした。

「いや、無沙汰《ぶさた》はお互いさまでござる」

　立ち止まった宗冬がひきつった笑いをうかべた。禄高身分では宗冬が上だが、年齢と剣名は忠常が上回る。宗冬が訊いた。

「で、なにか御用でござるかな」

「御用中におとどめして申しわけない。じつは友悟のことでござる」

　忠常の言葉に、宗冬の目がわずかに狭められた。

「友悟どのがどうかされたか」

「ご存じのとおり、友悟めは昨年の三月にお国元にて姪御どのと式を挙げたはずなのでござるが、いっこうに連絡してまいらぬ。昨年末に手紙をだしもうしたのでござるが、いまだに返事もござらぬ。愚妻が気にいたしましてな。なにかご存じではございませぬか」

　忠常が遠慮がちに訊いた。

「それはいかぬ。とかく若者は筆無精でござる。来月になりますが、国元へ帰る者がおりまするゆえ、そやつによく申しておきましょう」

「かたじけない。躾《しつけ》が行き届いておりませぬことをお詫《わ》びいたしまする」

宗冬の返答に忠常は腰をかがめて頭を下げた。

下城した宗冬は、肥後を居室に呼びつけた。

「まずい、まずいことになったぞ。小野次郎右衛門が、友悟から便りがないと申してきおったわ」

「ついにきましたか」

肥後が応えた。手紙のことはすでに烈堂和尚から報されていた。

「いつまでもごまかしてはおれぬ。来月と日をのばしておいたが、ことが公になる前に早急に友悟の始末をさせねばなるまい」

「では、織江さまに何名かつけて吉原を」

「それができれば苦労はないわ。伊豆守さまより吉原に手出しは無用と申しつけられておる」

「知恵伊豆とまで言われたお方と、吉原の遊女屋ではどう考えてもつながりませぬ。もしや、いづやはなにかお上と関わりでも……」

肥後が首をかしげた。

「わからぬ。が、我らが吉原に刺客を送ったことは知られている。うかつなことをすれば、家を潰すことになるぞと釘《くぎ》を刺された」

「黒蔵に探らせまするか」

柳生は伊賀と国境を接している。伊賀者とのつきあいも長い。黒蔵は烈堂和尚が送ってきた伊賀の忍《しのび》であった。

「そうだな、知っておけば何かのときに使えるかもしれぬ。だが、伊豆守さまに知られぬようにせよ」

「承知いたしました」

肥後が首肯《しゅこう》し、話をもどした。

「ところで、友悟めのことでございますが、いま江戸屋敷で新陰流の目録以上の者は四名で」

「目録程度で友悟めに歯がたつものか。無駄死にを増やすだけじゃ」

剣術を習い始めて最初にもらう許しが切り紙、その次が目録である。ある程度遣えるという目安でしかない。

「では、浪人でも雇い入れましょうや」

闇のとのつきあいなくして家老職はつとまらない。

「できるか」

「ちょうどよい男を知っておりまする。お任せくだされ。では、さっそくに」

肥後が居室から出ていった。

二

花見が終われば、吉原はもう衣替えである。

馴染みの客にねだってあつらえさせた衣装を身にまとって遊女たちは見世で妍《けん》を競う。太夫ともなると、その衣装は数十両以上する。それが十着ちかく届くのだ。

衣装のお披露目だけで、何日もかかる。まさに日本一金のかかる女であった。

昼見世の準備を整えおえたあとのわずかな隙《すき》に、平助が笑いながら緋之介のもとへやってきた。

「どうした、うれしそうだな」

手持ち無沙汰で横になっていた緋之介は、起きあがって平助に坐《すわ》るように目で伝えた。

「勝ったんでござんすよ、御影太夫が」

っったんでさ」

「衣装競いでさ。御影太夫が今年の衣装替えで勝山太夫と高尾太夫をぬいて一番にな
ったんでさ」

平助が誇らしげに告げた。

衣装競いとは、衣替えの衣装の数を競うものだ。それが多ければ多いほど馴染み客が多く売れっ子であることの証明になる。

たんに数を競うのではなかった。恥をかかないだけの衣装しかだせない。いわば、いかに上客をつかんでいるかの争いである。

「いまや、萩の太夫を知らない者は、この江戸にはおるまい」

緋之介は、さも当然であろうと笑った。

「そのとおりでやすがね。いままでどうしても勝てなかった高尾太夫と勝山太夫をおさえたんでさ、うれしいじゃありませんか。夏の細見《さいけん》じゃ、御影太夫が一番に載りやす。いづやの格もあがろうというもので」

細見は江戸の通人によってつけられた吉原の遊女と遊廓の格付けを一枚の番付にしたものである。これに載る載らない、一枚あがるあがらないは、客足に大きく響いた。

「ですがね、旦那《だんな》、喜んでばかりもいられねえんでさ」

平助の声が沈んだ。

「どうした」

「京屋の伏見太夫が大きく伸びて、勝山太夫よりも多かったんでさ」

「それは、すごいな」

去年の秋の衣替えでは、伏見太夫は四位だった。だが、三位の御影太夫と大きな差があった。吉原に来て一年近くなれば、それがどれほど重大なことか緋之介にもわかった。

伏見太夫は、京の出で、没落した公家《くげ》の姫という噂《うわさ》もある。吸いつくような肌を持ち、閨《ねや》ごとの評判も高いが、庶民が手の届かない雲上人《うんじょうびと》の娘を抱けるというので人気があった。

「これでまた、京屋の野郎がでかい顔をしやすぜ」

平助が苦々しい顔をした。

「気にするな。京屋一軒が騒いだところで、吉原が変わるわけもなかろう」

緋之介は平助をなだめた。

「それが、京屋の野郎、金に困っている揚屋に金を貸したり、裏で買い取ったりして、そこでは京屋の女郎たちしか揚げられないようにしむけてやがるんでさ」

初回の客は、まず揚屋を訪れて、そこの女将ややり手婆に注文をだして敵娼《あいかた》を決めることが多い。一度馴染みを決めると、ほかの遊女に手をだすのは御法度《ごはっと》の吉原では、揚屋の影響力は大きい。

「そこまでして吉原を牛耳《ぎゅうじ》ってどうしようというんだ」

緋之介にはわからなかった。

「ちょっと京屋のことを調べてみたんでやす。あの野郎、島原で遊廓をやっていたんですがね、しきたりを破って島原から八分をくらったらしいんでさ。で、仕方なく江戸へ出てきて、吉原に入りこんだらしいんで」

「なるほど、今度は追いだされないように、吉原の惣名主になっておこうというわけか」

緋之介はうなずいた。

このとき、総兵衛が平助を呼ぶ声が聞こえた。

「おっと、しゃべりすぎた。じゃ、旦那」

平助が素早く去っていった。

「一目見てみるのも一興か」

昨秋の衣替えは見ていない。緋之介は仲之町通りに出た。

「よう、緋の字じゃねえかい」

　仲之町通りに千之助がいた。

「千之助どのではございませぬか。どうしてここに」

「吉原の衣替えを見にこねえで江戸っ子と言えるかい」

　年齢は千之助が上だが、笑うと幼く人好きのする顔になる。

「聞いたぜ。いづやに寄宿しているそうだな。えっ、この果報者」

　千之助が、緋之介の背中を叩いた。

「よくご存じで」

　緋之介は、驚いて目を大きく開いた。いちおう幕府の法度に触れるので、吉原の外には知られていないはずであった。

「なに、ちょっとした顔なんだよ、吉原ではな。おぬしとはまた違った身内のようなものだ。おかげでいろいろなことが耳に入ってくるのさ」

　千之助が、さらりと緋之介の疑問を流し、たずねた。

「いづやにいるなら御影太夫の衣装はもう見たんだろう」

「着ているところは、まだ見ていませぬ」

「そうか。衣装は着られてはじめて完成するからな」

千之助が納得した。

「おっ、勝山太夫の道中だぜ」

千之助が身をのりだした。

今年の花見道中の皮切りは勝山太夫からだった。道中のかたちをとる衣替えは、いつものように会所前から京町二丁目の揚屋までを練り歩く。このときに誰の贈った衣装を着ているかが大きな話題になる。その衣装を贈った男が、吉原でお大尽の扱いを受けられるからだ。

勝山太夫は、萌葱《もえぎ》色に銀糸で木の枝を思わせる縫いこみをいれた小袖に、いつもの勝山髷《まげ》、小袖下には新緑を思わせる濃い緑を重ねていた。

雪駄《せった》の鼻緒は一変して真紅で、合わないようにも思えるが、白い肌にそれぞれが別に映え、勝山太夫の美しさを際だたせていた。

「相変わらず、おのれを見せることがわかっているねえ」

千之助が感嘆の声をあげた。

勝山太夫が通りすぎて小半刻《こはんとき》（約三十分）ほどしたとき、会所前が大きく沸《わ》いた。

吉原看板、高尾太夫である。

「伊達公がご執心だと聞くが、六十二万石のお殿さまが心奪われるのも無理ねえなあ」

　高尾太夫は、白地に桜と梅の縫い取りをした小袖であった。それも裾《すそ》模様ではなく、逆に上に縫い取りが多く、裾にはまったくない。

「思いきった趣向じゃねえ。ありゃあ、吉原は年中春爛漫《らんまん》というのをあらわしているんだろうよ。裾に一枚の花もないのは、散ることがないとの意気込みだろうぜ」

　千之助は、かなり遊び慣れているようであった。緋之介が思いもつかない意図を読みとる。

「さて、いよいよ、今江戸で大評判の御影太夫だ」

　会所前が、前にもまして大きく沸いた。あちこちから声がかかった。

「さすがだねえ」

　千之助がため息をついた。周囲の遊客たちも静かになっていった。

　紺色の一色染めに、たった一カ所白抜きがされている小袖をまとって、御影太夫があらわれた。白抜きは御影太夫の左乳下、丸い三寸（約九センチメートル）のものだったが、それが衆目を奪っていた。

「ありゃあ、いにしえの関白藤原《ふじわらの》道長《みちなが》の歌をかたどってるな」

「はあ」

緋之介にはなんのことかわからなかった。

「朴念仁《ぼくねんじん》たあ、おめえさんのことを言うんだろうよ」

千之助が呆《あき》れたように言った。

「この世をば、我が世とぞおもふ、望月の、欠けたることも、なしと思へば。わかったかい、御影太夫は、萩の太夫という呼び名が通りつつあるのに対して、あちきの身体は望月、そう満月のようにかけたところなんぞありやせんと言っているのさ。満月を傷があるという左胸にもってくるところなんぞ、意地だねえ」

千之助がひとしきり感心していた。

緋之介は、あらためて御影太夫を見た。手当のためとはいえ、あの左胸を目《ま》の当りにしたことを思いだし、顔をあかくした。

「おや、隅におけねえな。どうやら、御影太夫となにかあったようだな」

千之助がからかった。

「なにもござらぬ」

緋之介は肩肘《かたひじ》を張って否定した。

「まあいいやな。どうでえ、衣装替えもいいものだろ」

千之助がわがことのように誇った。

「吉原はな、ただの遊廓じゃねえ。京に七百年あまりの歴史と文化があるように、江戸にも受け継いでいく文化をつくらなきゃいけねえ。そのためには、武士だけじゃなく町人も参加するべきだ。その受け皿が吉原よ。ここは、けっして侵しちゃいけねえ身分上下のない砦《とりで》なんだよ」

千之助は、真顔になって緋之介を見た。

「身分のない砦……」

「さて、おいらも馴染みの女に会いに行くとするか、じゃあな」

千之助が、考えこんでいる緋之介に手を振って仲之町通りの人混《ひとご》みに紛れた。

衣替えから三日後、柳生肥後のもとに一人の浪人が訪ねてきた。

「伊庭美濃《いばみの》でござる」

六尺（約一八〇センチメートル）をこそうかという体格の伊庭が、小柄な肥後に丁寧に頭を下げた。

「腕のたつ者を用意したか」

「仰せのとおり、拙者《せっしゃ》をいれて八名、かなり遣える者ばかりでござる」

美濃が胸を張った。

「人を斬《き》った経験はあろうな」

「ぬかりはござらぬ」

美濃が胸を張った。

人を斬ったことのない者の剣は切っ先が伸びない。無意識に躊躇《ちゅうちょ》してしまうのだ。そのため、腕がわずかながら萎縮《いしゅく》する。たとえ免許皆伝であっても、真剣勝負ではこれが命取りになる。さすがに柳生の家老である。おのれは剣を遣えないが、そのことを知っていた。

「そなた、どのくらい斬った」

「さて、もう憶《おぼ》えてはおりませぬが、昨日も一人斬り申した」

美濃がにやりと笑った。

「浅草田圃《たんぼ》で辻斬《つじぎ》りがあったというが、きさまか」

肥後が顔をゆがめた。

「さて」

美濃は首をかしげて見せた。

「ところで、御家老、前金十両、後金十五両、成功したあかつきには、拙者をいずこかの藩の剣術師範として推挙していただくお約束、たしかでございましょうな」

「わかっておる」

肥後は懐《ふところ》から十両をだした。

「約束の前金じゃ。そしてこれは、おぬしへの酒手じゃ」

肥後は別に一両だした。

「これはこれは」

美濃が卑しい笑いを浮かべて金を受け取った。

「では、ご連絡をお待ちしておりまする」

美濃が帰っていくのを見送り、肥後は宗冬のもとへと伺候した。

「浪人どもの手配を終えましてございまする」

「よし」

宗冬が膝をうった。

「では、織江さまに」

肥後が立ちあがろうとするのを、宗冬が手でとどめた。

「織江には一人で行ってもらう」

「…………」

肥後が怪訝《けげん》そうな顔をした。

「もし、あの者が真相を知ったらどうなると思う。狙うべき仇は儂になるのだぞ。もちろんそなたもじゃ。儂は一生織江の影におびえるつもりはない」

宗冬の言葉に、肥後が震えた。身の破滅をおそれたのか、主の酷薄さに恐怖したのかはわからないが、肥後の歯が小さく鳴った。

「織江と友悟の一騎討ちがいちばんよいのだ。腕は拮抗している。どちらが勝ってもぼろぼろだろうからな」

宗冬が陰湿な笑いを浮かべた。

「友悟が残ったところで、許嫁を自らの手で殺したのだ。心千々にちぎれて平常ではなくなっておる。そうなれば、友悟とて、もはや敵ではあるまい」

「なるほど」

肥後の震えが収まった。

「人を斬ったこともない織江が、十五の歳《とし》からいちずに慕ってきた男を倒す。気が狂うかもしれぬ」

「では、二人の戦いがすんだところに浪人たちを……」

「うむ」

宗冬が厳しい顔でうなずいた。

「どちらが生き残るにせよ、ここで始末をつけなければならぬ。二人で相討ちになってくれるのがいいのだがな。夫婦げんかの末、斬りあいになってとな。ふふふふ、その場に連れていったときの小野次郎右衛門の顔は、さぞ見物であろうよ」

宗冬が暗い声をあげて笑った。

昼見世が開いたばかりのいづやを、場違いな老爺が訪れた。

「いまならどの子も見世開けでござんす。どうぞおあがりやして」

下足番をしていた忘八の喜平が声をかけた。

「いや、これをこちらにおられる小野友悟さまにお渡しくだされ、ご返事は不要と」

老爺は、手紙を渡すとそそくさと帰っていった。

「愛想のない爺だぜ」

喜平が老爺の背中に悪態をついた。

「小野友悟だと。今日の客のなかに、そんな名のお侍がいたっけか」

そのつぶやきが、帳場に坐っていた総兵衛に聞こえた。

「おい、いま小野さまの名前を口にしたか」

「へい。手紙を預かったんでさ」

喜平が差しだした手紙を奪うように受け取った総兵衛が、目を見開いた。

「左封じ。差し出しは……織江だと」

総兵衛は、手紙を手にして急いで奥へと駆けこんだ。桔梗が偶然それを耳にしていたことに、総兵衛は気づかなかった。

左封じの手紙を受け取りながらも、緋之介は落ち着いていた。

「そうか。織江どのから果たし状か」

「緋之介さま、許嫁の織江さまと戦うなど」

「こうなるだろうとは思っていた。いや、こうなってくれないとまずいのだ。でなければ、織江どのの命はもうなかった」

緋之介が静かに言った。

「ご自身を仇とされることを最初から……」

「拙者を殺しそこねた烈堂は、織江どのを殺すか生かしておくかの選択を迫られることになる。拙者が織江どのになにも伝えていないと知ったなら、とる道はひとつ、織江どのを生かしておくしかない。織江どのの命を奪ったことを拙者が知れば、唯一の歯止めがなくなる」

総兵衛が首肯した。

「緋之介さまが、目付《めつけ》か評定所に駆けこめば、柳生は潰れる」

「生かしておくとなれば、拙者が婚姻前夜に逃げたことを織江どのに報さずにおくわけにはいかぬ。となれば、あやつらの都合のいいように話がつくられるのは当然。織江どのは、物心ついたときから剣一筋に育てられてきた。人を疑うことを知らぬ。騙《だま》すのは赤子の手をひねるより簡単であったろう。柳生の手練《てだ》れを失った今、あやつらの最後の切り札は織江どのということになる」

緋之介が力なく笑った。

「なんという運命のいたずらか。いや、宿命というにはあまりに人の手が加わりすぎている。もとは家光公の逆恨みから始まったことでしかないのに」

総兵衛が嘆息した。

緋之介が姿勢を正した。

「総兵衛どの。長くお世話になった。この恩義は一生涯忘れぬ」

緋之介は、深く頭を下げた。

「まさか……」

「いや。そのつもりはないが、勝負はときの運ともいう。拙者が倒れればもちろんのこと、織江どのを斬った場合もな。もし勝つようなことがあれば、拙者は織江どのの遺骸《いがい》を抱いて柳生へ斬りこむ。かまえて御助勢は無用に願う。人を連れていけば、織江どのは拙者を剣士としてもさげすむでございましょう。それだけは避けたい」

「………」

総兵衛は無言であった。

「これはお返しせねばならぬな」

緋之介は、胴太貫を総兵衛に向けてだした。

「そこまでわたくしどもとの縁をお切りになりたいとおっしゃるのでございますか」

総兵衛の口調が厳しくひびいた。

「かたじけない」

緋之介は礼を言い、胴太貫を腰に差した。総兵衛が小さくつぶやいた。

「桔梗も、御影も寂しがりまする」

「詫びを言っておいてほしい」

「それはご免こうむります。生きてお帰りになってご自身でお願いいたしまする」

緋之介は、無言で居間をでていった。姿が見えなくなるまで見送った総兵衛が、小声で呼んだ。

「平助」

「ここに」

平助がすぐに現れた。

「見届け人となれ。ただし、手出しはするな」

総兵衛の顔つきが、君がててから武士のものに変わっていた。

「承知いたしております る」

「喜平」

総兵衛がふたたび忘八を呼んだ。

「水さまに報せに走れ、場合によってはお力を借りねばならぬことになる」

喜平が無言でうなずいて去った。

大わらわになったいづやの一同は、桔梗がそっと見世を抜けだしたことに気づかなかった。

吉原は、遊女といえども昼見世が始まるまでなら大門を出入りすることができた。

桔梗が固い表情で大門を潜った。

緋之介は、新大坂町をぬけ、馬喰町で南に曲がり、馬場を左に見ながら浅草橋を渡った。

浅草橋をこえると、町奉行の管轄をはずれ勘定頭《かんじょうがしら》の支配となる。

浅草橋御門を通ってしばらく行くと、右手に幕府浅草御蔵がある。幕臣のうちで領地をもたない切り米《きまい》取りと呼ばれる旗本御家人に扶持《ふち》するところで、広大な敷地をもつ。お玉おとしと呼ばれる給米のころと、諸国から米が送られてくるときは人で溢《あふ》れかえるが、普段は出入りする蔵屋敷の役人がいるくらいで閑散としていた。

緋之介の目的は、その向かいの炎魔堂であった。

炎魔堂は、閻魔《えんま》大王と火事の恐ろしさをかけたもので、火除《ひよ》けの神として江戸庶民の信仰が厚かった。

緋之介は、本堂から裏手にまわった。

炎魔堂と背中を合わせているのが松平備後守の下屋敷で、北は町屋になり、南は炎魔堂と一つになっている十王堂である。炎魔堂と十王堂、下屋敷の塀で区切られた空《あ》き地が、織江との待ち合わせ場所であった。

少し早めについた緋之介は、地形をたしかめた。松並木が周囲との目隠しになり邪魔は入りそうにない。柳生の伏せ勢もないようであった。

緋之介は、ひときわ大きな松の木に寄りかかって瞑目《めいもく》した。

半刻（約一時間）も経っただろうか。人の気配に、緋之介は目を開けた。

織江が炎魔堂の右手から現れた。背後に老爺がついている。

緋之介は、一年ぶりの許嫁の姿に胸をふさがれた。

髪の毛を無造作にくくり、細かい縞の小袖に革袴、足はわらじと男さながらの身支度は、柳生の庄にいたころと変わっていない。だが、剣の修行のせいか、あるいは緋之介の逐電のためか、顔が少し痩《や》せ、きつい印象が強くなっていた。

織江が口を開いた。

「臆《おく》しもせずよく来た」

「ご壮健そうでなによりでござる」

背中を松の木から離し、緋之介は頭を下げた。

「よくぞ、養父と吾《われ》を騙してくれたな。柳生の技がそこまでして欲しかったのか」

織江の目が光った。

「拙者は、誰も騙したりなどしてはおらぬ」

緋之介は、無駄と知りつつも否定した。

「言うな。きさまは、吾との婚姻を理由に、柳生の庄に五年も滞在した。流派の違う者が、これほど長く道場に出入りできることはない。すべてを盗み終わったきさまは、吾との婚礼の前夜に、とどめようとした柳生の者を六名も斬り殺して遁走《とんそう》した。これがすべてを物語っている。それだけではない。養父を斬ったのもきさまだな」

緋之介は、そこまで自分のせいにされているとは思っていなかった。

「それは違う……」

「きさまは、吾の許嫁として養父に深く信頼されているのをよいことに、早朝に養父を誘いだし、飛燕《ひえん》の太刀《たち》の極意を聞きだしたうえで、鉄砲という卑怯《ひきょう》な手段をつかって殺した。だけならず、そのあとも素知らぬ顔で柳生に居続けるとは、鬼にも劣る所行。天が許しても吾が許さぬ」

織江の目がつりあがった。

「死をもって購え」

すばやく太刀を抜き、一気に駆けて間合いを詰めてきた。無刀で立ち向かえる相手ではなかった。

緋之介は、胴太貫を鞘走《さやばし》らせた。

いかに天性を持つといえども女だ。男の膂力《りょりょく》に勝てるわけではない。十兵衛三厳は、織江に疾《はや》さを身につけさせるように教えていた。

織江の剣は鋭い。一撃を胴太貫で受けとめようとしたが、織江の動きはかつてよりも数段疾くなっていた。緋之介は背後に跳んだ。

「逃がすか」

織江が、緋之介が下がっただけ間合いを詰めてきた。腰のぶれのない安定した足運びは、緋之介を凌駕《りょうが》していた。

緋之介は下段から伸びてくる剣先を叩き落とすように弾《はじ》き、そのまま立ち位置を入れ替え、胴太貫を振るった。

その斬撃《ざんげき》の勢いを、織江はそらすように受けた。体勢を崩すことなく、緋之介に横殴《よこなぐ》りの一閃《いっせん》を放った。

「精進されたな」

かわしながら、緋之介は心から織江をほめた。

一年前だったら、緋之介はいまの一刀を浴びていた。修羅場を経験したことが、緋之介を成長させていた。

「うるさい」

織江の顔は厳しい。

緋之介は腰をすえた。

二人は互いに相手をうかがった。

織江も、緋之介の腕があがっていることに気づいたようであった。

「刀を引かれよ。話を聞いてはくれぬか」

緋之介はおだやかに話しかけた。

「黙れ」

織江は、緋之介の声を聞くのさえ拒むように首を振った。

緋之介は、織江を連れて逃げなかったことを後悔していた。寄宿していた百姓家から、織江の住んでいた柳生屋敷までは三丁（約三二七メートル）ほどだった。だが、烈堂の襲撃はしつようでその余裕を与えてくれなかった。

それに、許嫁とはいえ、深夜に忍びこんだ者の言うなりに織江がついてくるはずもなかった。

「もし、きさまに言い分があるなら、なぜ小野家に戻らなかった。小野家を通じて正式に話をすればよかったのだ。それを、吉原などというけがれた女どもの巣窟《そうくつ》に隠れるなど、矜持《きょうじ》ある武士の所行ではない。それだけでもきさまの言葉が偽りと嘘《うそ》で固められたものだと知れるわ」

織江の声は叫びになっていた。

宗冬は、剣才を父からは受け継がなかったが、策謀と抜け目なさは親譲りである。

しかも、ことが幕府に知れたら、家光にかかわる醜聞を隠すために小野の一族ごと滅ぼされる。実家に戻れようはずなどない。

「言いかえせないではないか」

織江の声がうわずっていた。

頭に血がのぼっている。緋之介はため息をついた。

それを隙と見て、織江が踏みこんで右袈裟《けさ》に斬ってきた。

織江の剣のもう一つの特徴は剣先が伸びることだ。一寸（約三センチメートル）ほどだが、それを見切れなければ首の血脈を断たれる。

緋之介は余裕を見てさけた。

「卑怯者」

下段におりた織江の剣が、鋭く跳ねるようにして緋之介の股間《こかん》を狙《ねら》った。股間を狙った一刀が、そのまま腹を狙った突き技にと変化する。柳生流が得意としている技を、緋之介は憶《おぼ》えていた。

緋之介はふわりと跳んでかわし、胴太貫を青眼《せいがん》から左へ払った。高い音をたてて、二刀がふれあい、離れた。

「裏切り者」

弾かれた刀をそのまま右腰に引きつけ、織江が胴に刃《やいば》を向けてきた。

緋之介がそれから逃げる。かわされた織江が、逆に刀をまわし、ふたたび胴を狙う。これを数回繰りかえした。

「下司《げす》」

気合い代わりに罵《ののし》りながら織江の攻撃がつづいた。

二人の戦いを伊庭美濃が十王堂の陰からじっと見ていた。

「いつまでじゃれてやがる」

伊庭美濃が唾《つば》を吐いた。

「伊庭氏、急がねば、浅草橋御門がしまってしまうぞ」

配下の一人が急かした。

「要はあの二人を斬ればいいのであろう。われら皆でかかれば難しいことではないと思うが」

別の一人が同意した。

「ううむ」

「御門が閉まれば、この浅草田圃で夜明かしすることになる。せっかく前金の一両が懐にあるんだ。御府内に帰れば吉原は無理にしても、湯女を抱くことはできる。ひさしぶりに女の化粧の匂《にお》いを嗅《か》ぎたい」

さらに一人も要望を口にした。

伊庭が腕を組み、ゆっくりと配下の面々の顔を見た。

「よし。相手はたった二人、それも一人は女だ。おくれをとるようなことはなかろう。では、逃がさぬように三人は大回りして炎魔堂の向こうへまわってくだされ。われらは、こちらから参る。よいか、二百数えたら一気にいく」

伊庭美濃が決断した。

「承知した」

「腕が鳴るわ」

三人が駆けていった。

残った一人が息を荒らげて訊いた。

「なあ、伊庭どの。あの女、殺さずに儂にもらえぬか」

「首藤《しゅどう》は、あんな男のような女がお好みか」

伊庭が呆れた顔をした。

「いやなに。ああいうのは、ひんむいてみると意外とよいのだ。それに気の強いのをむりやり犯すのがな、よく締まってたまらぬ」

首藤が妙な目つきで織江を追っていた。

「残念ながら、雇い主の依頼は二人とも殺すようにとのことだ。今回は辛抱せい」

「黙っていればわからぬではないか」

「首藤」

伊庭が低い声で威圧した。

「わかった。もう言わぬ」

首藤はおとなしく後ろに下がった。

三

暮れ始めた広場に火花が散った。織江の真っ向からの一撃を、緋之介が胴太貫で受けとめたのだ。

「おのれ」

織江が力押しにおしてきた。柄《つか》と柄がふれあう。互いの息がかかるほどに近い。

力勝負になれば緋之介が優位になる。

怒りで本来以上の力をだしている織江の顔が、紅《あか》く染まっていく。それを、緋之介は美しいと感じた。

鍔迫《つばぜ》りあいになると、多少の腕の差は関係なくなる。

うかつに間合いを離そうとすれば、体重ののった相手の太刀に追いうたれて深手を負う。押しきろうと力をいれすぎると、かわされて背中に隙をつくってしまう。さらに緋之介が不利なのは、織江に傷を負わせまいと手加減していることであった。

「なにを見ている」

織江が睨みつけた。

「拙者が柳生の侍を斬ったことはたしかだ」

「人殺しめ」

「たしかに。だが、十兵衛三厳どのを殺してはいない。あの人は、拙者にとってあこがれであり、義父になる方だったのだ」

「偽りを申すな」

「嘘ではない。考えてもみられよ。十兵衛どのが亡くなられたのは、拙者が柳生に行って半年もたっていなかったときぞ。いかに油断されていたとはいえ、拙者ごときが十兵衛どのを倒せるとお思いか」

「鉄砲傷があったぞ。飛び道具を使えばできる」

「拙者は鉄砲など持っておらぬ。もしそうだとしても、十兵衛どのから飛燕の口伝を受けてから撃つ理由がどこにある。逆に撃ってからでは、口伝は受けられまい」

「口伝をうけたことを柳生のみなに知られたくなかったのだ」

「それほど飛燕の秘剣は簡単なものか」

五年前、すでに緋之介は小野派一刀流で麒麟児《きりんじ》とか呼ばれてはいた。だが、麒麟児はまだ麒麟になってはいない。十兵衛三厳の目に養女の婿《むこ》として適《かな》いはしても、柳生流奥義を授けられるほどではなかった。

「それに口伝を受けたのなら、五年も柳生におる意味はあるまい。そのまま逐電してもよかったし、ほとぼりが冷めるのを待って江戸に一時帰るとして消えてもよかったはずではござらぬか」

力を緩めることなく緋之介は言った。

「うるさい、うるさい」

織江が首を振り、緋之介の話を聞くまいとした。

「どんなことがあっても、きさまを許すことはできぬ。きさまは、逃げた。それも、吉原の遊廓にじゃ。吾が柳生で死ぬ思いで修練を積んでいたときに、きさまは遊女に囲まれてなにをしていた。この浮気者」

最後の一言に、緋之介の緊張が切れ、胴太貫がわずかにゆれた。

織江の刀が緋之介の首めがけて落ちてきた。

「くっ」

緋之介は、織江を蹴《け》った。が、一瞬躊躇したぶん、左肩をかすられた。

織江が一間《けん》ほど跳んで尻餅《しりもち》をついた。老爺が叫んだ。

「お姫《ひい》さま」

織江との戦いに夢中で気づかなかったが、なにをするまもなく二人は浪人たちに囲まれていた。

「無理に立とうとされるな」

緋之介の忠告に織江が黙ってうなずいた。

立ちあがるときの体勢の崩れは防げない。そこにつけこまれてはどれほどの名人でも勝負にはならなかった。

逆に地に坐っている者を攻撃するのは難しい。立っている者の位置からでは刀が遠く、坐っている者からは臑《すね》や股《また》を撃つことがたやすいからだ。

緋之介は、織江を背後にかばった。

「おのれら、なにものだ」

「ふふふ」

伊庭が笑った。

「………………」

緋之介も答えが返ってくるとは思っていなかった。

「かあっ」

一人が青眼から剣を引きあげ、斬りこんできた。

「なんの」

緋之介は迎え撃った。

鈍い音をたてて胴太貫が太刀をくい止めた。そのますりあげるように相手の太刀を上に弾く。腰を落として大きく踏みこみ、胴太貫を押しつけるようにして引いた。胴太貫はその重さだけで人体を裂く。浪人は自分の身体に食いこむ刃を見ながら絶命した。

伊庭が、緋之介と織江を見比べた。

「武田《たけだ》、首藤、二人で女を。残りでこいつをやる」

「任せろ」

「おうよ」

伊庭の指示に、四人が応えた。

緋之介は唇をかんだ。

残っている連中はかなり場数をふんでいた。とくに、真正面でだらりと太刀を左手から垂らしている男からは、背筋に寒気が走るような殺気が伝わってきた。

わずかな隙でも命取りになる。織江も立っている状態なら心配ないが、いまは地に腰をつけている。前後から襲われたら対処しきれない。

「死ねや」

「くたばれ」

左右から二人が同時に斬りこんできた。きれいに息が合っていた。

緋之介は、一歩前に出てかわそうとした。とたんに、正面の伊庭が左手だけで下段からの斬撃をおくってきた。

片手斬りは間合いが取りにくい。緋之介はなんとか両方を避けたが、体勢を崩した。織江との間があく。

そこに首藤が回りこんだ。

緋之介は、胴太貫を投げた。

胴太貫が首藤の喉《のど》を裂き、織江の頭上をこえ、前から襲いかかろうとしていた武田の足下に刺さった。

「おおう」

武田がひるんで後ろに跳んだ。

その隙を、織江は見逃さなかった。手にしていた太刀を捨て、前に転がって間合いをつめ、突き刺さっていた胴太貫を摑《つか》み、水平に薙《な》いだ。

「ぎゃっ」

武田が両膕を切断されて倒れた。

一方、伊庭たちが続けさまに襲いくるのを、緋之介は脇差《わきざし》でかろうじて防いでいた。しかし、刃渡りの短い脇差では十分に対応できず、何カ所かに傷を受けた。

「こいつめ」

右手にいた浪人が、小さな声をあげて慌てて向きを変えた。

織江が胴太貫を手に間合いを詰めてきていた。剣先が織江を向く前に、浪人の両手は斬りとばされていた。浪人が悲鳴をあげた。

「友悟どの。これを」

胴太貫を地に突き刺し、織江が腰の脇差を抜いた。

「かたじけなし」

緋之介は走った。

「させぬ」

伊庭が素早く二人の間に割りこもうとした。

「気をつけろ。妙に伸びるぞ、そやつの切っ先」

緋之介は、胴太貫に向かった。

「甘く見ていたようだ」

伊庭が笑みを浮かべたまま片手で薙いだ。

織江が一歩退いて切っ先をかわした。が、小袖が大きく裂けた。織江が驚いた顔で胸元を見た。晒《さら》しも切れて、胸肌が見えていた。

「次はその喉だ」

伊庭が太刀をふたたび大きく左にひろげた。

織江が、片手で斬られた小袖を押さえている。

「きさまの相手は拙者だ」

緋之介は持っていた脇差を投げ、胴太貫を手にした。

「くそ」

伊庭が、脇差をかわし、くるりと振り向いた。

織江があわてて下がった。

「島崎《しまざき》、女をやれ」

伊庭が指示した。

「わかった」

島崎がじりじりと織江に近づいていった。

「これだけやられるとは思ってもみなかったぜ」

伊庭が左手の太刀を前につきだし、緋之介の顔に擬《ぎ》した。からかうように剣先をゆらせる。

緋之介は、ぐっと腰を落とし、胴太貫を青眼に構えた。間合いは二間をきっていた。

伊庭が、太刀を上段にあげ、斬りおろした。緋之介は下がらなかった。何度も見たことで、どこまで切っ先が伸びるかわかっていた。

「りゃああ」

青眼から胴太貫をあげて伊庭の太刀を弾き返し、大きく踏みこんだ。左足が地に着くのにあわせて、体重をのせて胴太貫を振りおろす。

「あああ」

緋之介の一撃は、胴太貫の重さをかって伊庭の太刀を左腕ごととばし、そのまま袈裟に斬っていた。

ほとんど同時に、島崎も織江の一刀に倒れた。

「大丈夫か」

緋之介は織江に問うた。

「見られるな」

織江があわてて小袖の前をおさえた。

「…………」

緋之介は、胴太貫にぬぐいをかけ、鞘に戻して脇差を拾った。

「待て、逃げるか」

織江が背中に向かって叫んだ。緋之介は足を止めることなく、炎魔堂の角を曲がった。織江が前を押さえながら追いかけてきた。

このとき、矢音をたてて短弓が飛んできた。緋之介は、とっさに右手で払い落とした。

「ぐっ」

苦鳴の声が聞こえた。

振り向くと、織江の肩に矢が突き刺さっていた。片手で小袖をおさえていたために払うことができなかったのだ。

緋之介は、脇差を抜き、次から次へと襲いくる矢を防いだ。短弓は普通の弓に比べて弦が弱い。遠くまで跳ばず、威力も劣るが、速射がきく。

「お姫《ひい》さま」

「来るな」

駆けよろうとした老爺を、織江が止めた。刺さった矢を抜こうとするが、矢にはかえしがあるので、うまくとれなかった。

緋之介は、倒れた織江を背中にかばっていた。叩き落とした矢が足下に重なっていく。

ようやく矢が止まった。

緋之介は走った。すでに射線から敵の位置はわかっていた。松平備後守の塀際にある松の木の上だった。

「危ない」

炎魔堂の縁側から何者かが跳びだしてきた。織江の前にとびおりた女の背に、別方向から飛んできた矢が突きささった。緋之介は、そこへ小柄を投じた。が、射手は二人ともに逃げ去った。

「桔梗」

駆けよった緋之介は、桔梗を抱き起こした。物かげから平助があらわれた。

「申しわけありませぬ。きっと手出し無用と主に申しつけられていたもので、つい離れたところにおり、間にあいませず……」

平助が、侍言葉で詫びた。

「それよりも医者だ」

「御府内に戻らないと医者は……」

矢を突き立てた女二人を抱えたままで浅草橋御門は通れない。

「呼びにいって戻ってきていては、暮れ六の閉門に間に合わない」

緋之介と平助が思案に困っていたとき、数人の足音が聞こえた。緋之介は、抱きかかえていた桔梗を平助に預け、胴太貫を抜いた。

先頭に立ってやってきたのは、千之助であった。

「これは水さま」

平助が深々と頭を下げた。

「稲田から報せを受けてな。急いだのだが、場所がわからずに遅くなった」

千之助が桔梗と織江に目をやった。

「これはいかぬ。おい、戸板を用意しろ」

千之助の命を受け、二人が炎魔堂の扉を一枚はがした。

「浅草河岸《がし》に舟をつけてある。急げ」

千之助が走りだした。そのあとを戸板に乗せられた桔梗が続いた。

「行きましょう」

「離せ」

緋之介は、拒否する織江を無理矢理担ぎあげてあとを追った。

河岸に待たせてあった舟に乗り、そのまま対岸の大きな蔵屋敷へと向かった。

船着き場まで迎えにでた家臣に、千之助が指示した。

「医者だ、急げ」

「ここは……」

緋之介は、蔵屋敷の瓦《かわら》に刻まれている紋を見て絶句した。

「谷というのは母方の姓だ。いつもそう名乗っているのでな。あらたまることもねえが徳川右近衛権中将《うこのえのごんちゅうじょう》光圀《みつくに》だ。だますつもりはなかったが、勘弁しろ」

第六章　亡霊の影

一

桔梗と織江は、そのまま水戸家蔵屋敷に預けられた。二人の矢傷が思ったより深かったのだ。

織江は肩を少し切って矢を取り出せたが、桔梗が問題であった。心の臓をはずれてはいた。が、鏃《やじり》の食いこみが肺腑《はいふ》におよんでいて、取りだすことができなかった。水戸家お抱えの医者は、身体《からだ》からでている矢を切っただけで首を振った。体内に残った矢が傷口をふさぐ形になり血は出なかったが、もう桔梗の命が旦夕《たんせき》にせまっていることは明らかであった。

翌朝、総兵衛が平助を伴ってやってきた。

総兵衛が光圀にむかって小さくうなずいた。浪人者の死体は始末したという合図であった。

傷を圧迫しないように横臥《おうが》していた桔梗が言った。

「緋之介さま」

「なんだ」

緋之介はずっとつきそっていた。

「わたくしは、武士の娘でございました。父は、石見国浜田《いわみのくにはまだ》の城主五万五千石古田《ふるた》兵部少輔重恒《ひょうぶしょうしげつね》さまに仕え、二百石をはむ鉄砲頭でございました」

古田家は豊臣秀吉配下で伊勢城主であったが、関ヶ原で家康に与《くみ》し、二万石を加増されて浜田城主となった外様大名である。

「古田の家が慶安元年（一六四八）六月に断絶となったことをご存じでございますか」

緋之介は首を横に振った。毎年のように大名が改易《かいえき》になっている。よほどかかわりでもないかぎり、憶《おぼ》えてなどいない。

「寵臣山田十右衛門《ちょうしんやまだじゅうえもん》の口車にのせられて、国家老三名を手打ちにし、それがお上に

「…………」

知れたとわかると、お咎《とが》めを受けるのが怖さに負けて自害なされてしまったのでございまする」

　幕府は大名を潰《つぶ》すことに躍起になっていた。お家騒動はその格好の理由になる。古田家も先祖の苦労を知らない三代目が、それに引っかかった。

「浪人となった家臣たちのうち、他家に抱えられるのはほんの一握り。名もなき父に声のかかるはずもなく、江戸ならばなんとかなるとの楽観だけを頼りに浜田を離れました。しかし、このご時世に仕官の口などあるわけもなく、わずかな蓄えでは半年ももたず、小袖《こそで》や諸道具などを売って三カ月ほどはしのぎましたが、とうとうどうしようもなくなり、わたくしは吉原に身を沈めることになりました」

　吉原にいる女たちは、多かれ少なかれ金のためにその身を売っている。桔梗だけが特別なわけではないが、緋之介は強い哀れを覚えていた。

「六百人からの家臣を路頭に迷わせることになると、殿の頭に浮かばなかったのでしょうか。お上もでございます。大名を一つ潰せば、何百何千という浪人ができまする。その者たちがどうやって生きていくのか、お考えになってはくださらないのでしょうか。武士は四民の上にあると言われますが、これではとても人の上に立つとは思えませぬ」

「耳が痛いぜ」

桔梗の話は、緋之介にも光圀にも辛《つら》いものだった。

「十四歳で処女《おとめ》を無理から開かれ、毎日毎日違う男に抱かれる。女に生まれたことを呪《のろ》いもいたしました。けっして男には惚《ほ》れるまい、とくに武士にはけっして心は許すまいと五年を耐えました。緋之介さま、そこへあなたさまがお見えになったのでございます」

初見の日、桔梗の態度が悪かったわけが、緋之介にやっとわかった。

「でも、緋之介さまは違いました。獣のようにわたくしに襲いかかることもなく、また遊女を助けるために命をかけてくださいました」

桔梗はじっと緋之介を見た。

「生まれて初めて惚れました。心底から。でも、緋之介さまは一夜以来わたくしと褥《しとね》をともにしてはくださいませんでした」

桔梗の隣で寝ていた織江の顔がきつくなった。

「惚れた人にふりむいてもらえぬ辛さ。それを知ってしまっては、遊女としてはもう終わりでございまする。いづやの旦那《だんな》さまは、なにも申されませんでしたが、緋之介さまが吉原を去られたあと、わたくしがどうなるかは言わずともわかっておりました」

　桔梗の息が荒くなってきていた。

「もういい。しゃべるな、傷にさわる」

　緋之介は桔梗を止めた。

「もうわかっております る」

　桔梗がさみしげに笑った。

「命をかけた女にお情けをちょうだいしとうございまする」

「なんだ」

　緋之介が訊《き》いた。

「口を吸ってくださいまし」

　桔梗がじっと緋之介の目を見た。

「わかった」

　緋之介は、しっかりとうなずき、桔梗のもとに近づくとそっと唇をあわせた。

　光圀、織江、老爺《ろうや》、そして総兵衛がいたが、緋之介には桔梗の色を失った顔しか見えなかった。薄紫の唇は冷たい身体に反して熱く、そしてかすかに血の臭《にお》いがした。

　緋之介は、その感触を忘れまいとじっと口を合わせていた。

「かふっ」

桔梗が咳《せ》きこんだ。

緋之介は慌てて唇を離した。

「かたじけなくぞんじまする」

唇を離した緋之介に、桔梗がほほえんだ。

「もう一つお願いがございまする」

「申してみよ」

光圀が応えた。

「織江さまと二人きりにしていただきとう存じまする」

桔梗の申しでに、緋之介は織江を見た。

織江は、哀《かな》しそうな目をして緋之介を見つめていた。

「よろしいでしょうか」

総兵衛が光圀に問うた。光圀が首肯《しゅこう》した。

「隣室におる。何かあれば呼ぶがいい」

光圀にうながされて緋之介も立ちあがった。老爺が心配そうに目をやったが、織江がうなずいたので、しぶしぶといった感じでついていった。

襖《ふすま》が閉じられた。

「織江さま」

「なんじゃ」

織江が床を離れ、右肩を下にしている桔梗の枕元に坐《すわ》った。織江も矢傷のために片腕が使えないが、そのことを思わせない動きであった。

「お詫《わ》びいたしまする」

桔梗が織江を見あげ、頭を下げた。

「なにを詫びることがある。詫びるなら吾《われ》のほうだ。そなたのおかげで命を拾ったのだからな」

織江の口調はかたい。

「いいえ、緋之介さまの口を吸わせていただいたことへのお詫びでございまする。お許嫁《いいなずけ》さまの目の前ではしたないことを望みました。死にゆく者のわがままとお許しくださいませ」

「許嫁だと、そのようなことはとうに忘れたわ」

織江が怒ったように言った。

「ふふ。織江さまも恋しておられるのでございますね」

桔梗が小さく笑った。

「うらやましゅうございまする」

「なにがだ。許嫁に裏切られて逃げられた吾のどこがうらやましいというのだ」

織江が桔梗に訊いた。

「お二人がお互いのことを想いあっておられることがうらやましい」

織江が何か言いたそうにしたが、桔梗の動きを見て黙った。

桔梗は、身体を起こすと、渾身《こんしん》の力を振り絞って立ちあがった。

織江が驚愕《きょうがく》の声をあげた。

「傷にさわるではないか」

「無礼は承知のうえでご覧いただきとうぞんじまする。吉原で次の太夫《たゆう》といわれたこの身体を」

桔梗が着ていた夜着の紐《ひも》をほどいた。するりと白い裸身があらわれた。

織江は呆然《ほうぜん》とした。

雲よりも白く、絹よりも柔らかい肌に大きく盛りあがった二つの乳房、締められたようにくびれた腰に大きく張った尻、それは女の織江に唾《つば》を飲ませるほど美しいものであった。

「これが吉原の女の身体でございます。金と男によって作りあげられた、地女《じおんな》にはけっして負けぬものでございまする」

立っていられるのが不思議なぐらい蒼白《そうはく》な顔色をしながらも、桔梗は身体をゆらさなかった。

「緋之介さまは、このわたくしを買われたにもかかわらず、なにひとつされることはございませせなんだ。この身体と添い寝しながら手出しされない」

桔梗が初めて緋之介と会ったときのことを話した。

「どこかに大切にしなければならない人がいる。でも、女の身体を知っておかなければならないわけもある。それがわかったとき、わたくしは強く惚れました」

桔梗が少し股《また》を開いた。陰阜《いんぷ》のわずかな飾り毛を残して始末されたそこは、はぜかけた柘榴《ざくろ》のように身を見せて息づいていた。

織江が真っ赤になった。同性といえどもそこまで見たことはなかった。

「もうすっかり濡《ぬ》れていることにお気づきになられましたか。口を吸いあうだけでここまでなる。これが恋をしている女の変化でございまする」

桔梗は、崩れるように夜具のうえに腰を落とした。

「大丈夫か」

織江が寄った。桔梗の息は、数えられるほどに大きくなっていた。

「わたくしは、最後に普通の女に戻れたことを喜んでおりまする。ずっと意地を張ってきたことが、無駄だったとか、無理だったとかは思いませぬ。でも、心につけていた鎧《よろい》がとれました。悔やむことなく逝《い》けまする」

桔梗の声がか細くなってきた。織江が人を呼ぼうと立ちあがりかけるのを、桔梗が首をふって止めた。

「織江さま、申しわけございませぬ」

桔梗がふたたび詫びた。

「しっかりしろ」

「緋之介さまは、これでわたくしのことを一生お忘れにはなりませぬ。緋之介さまの心のなかに終生住め……」

「……………」

織江は大きく目を見開いた。

心配して皆が戻ってきたとき、織江は死した桔梗を見つめたまま愕然《がくぜん》とした顔をしていた。

宗冬が廊下を踏み破らんばかりに足音高く帰ってきた。

「まだ連絡はこぬのか」

肥後に強い口調で問うた。

「あいにくまだ……」

肥後が蚊の鳴くような声で応えた。

「誰ぞつけていなかったのか」

宗冬が見届け人を出さなかった肥後を責めた。

「申しわけございませぬ。黒蔵は伊豆守さまに張りつけておりました。さらには、もう家臣を失うことは許さぬとの仰せでございましたので」

肥後が言いわけをした。

緋之介と織江の決闘からすでに二日たっていた。織江はもちろん、伊庭からも連絡がないことに柳生家は戦々恐々としていた。

「友悟が勝ったのか」

宗冬がとうとう口にした。

「わかりませぬ」

肥後が慎重に言葉を濁した。

翌日、炎魔堂へ人をやったが、死体一つ転がっていなかった。緋之介が勝ったなら、織江はともかくも浪人者の死体はあるはずであった。それがなかった。その報《しら》せを受けたとき、宗冬は発狂したかと思われるほどわめき散らした。

「捜せ、捜しだせ、友悟を、織江を」

その命を受けて、柳生家から人が出払っていた。吉原はもちろん、小野家にも監視の目は張りついた。だが、どちらにも緋之介の姿はなかった。

「明後日はまた宿直番《とのい》じゃ。城中で小野次郎右衛門と顔を合わすやもしれぬ。どう返答すればよいというのじゃ」

宗冬がいらだった。

「もし、友悟から織江が話を聞いたとしたら……」

宗冬の言葉に肥後が息をのんだ。

今の柳生に織江に立ち向かえる腕の者はいない。宗冬でも難しかった。勝てても無傷ではすまない。将軍家手直し役が刀傷を負わされて無事ですむはずがなかった。

「金も人もいくら使ってもかまわぬ。二人を捜しだして殺せ」

「はっ」

肥後が平伏した。

松平伊豆守信綱に与えられた屋敷は、家光の寵愛《ちょうあい》ぶりを示すかのように江戸城二の丸雉子橋《きじばし》御門内で九千坪を超す壮大なものであった。

一代限りで子孫に受け継ぐことが許されないその屋敷で、真っ白になった髪をなでつけながら伊豆守は報告を聞いていた。声は天井裏から響いていた。

「そうか、水戸が出てきたか」

伊豆守が笑った。

家光の学友とは表向きで、男色家であった家光の閨《ねや》に侍《はべ》るために人身御供《ひとみごくう》として養父から差しだされた伊豆守は、自分を利用して立身出世をたくらんだ実父や養父よりも、身体のつながりをもって寵愛してくれた家光に愛と忠義を尽くした。

「大権現家康さまの御命を受けているのは、やはり水戸家であったか。家光さまがお明かしくださらなかったのも無理はないか。両親兄弟に嫌われた家光さまのたった一人のお味方であったからな、水戸初代頼房《よりふさ》は」

伊豆守が一人でうなずいていた。

「御三家のわりに妙なところだとは思っておったがな。定府であるし、初代頼房は息子を誰一人公式に認めず、家も存続させようとはしなかったしの」

伊豆守の言うとおりであった。

徳川御三家の一つ水戸家は、家康の最後の子供頼房に始まる。

頼房は、慶長八年（一六〇三）八月に生まれた。母親は、同じ御三家の紀伊徳川頼《より》宣《のぶ》と同じお万《まん》の方である。

三歳で常陸下妻《ひたちしもつま》城を、三年後に水戸二十五万石を与えられた。六歳で従四位侍従に八歳で正四位にと累進し、二十三歳で従三位権中納言に進んだ。

武家諸法度ができ、参勤交代が定められても、水戸家当主は旗本支配頭として江戸から出ることはなかった。

そしてなによりも水戸徳川が変わっていたのは、頼房は子供がいくら生まれても認知しようとしなかったことにある。

長男頼重《よりしげ》は元和八年（一六二二）に生まれたが、捨てよの一言で終わった。早世した次男についで、三男光圀が寛永五年（一六二八年）に出生したが、頼房は逢《あ》おうともしなかった。

すべての大名は自分の跡継ぎを将軍家に目通りさせ、承認を得ないと家を譲ることができない。御三家といえども例外ではなく、家康の四男忠吉《ただよし》も嗣子《しし》なきゆえに断絶となった。

どこの大名も躍起になって跡継ぎをと願っているなかで、頼房は堂々と「水戸家は余《よ》一代で滅びていいのだ」と公言してはばからなかった。

だが、水戸の家臣はたまったものではない。家康から頼房につけられた重臣中山備前守信吉《なかやまびぜんのかみのぶよし》はひそかに家光に会い、頼房に世子を決めるように命じてくれと頼んだ。

将軍直々《じきじき》の命とあっては断ることはできない。頼房は不承不承光圀を選んだ。このとき、兄頼重を選ばなかったのは、中山が強く光圀を押したからだといわれている。

こうして水戸家は光圀を跡継ぎとし、かろうじて命脈を保つことができた。

「水戸家が存続できたのも先代上様のおかげだというに、家光さまのご意向に逆らうとは許せぬ」

伊豆守にとって、家光はすべてにおいて優先する。大権現家康といえども関係なかった。

「いかがいたしましょうや。おそらく小野友悟、柳生織江はともに水戸家蔵屋敷に隠れておると思いまするが」

天井から声が降った。

「そうだの、そろそろかたをつけねばなるまい。いままで吉原の後ろ盾となっているのが誰かわからなんだゆえに、思いきったことができなかったが、それも知れた」

「宗家のことは」

「ふん、明《みん》に媚《こ》びうるような輩《やから》は気にせずともよい。どうせ、明の者どもが江戸へ来るのはまだまだ先だ。宗家の参勤交代の行列に紛れるしかないからの。いや、待て、定斎《じょうさい》」

伊豆守が手で天井裏にいる男を制した。

「あれが吉原のいづやにあることを知って長く探させたが、見つからぬ。ならばつついてみればおもしろいかと家中の手練《てだ》れをだしたが、そのまま行き方知れずになった」

「おそらくいづやで全滅し、遺体はどこかに捨てられたものかと」

定斎が返答した。

「うむ。ということは、いづやは相当な遣い手を集めていることになる。柳生の者たちをも退けているからの」

「小野友悟の仕業《しわざ》ではございませぬか」

「そちの矢をことごとく防いだのだからな、かもしれぬ。だが、一人でそれだけのことができるとは思えぬ。そもそも、いづやの主《あるじ》総兵衛こと稲田徹右衛門は、大権現さまの小姓《こしょう》であったほどの男だ。腕もたとう」

「今ならば、柳生織江は出てこれまいと勘案いたしまする」

「そこまで深手か」

「肩への矢傷ゆえ、まともに刀を振るえるようになるには、数カ月はかかりましょう」

定斎がはっきりと述べた。

「よい機会ではないか。いづやを襲うにせよ、敵の兵力を割《さ》いておくにこしたことはない。いまなら、宗家と柳生を使えば、我が家は傷つかずにそれができよう」

「仰せのとおりでございまする」

「見張りを怠ってはおらぬであろうな」

「はい。蔵屋敷にも一人つけておりますれば、詳細はすぐにでもわかりまする。後ほどわたくしめも参りますれば」

「よし」

「どのように柳生と宗に話をもちかけましょうや」

定斎が命を待った。

「柳生は儂が引きだそう。宗家はそなたにまかせる。親父の義成《よしなり》は国元じゃ、息子の義真《よしざね》はまだ若い。少し脅してやれば慌てて出てくるであろう」

「ところで、柳生が放っておりまする忍《しのび》はいかがいたしましょう」

「儂の弱みを握れると思っている馬鹿の相手もしてやらずばなるまい。片づけておけ。それも見せしめになるようにな」

「承知いたしましてございまする」

天井裏から気配が消えた。

伊豆守の屋敷を出た定斎が、江戸の夜を走った。

「甘いな」

後をつけて来る気配に定斎が笑った。雉子橋御門をこえて北へ向かう。熟練の忍に屋根の上は平地に等しい。

屋根から定斎が音もなく地に降りた。本郷の伝通院《でんつういん》である。

伝通院は、家康の母お大《だい》の方を祀《まつ》った徳川家にゆかりの深い寺だ。定斎は、いかにも伝通院に用があるようなそぶりで、本堂床下へと入っていった。

しばらくして、松の木陰から黒蔵が現れた。やはり黒一色の忍姿だった。黒蔵は、腰に差した忍刀の柄《つか》に手をあて、慎重に本堂へと近づいた。

その背中に声がかけられた。

「ご苦労だったな」

ふりかえった黒蔵の前に、定斎が立っていた。床下をすばやく抜け、後ろに回っていたのだ。

黒蔵の手から手裏剣が飛んだ。定斎が鞘《さや》ごと抜いた忍刀で弾《はじ》いた。

「ほう、苦無《くな》いではないか。やはり伊賀者か」

地面に落ちた手裏剣に定斎が目をやった。

「まさか……」

黒蔵が驚愕の声をあげた。

「伊賀組頭領、服部《はっとり》定斎じゃ。きさまは、伊賀谷のものか」

「百地《ももち》家の下忍、黒蔵でございまする」

黒蔵が膝《ひざ》を地につけた。

「そうか。このようなところで伊賀者が出会うとは縁じゃな。だが、それも終わりよ」

定斎が忍刀を振った。

黒蔵は予想したかのように跳んだ。

「伊賀者は一人働きが信条でござれば、ごめん」

黒蔵が、新たな手裏剣を投げ、伝通院本堂の床下へ逃げこもうとした。

「ぐっ」

床下から突きだされた忍刀が、黒蔵の首を貫いた。

「一人働きなどと申しておるから、伊賀は衰退し、組働きの甲賀《こうが》の下風に立たなければならなくなったのだ」

甲賀忍者は徳川に与力として抱えられたが、伊賀忍者は同心でしかない。禄高も身分も大きく離されていた。

「虫丸《むしまる》、首を柳生の屋敷にな」

床下から現れた忍が、黙ってうなずいた。

二

桔梗の葬儀はあっさりと終わった。報せはしたが、家族は誰一人として来なかった。

使いにたった平助が憤っていた。

「遊女におちた娘などいねえというわけですかい」

「それが無縁、吉原というものだ」

総兵衛が小さく諭した。

「そろそろ、いづやに戻ろうと思うのだが」

緋之介が手にした胴太貫の柄には、桔梗の遺髪が編みこまれていた。

「いいのかい、吉原は人が多く出入りするから、わかりにくいぜ」

光圀が緋之介を気づかった。

「かえってよろしいかもしれませぬ。吉原に来る男どもは女に会いに浮かれてやってまいりまする。さめていれば逆に目立ちましょう」

総兵衛が言った。

「なるほどな」

光圀がうなずいた。

「しかし、織江どのはどうする。ここで預かるのはかまわねえが、水戸家にはあいつらと五分に渡りあえる者はいねえ。緋の字と織江どのがここに匿《かくま》われていることを、向こうは知っているぜ」

一瞬黙った緋之介は、光圀に訊いた。

「あやつらは何者でしょうか」

「さてな。だが、緋の字と織江どのの試合を知っていたことと、短弓を用意していたことを考えると、柳生の手の者じゃなければ、残るはひとつしかあるまい」

光圀が総兵衛を見た。

「伊豆守どのですな。あの方はしつこい」

総兵衛が応えた。

「おそらくな。この度《たび》のことで、こっちの正体も知れたようだからな。そろそろ本気でくるぞ」

光圀が表情を引き締めた。

「おやじどのは、権現さまの御遺言にあまり熱心じゃねえからなあ。多くの家臣どもを動かすことは難しい。下屋敷と蔵屋敷は我が手にあるが、上屋敷はおやじどのが押さえているからなあ」

「頼房さまは、昔から世を斜めに見ておられましたゆえ」

総兵衛が苦笑した。

「江戸にいて、いざとなれば旗本すべてを指揮できるようにしたのも、権現さまの深慮遠謀だと気づいているのだがな。なかなか割りきれぬようだ」

家康の末子にして頼宣の弟であった頼房は、なぜか水戸家だけ扱いが悪いことに腹をたて、家康のことをあまり好いてはいなかった。残る御三家の紀州頼宣、尾張義直《よしなお》が大納言まであがり、所領も五十万石をこすことがよほど腹に据えかねているらしかった。

「猜疑心《さいぎしん》の深い秀忠どの、家光どのの目をくらませるためには、水戸家は野心すら持てないほど小さくなければならぬ。だからこそ、今まで当家は一度も将軍に睨《にら》まれてはいない」

かつて紀州家は駿河《するが》五十五万石から遠方の紀州五十五万石に追いやられ、尾張家は秀忠の死後将軍の座に手出しをしようとして謹慎を申しつけられていた。

「伊豆守も、もう歳じゃ。あとがない。一気に来るぞ」

光圀の言葉に総兵衛も首肯した。

「あのていどの輩が、幕府の筆頭老中をつとめ、幕政を壟断《ろうだん》してきたのだ。御当代さまも幼いためか、酒井雅楽頭のいいなりだ。とても権現様のお心にかなうべくもない。いつになったら、水戸はこの役目をはたせるのやら」

光圀がさみしそうな顔をした。

「いかぬ。話がずれたわ。で、どうする、織江どの」

光圀が織江に問うた。

「吉原に参りまする」

織江がきつい眼差《まなざ》しで緋之介を睨んだ。

「それがよいかもしれぬ。すでに日も落ちた。受け入れの準備もあろうゆえ、移動は明晩、舟でよかろう」

光圀が決断した。

その夜、新《あたら》シ橋《ばし》を渡って三丁ほどのところにある宗対馬守《つしまのかみ》義成の屋敷に定斎が忍びこんだ。

藩主義成は、朝鮮通信使とともに江戸を去り、屋敷には任官したばかりの嫡男播磨《はりまの》守《かみ》義真がいた。

愛妾《あいしょう》とひとしきり戯れたあと、疲れに身を任せるようにして眠りに落ちていた播磨守が、気配を感じたのか、ふと目覚めた。

「お静かに。害意を抱《いだ》く者ではござらぬ」

枕元に忍装束の男が坐っていた。

「何者だ」

播磨守が咎め、すばやく枕元におかれた脇差《わきざし》に手を伸ばした。が、脇差はなかった。

「名前は申し上げられませぬが、御用部屋のとあるお方の手の者でござる。お騒ぎあるな。ご愛妾どのがお目覚めになられましては、お命をいただかねばなりませぬ」

「御用部屋だと。ご老中か若年寄のどなたかということか」

「さようでございまする」

「なに用じゃ」

播磨守が、訊いた。

「吉原のいづやをご存じでございましょう」

定斎の問いに、播磨守が息をのんだ。

「お平らに。べつにそれをどうこうと申すのではございませぬ。その証拠に、いまだなにもお咎めの話はございますまい。逆でござる。お手助けをしに参ったのでござる」

「手助けだと」

「いかにも。とあるお方さまは、ご当家のお立場をよくおわかりで、ご同情を禁じえないと申されておられまする。また、手勢をお貸しすることはできませぬが、明国とのつきあいは宗家だけのことではないと仰せられ、わたくしめをお寄越しになったのでござる」

「…………」

「お疑いはごもっとも。話だけお聞きになってはいかがでございましょう。そのうえでどうされるかは、播磨守さまのお心のままに」

定斎はそこで言葉を切った。

「申せ」

「いづやの用心棒が、明夜はおりませぬ。忘八《ぼうはち》も出かける者が多く、手薄になります
る」

播磨守は、じっと定斎の目を見ていた。

「明夜五つ（午後八時頃）以降、大門脇の潜《くぐ》りも開いておりまする」

「…………」

「主の言葉はお伝えいたしました。では」

定斎の姿が天井裏へと消えた。

襖《ふすま》の外から近習《きんじゅ》の声がした。

「若殿、どうかなされましたか」

「いや、なんでもない」

播磨守は、すぐに言い換えた。

「長井《ながい》をこれへ。急いで参れと伝えよ」

「はっ」

近習は足音をたてて宗家江戸家老長井筑前政隆《ちくぜんまさたか》を呼びに走った。

翌朝、登城した柳生主膳宗冬は、身を隠すようにしてなんとか小野次郎右衛門をやり過ごした。

「主膳」

気を抜いたところに、ふいに背中から声をかけられた。

「これは伊豆守さま」

宗冬は、驚いてふりかえった。

「なにを隠れておったのだ」

伊豆守がにやりと笑った。

「いえ、そのようなことはございませぬ」

宗冬が手を振った。

「小野であろう」

「…………」

宗冬は驚愕した。

「ふふふ。儂がなにも知らぬとでも思ったか。先の上様のお側《そば》にずっと仕えていた儂じゃ、柳生の庄でおこなわれたことのすべてを知っておる。そうそう、首は届いたかの」

宗冬は顔色を失った。

「無駄なことをせぬがよい。触らぬ神にたたりなしと申すであろう」

伊豆守が、宗冬を見つめた。宗冬は小さくふるえた。

「まあよい。ところで主膳、小野友悟と柳生織江の居場所を知りたくはないか」

「…………」

「二人は水戸家の蔵屋敷におる。舟の用意がされたそうだ。そろそろ吉原に戻るのであろう」

「今夜……」

「織江は傷をおっておるとか。目立つ日中に動くことはないだろう。吉原に入れては助勢も加わる。土手で待つのが得策じゃ」

「伊豆守さま、それは」

「なに、家光さまのお残しになったものであるからな、柳生がことは。世に知れては困る。それにな、儂があの世に参ったとき、先君家光さまに後始末がすんだことをご報告いたしたいしの」

伊豆守が声をださずに笑った。

「家光さまは、柳生を大名に戻す機会を待っておられた。うまく家をまとめることができれば、儂がなんとかしてやろう」

「かたじけのうございまする」

宗冬は、急いで控え室に戻った。

書院番士には合同で江戸城の玄関を入ったところに控えの間が与えられている。坊主を使ってここへ外で待っている家臣を呼ぶことができた。

一刻《いっとき》（約二時間）もたたないうちに、虎の御門内の柳生家の家臣の出入りが激しくなった。

三

水戸家蔵屋敷と吉原は、あいだに掘留を挟んでいる。

陸路ならば、北側に隣接する稲葉美濃守の蔵屋敷前を通り、堀沿いに進んで橋を渡り、新大坂町から吉原へと向かうことになる。裏門から直接吉原を見られるわりには不便だった。

しかし、舟で移動するぶんには便利だ。水戸家蔵屋敷の裏の吉原側は、火除《ひよ》け地として空《あ》き地になっていた。ただし、船着き場がないので、中州の端にある井上河内守《いのうえかわちのかみ》の屋敷をこえたところまで行かなければならなかった。

光圀が皆のまつ座敷に入ってきた。

「周囲に人を出したが、伏せ勢などはなさそうだ」

「わかりましてございまする。では、わたくしは先に吉原へ帰って準備を」

総兵衛が立ちあがった。

「頼むぞ。暮れ六半（午後七時頃）でいいな」

総兵衛が去っていった。

柳生家屋敷内の道場で、鹿島大明神の掛け軸を背中に柳生肥後が立っていた。脇には最初に緋之介を襲った柳生の生き残り藤田数馬《ふじたかずま》がいた。

「お揃《そろ》いでございまする」

控えていた侍が、肥後に声をかけた。

「木藤兵太《きどうひょうた》どの、毛利権兵衛《もうりごんべえ》どの、高島哲之進《たかしまてつのしん》どの、浅田一衛《あさだかずえ》どの、よくぞ来てくださった」

肥後が一同に向かって頭を下げた。

「諸藩の剣術指南役をなされている諸氏にご足労いただいたのは、柳生家の存亡に関わる一大事が起こったからでござる。柳生を離れた方々にお願いするは心苦しきことなれど、ぜひともご尽力をいただきたい」

「肥後どの、われら今は道場の籍を離れたとはいえ、柳生門下であることは変わっておりませぬ。柳生新陰流の免許をいただき、推挙していただいたからこそ指南役にもなれたのでござる。どのようなことでもご恩返しができれば、皆望外の喜びと感じております る」

木藤兵太の言葉に、一同がうなずいた。

「そのご気概におすがりする。これからのことはいっさい他言無用に願いたい」

四人が強くうなずいた。

それを見て、肥後は話を始めた。

時の鐘が暮れ六を報せた。

緋之介と織江は、平助に先導されて水戸家蔵屋敷の船着き場から舟に乗った。

「気をつけてな」

光圀が船着き場まで見送った。不満そうな顔をしていたのは、ともに行くと言っていたのを、なにがあるかわからないと、蔵屋敷用人以下多くの家臣と緋之介に説得され、残ることになったからだ。

「お世話になりました」

織江が丁寧に頭を下げた。

「気にするな。こっちの騒動に巻きこんだことを申しわけなく思う」

光圀が織江に笑いかけた。

「緋の字、ちゃんと織江どのを護《まも》るのだぜ」

緋之介は、織江の顔を横目で見ながらうなずいた。

織江は、桔梗が死んでから緋之介に突っかかってくることもない代わりに、目を合わそうともしなくなっていた。

「じゃ、お舟をお借りしやす」

平助が竿《さお》で岸を力強く突いた。

三人しか乗っていない舟は滑るように動きだし、桟橋との距離が開いた。光圀たちが蔵屋敷に引きあげていった。

稲葉美濃守の蔵屋敷の屋根から、定斎が見ていた。

「思惑どおりよの」

屋根から滑るように降りた定斎が、薄暗くなった町へと消えていった。

引き潮までは、まだ一刻ある。が、潮の流れは沖に向かっていた。竿から櫓《ろ》に換えた平助は、たくみに舟をあやつった。

「大丈夫だとは思いやすがね、相手は老中でさ。井上河内守の屋敷から矢がいきなり飛んでこないともかぎりやせん。その板を立てかけてください」

緋之介は、舟底に横たえられていた板をたて、織江の身体を岸から隠した。

「弓矢への対処の仕方を考えねばならぬな」

緋之介はつぶやいた。

戦国期の武将なら弓矢との戦いかたをいやでも身につけていた。だが、戦《いくさ》がなくなってひさしい。剣術遣いとはいえ、弓矢に襲われたときのことは修練していない。いや、していないわけではないが、なおざりになっている。弓矢の恐ろしさを身にしみて知った緋之介は真剣であった。

「どうやら大丈夫だったようで」

平助の声に力がこもっていた。

舟は、井上河内守の屋敷をぐるりとまわり、潮の流れに逆らって掘留を上がり始めた。櫓を力一杯漕《こ》がないと、舟は蝸牛《かたつむり》よりも遅くなり、漕ぐのをやめると木の葉のように海へと流されてしまう。

吉原の東にある堤防に提灯《ちょうちん》の灯《あか》りが二つ見える。

平助がそれを目指して漕いだ。

「そろそろ着きやすぜ、堤に迎えの者が出ているはずでさ」

緋之介は、出迎えの提灯を見た。

川風に激しく揺れる提灯によって、葦原《よしはら》の一部が照らされた。葦のなかに光るものがあった。

「平助、待て」

「くっ……」

緋之介の制止に、櫓から竿に換えていた平助が、竿を川につきたてて舟を止めようとした。だが、引き潮に逆らうように力をいれて漕いでいただけに勢いがついていた。

「岸から離れろ。織江どのを頼む」

緋之介は、岸に飛び移ると平助に怒鳴った。

「へい」

平助が目を織江に落として、了解した。そして短い竿を投げてよこした。

「助かる」

平助が投げたのは、柳生との戦いで手に入れた仕込み槍《やり》であった。

緋之介が一歩踏みだしたとき、葦のなかから五人が現れた。一人を除き、殺気がいっさい感じられない。相当な腕だとしれた。

先頭に立っている藤田数馬に、緋之介は憶えがあった。かつて、馬喰町の馬場で戦った相手だった。

「織江さまを返してもらおう。柳生の庄を放逐されたとはいえ、織江さまを拐《かどわ》かすとは武士の風上にもおけぬ。さあ、織江さまを離し、いさぎよく腹を斬《き》れ」

数馬が口を開いた。

「なるほど、今度はそういう話になったか」

緋之介は、数馬の後ろにいる連中が誰なのかを理解した。

「他家に出た者を頼るか。柳生の人不足も極まれりだな」

「だ、黙れ」

緋之介は笑った。

数馬が憤った。数馬を押しのけて一人出てきた。

「小野派を遣われると聞いた。お手合わせを願いたい。拙者《せっしゃ》、木藤兵太と申す」

堂々たる体躯《たいく》だった。たすきがけした小袖から見えている二の腕は、緋之介の太腿《ふともも》ぐらいはありそうであった。

「藩名は差し障りがあるのでな。では、参る」

木藤が青眼《せいがん》に構えた。腰が据わっている。

「小野友悟」

緋之介も名乗り、仕込み槍を堤に突きさした。

胴太貫を抜き、肩にかつぐ。

木藤が無言で走った。間合いは六間《けん》（約一一メートル）。緋之介は、動かずに腰を落として待った。

「つっええええ」

駆けてきた勢いそのままに、木藤が太刀《たち》を振りあげて落とした。

「………」

月明かりに太刀が反射し、半円の残像が残った。木藤が、なにかを見つけたように目を大きく開き、崩れた。

「ほう、あの木藤の豪剣を弾きとばしたうえで、袈裟《けさ》懸《が》けにいくとは、なかなか。高島哲之進だ。次は拙者と」

緋之介とほとんど体軀の変わらない壮年の武士が出てきた。

数馬が叫んだ。

「なにをなさっているのだ。だれが一騎打ちをなされと申したか。肥後よりみなさま方にお願いしたのは、あやつの始末でござる。あやつを逃がした場合、柳生家は潰されるのでござるぞ。武士の矜持《きょうじ》や剣士の意地など無用になされよ」

「ちっ、剣士の誇りをわからぬ奴だ」

高島がつぶやいた。

「致し方ございますまい。柳生の危機と言われれば」

浅田がため息をついた。

いちばん若い毛利が先輩たちをなだめた。

「さっさとあの者を倒して道場に戻り、こやつに稽古《けいこ》をつけてやろうではございませぬか」

「そうだな。いこうぞ」

三人が刀を抜き、同じ歩みで緋之介に近づいた。それを見ていた織江が平助に命じた。

「平助、舟を岸につけなさい」

「ですが……」

平助がためらった。

「あの三人は養父十兵衛三厳が高弟。みな新陰流免許皆伝の者ばかりじゃ。吾は、あの者たちが柳生の庄にいたころに見知っておる。養父から三本に一本はとるほどの者たちばかりぞ」

織江が岸から目を離さずにしゃべった。

「そいつはまずい。ですが、あっしやいまの織江さまが行ったところで役にたてませんぜ」

冷静に平助が応えた。

「ですが、あのままでは……」

織江の声が焦りをのせてかすれた。

「吾があの者たちを説得してみせまする。声が届くところまで舟を」

「それならば」

平助が腕に力を入れて漕ぎだした。

緋之介との間合いが三間（約五・五メートル）になったところで、三人は足を止めた。浅田を中心に右に高島、左に毛利が陣取った。

岸まであと五間ほどになったところで織江が叫んだ。

「待ちなさい、刀をひきなさい。その者と争ってはなりませぬ」

「これはお姫さま、ご無沙汰《ぶさた》いたしております」

毛利が頭を下げた。

「ですが、こやつを生かしておいては柳生が潰れまする。それは師十兵衛さまのお心に適《かな》うことではございませぬ」

高島がなだめるように言った。

「吾が宗冬どのにお話をしましょう。今はとにかく引きなさい」

「そうはいかぬのでございますよ。すでに木藤が斬られもうした。ともに苦難をのりこえて免許にいたった兄弟弟子でござる。剣のつながりは血のつながりよりも濃い。十兵衛さまがいつも言われておられたこと。ここで刀をひいては、われら二度と道場の門をくぐれませぬ」

浅田が首を振った。

「舟を岸へ」

織江が平助をふりかえった。すでに舟と岸の距離は一間（約一・八メートル）をきっていた。

「今ぞ」

このとき、数馬が手に太刀を抜いたまま舟めがけて走り、跳んだ。舟の舳先《へさき》に降りる。大きく舟が揺れた。

織江が、痛む左腕で船縁《ふなべり》をつかんで揺れに耐えた。櫓にしがみつくようにした平助が、櫓ごと転落した。

「柳生が大名に返り咲くために死んでいただきましょう」

数馬が太刀を振った。

「くっ」

右手に持っていた太刀を抜くまもなく、織江は鞘ごと受けた。

「この程度のことでふらつかれるか。柳生の鬼姫と呼ばれた人が、怪我《けが》一つでずいぶん弱られたものですなあ」

数馬が嫌な笑いをうかべた。

太刀を振りかぶり、体重をのせた重い一撃が織江の真正面に落ちた。

織江は、左腕を鞘先に添えてかろうじて耐えた。が、顔をしかめて、太刀を落としてしまった。

「勝った」

数馬が薄笑いをうかべながら三度、太刀を振りかぶった。だが、太刀をおろせなかった。緋之介が投げた仕込み槍が、背中から数馬の身体を貫いたのだ。

織江は岸を見た。

緋之介と三人の柳生の遣い手の位置はなに一つ変わっていなかった。

「お見事」

浅田が緋之介を誉《ほ》めた。

「主筋の姫を殺そうとした奴に、あの死にかたはもったいない」

「儂がこの手で殺してやりたかったわ」

三人とも数馬を助けようとはしなかった。

「かたじけない」

緋之介は頭を下げた。

突きさしてあった仕込み槍をとって投げるまでのあいだ、三人は攻撃を待ってくれていた。

「では、命のやりとりにかかりましょうぞ」

浅田の身体からすさまじい殺気が立ちのぼった。

三人がいっせいに走った。緋之介も走った。止まっていては囲まれてしまう。浅田とすれ違いざま、互いに剣をだした。が、ともに外れた。

三人の位置が入れ替わった。

「虎乱《こらん》の陣を遣うぞ」

浅田の声に、二人がうなずいた。

「友悟どの、虎乱はその名のとおり虎を囲んでしとめる陣。三人が入れかわり立ちかわり虚実の太刀をふるって惑乱するものでござる」

舟の上から織江が教えた。

緋之介は、応えを返す余裕もなかった。

たしかに、虎といえども斃《たお》せる布陣であった。

右から袈裟懸けに来たかと思えば、左から胴を狙《ねら》ってくる。避けたところへ正面から頭を狙って太刀が降ってくる。

「受けてはいけませぬ」

織江が悲鳴のような声を送ってきた。

「やれやれ、鬼姫さまが敵ではやりにくいの」

浅田がつぶやいた。

織江に言われるまでもなく、緋之介はすべての攻撃を三寸の見切りで避けていた。

一つでも受けて動きを止められれば、残り二人の斬撃《ざんげき》をくらう。

「やあ」

浅田が、下段から弧を描くように太刀をのばしてきた。

緋之介は、大きく後ろに跳んだ。が、着地する前に、高島が左腕めがけて一刀をだしてきた。身体をひねって流す。そこへ、毛利の太刀が後ろから首筋を襲った。

避けようとした緋之介だったが、わずかに襟を裂かれた。

「やっと動きがにぶくなってきたようだ」

浅田が間合いを詰めた。

「くっ」

緋之介は、左右の二人に目をやり、距離をはかった。

一瞬遅れても早くても、身体に太刀が触れる。血を流せば、穴のあいた桶《おけ》の水のように体力を失ってしまう。

「休ませるな」

三人の攻撃は、緋之介に一拍の休みも与えずにつづいた。

舟にあがった平助が、仕込み槍を抜いて数馬の死体を堀に落とした。

「くそっ、櫓が流れちまった」

「岸につけられないのですか」

「申しわけございません。引き潮で流れが海に向かっておりやす。ここに留《とど》まるのが精一杯で」

仕込み槍を浅瀬に突きさして舟を支えながら、平助が詫びた。

わずかのあいだに、舟は下流に流され、緋之介との距離が五間ほどに開いていた。

浅田が言った。

「そろそろかな」

緋之介は、数カ所に傷を負っていた。どれも浅手であったが、動きがかなり鈍くなっていた。

「しまった」

下からすくうように来た高島の一撃を、緋之介はついに受けてしまった。急いで胴太貫を送り、高島の太刀を弾きとばした。そこへ、浅田の突きがきた。首を振って躱す。が、遅れた。肩をわずかにえぐられた。

浅田が二人を見た。

「とどめを刺してもいいころあいだな」

二人も無言で首肯した。

緋之介は、荒い息を吐きながら気を張った。

「しゃあ」

毛利が飛びこんできた。

緋之介には避けるだけの体力はなかった。胴太貫と太刀とがかみ合い、火花を散らした。動きの止まった緋之介の背後を、高島が襲った。

「旦那」

「友悟さま」

舟の二人が悲鳴をあげた。

「あつっ」

しかし、声を発したのは高島のほうだった。右腕に小柄が刺さっていた。

三人がいっせいに間合いを開けた。実戦慣れしている。居場所のわからない敵がいるときは無理をしない。いかに追いつめていても、体勢をたてなおす。それが死なないこつであった。

呆《あき》れたような声が、葦の陰から聞こえた。

「まったく、六年ものあいだ、なにをしていたのだ」

「まさか。……父上」

提灯の灯りのなかに姿を見せたのは、小野次郎右衛門忠常であった。

「小野忠常どのか」

柳生の三人が、驚愕の唸《うな》りをあげた。

小野次郎右衛門忠常、小野派一刀流始祖である父忠明をこえる天才と言われた人物である。黙々と書院番士としての職務をこなす木訥《ぼくとつ》な人柄からあまり知られていないが、江戸一の剣術遣いだった。

「十兵衛どのも、あの世で悔やんでおられよう。我が娘の婿《むこ》にはふさわしくないとな」

「父上」

「数人に囲まれたときにどうすべきかを、儂は教えたはずだが。吉原なんぞに居着いているあいだに、忘れはてたか」

「申しわけございませぬ」

緋之介は頭を下げた。

「あとで、みっちりなまった身体を叩《たた》きなおしてくれる。むっ」

「う……」

間合いを詰めようとした毛利が、忠常の一睨みですくんだ。

忠常の気迫は、三人を完全に圧倒していた。

「六年ぶりの親子の語らいを邪魔するのは、無粋ではござらぬかな。浅田どの、毛利どの、高島どの」

「われらの名前を……」

三人が絶句した。

「それぞれ名の知れた大名家の剣術師範。拙者《せっしゃ》が知っていても当然でござろう」

「身許を知られたとは引けぬな」

浅田が唇を嚙《か》んだ。

「二人を倒さねば、われら生きては帰れぬぞ」

浅田たちが覚悟を決めたようにめくばせをかわした。

「そろそろ息も落ち着いたであろう。そなたの蒔《ま》いた種じゃ、見事に刈り取ってみせよ」

忠常が下がった。

「はっ」

緋之介は、胴太貫をぶらりと右手にぶら下げてゆっくりと歩いた。心身ともに落ち着きを取り戻していた。

「油断するな」

浅田のかけ声で、三人がふたたび虎乱の陣形をとった。

「二度はない」

緋之介は走った。

胴太貫を左肩にかつぐ。間合いがたちまちなくなった。

「なんの」

左から、高島が一歩踏みだして太刀をおくった。だが、小柄の傷が邪魔したのか、緋之介の速さに届かない。右手で待ちかまえていた毛利が脇構えから太刀を振るった。

それを勢いのまま跳びあがって躱し、緋之介はもっとも遠くにいた浅田へ袈裟懸けを送った。

「けええい」

浅田が気合いとともにこれを受けた。

止めれば背後からの二人の一撃が緋之介を葬る。そう信じていた。だが、勢いののった胴太貫は、浅田の太刀を弾きとばし、そのまま左肩から右腰へと抜けていた。

浅田の上半身が音をたてて地に落ちた。

「浅田」

毛利が崩れいく浅田を見て驚愕の声をあげた。高島は呆然としていた。戦いのさなかに気を放散させるは死につながる。

浅田を両断した胴太貫についた勢いを、腰をひねることで変え、緋之介は毛利に横《よこ》殴《なぐ》りの一刀をはなった。

毛利は太刀をだして受けとめようとした。が、胴太貫とぶつかった角度が悪かった。太刀が乾いた音をたてて鍔元《つばもと》から折れた。そのまま胴太貫は毛利の胴を存分に裂いた。

「くそっ」

緋之介を近づけまいと高島が太刀を大きく振りだした。すべるように間合いを詰めて緋之介が、高島の首筋を撃った。

「…………」

悲鳴をあげようとした口から血泡をだし、高島が絶命した。

「話にならぬ。胴太貫に頼りきった剣ではないか」

見ていた忠常が緋之介を叱《しか》った。

「それより、どうしてここに」

「柳生主膳宗冬どののようすがあまりにおかしいのでな、家臣をはりつけていたのよ。されば、すぐに知れたわ」

忠常のほうが、宗冬よりも一枚上手であった。

「そこに倒れている者は、吉原の忘八《ほうはち》か」

忠常が葦のなかに目をむけた。

いづやの忘八二人であった。緋之介は瞑目《めいもく》した。

「旦那」

そこへ平助が駆けよってきた。ずぶぬれだった。泳いで岸まで舟を押してきたのだ。

「大丈夫か」

「へい。あっしはよろしいのでやすが、織江さまが」

平助が舟に目をやった。

緋之介は舟にむかって走った。

「織江どのが、どうかしたのか」

忠常が訊いた。

「じつは……」

平助が、ことのあらましを次郎右衛門に語って聞かせた。

「そうか。十兵衛どのが亡くなったと聞いたとき、妙な胸騒ぎがしたのはそのせいか」

忠常がつぶやいた。

「剣術遣いが家を護ろうとしたのがよくなかったのであろうな。剣術遣いに、惜しいと思わせるほどの禄高は足枷《あしかせ》にしかならぬのかもしれぬ」

そこへ緋之介が、織江に肩を貸して連れてきた。

「織江どのか」

「はい」

「初めてお目にかかる。小野次郎右衛門でござる」

緋之介の手をほどき、織江が姿勢を正して頭を下げた。

「柳生織江でございまする」

「友悟がご迷惑をかけたようで申しわけなく存じます」

「いいえ。叔父が申しわけなきことをいたしました」

二人で頭を下げあっているのを、緋之介はなんともいえない顔で見ていた。

「旦那、おかしいと思いやせんか」

平助がそっとささやいた。

「なんだ」

「いえね。あっしらが戻るのが遅いのがわかっているのに、誰もようすを見に来やせん」

「まさか、柳生は目くらましに使われたのか」

さっと緋之介の顔色がかわった。

「どうした」

忠常が緋之介に訊いた。

「もしかすると、いづやが襲われているかもしれませぬ」

「わかった。織江どののことは心配するな。儂があずかる」

忠常が織江の肩を抱くようにして支えた。

「お願いいたしまする。行くぞ」

緋之介は、平助をうながして走りだした。

「あっ」

織江が声をだしたのを、忠常が制した。

「若いのだ。まだ、時は十分にござる。急がれるな」

織江は、黙って目を伏せた。

四

平助が緋之介の前に出た。堤を駆けあがっていく。

「旦那、こっちへ」

平助が緋之介を招いた。

緋之介は、平助の指さす先を見てとまどった。吉原の塀が連なっているだけだった。

「ここが仕掛けの入り口なんでさ」

平助が塀を独特の間隔で叩いた。なかから誰何《すいか》の声がした。平助が応えると、塀がくるりと回転して口を開けた。

「ここは」

なかに入りながら、緋之介は訊いた。

「河岸《かし》の一軒でさ。いづやの出店でしてね」

平助が、河岸の親父と女に挨拶《あいさつ》をしながら横切った。あられもない姿でしどけなく夜具に坐っている遊女に目のやり場をなくしながら、緋之介も続いた。

緋之介は、かつていづやを襲った連中の死体が他人目につくことなく運びだされていったからくりを知った。

「急ぎやすぜえ」

見世《みせ》の提灯の灯りも落とされて、吉原は暗くなっていた。

平助が突然止まった。

「旦那」

いづやの裏木戸が蹴《け》り破られていた。

「遅かったか」

緋之介は、胴太貫を抜くと、頭上に掲げるようにして木戸をくぐった。

頭を出したとたんに、無言の一撃がきた。頭上の胴太貫で受けた緋之介は、そのまま力をこめて弾いた。

「ぐっ」

刺客が体勢をくずして倒れた。

「こいつはあっしが」

平助が懐《ふところ》から匕首《あいくち》を抜いた。すばやく倒れている男に馬乗りになる。

緋之介は家内へと入った。

剣撃の音が遠い。どこかの家中かと思われる侍と顔見知りの忘八が倒れていた。

緋之介は、襖の陰に注意をしながら進んだ。

争っている忘八と侍が見えた。見世との境である風呂前の廊下であった。一人しか通れない廊下は攻めるに難しく守るに易《やす》い。いづやの造りはちょっとした城郭であった。

緋之介は、背後から遠慮なく二人の侍を斬《き》った。

「総兵衛どの、無事か」

総兵衛が安堵の表情をうかべた。

「後ろからとは卑怯な」

斬りかかってくる侍を一刀で片づけ、緋之介は言った。

「平助も来る。だが、休吾《きゅうご》と尚兵衛《しょうべえ》が……」

「こちらも五名やられました」

告げる総兵衛の前で、下の忘八が左腕を斬られて刀を落とした。

「下がれ」

総兵衛が前に出た。

「させません」

勢いこんでかかってきた若い侍の一撃を、総兵衛の太刀が止めた。そして、若い侍の腕を押しあげ、鋭く刀を振った。若い侍は、顔を裂かれ、刀を棄《す》てて転がりまわった。

「ぬん」

緋之介は、一刀で二人を両断しながら、敵を数えた。

ざっと見ただけでも、廊下に入りきれていない敵もいれて二十名はいた。いづや側は人数でおとる。

「もたねえ」

総兵衛の左を守っている忘八が悲鳴をあげた。

このとき、股の間をくぐるようにして平助が前に出た。そのまま匕首をふるって敵の臑《すね》を斬った。

「うぎゃあ」

悲鳴をあげて侍が倒れた。

「きみかてて、これを」

平助が、侍がおとした刀を拾いあげて総兵衛の前に立った。

「旦那、こっちは大丈夫で」

「わかった」

うなずいた緋之介は、胴太貫を右脇に構えると跳びだした。

胴太貫を振りだし、手首をかえして袈裟がけにする。腰を落として下段から斬りあげ、真っ向から落とす。

流れるような動きで四人を倒した。

「ひっ」

緋之介の勢いに侍が息をのんだ。後ろから鋭く命令がとんだ。

「なにをしている、斬れ」

「わあ……」

太刀を振りあげようとした侍が泣きそうな顔をした。胴太貫の一薙《ひとな》ぎで腹を裂かれ臓物がたれさがった。

「ぐげええ」

見ていた若い侍がうずくまって吐いた。すでにかなりの侍が使いものにならなくなっていた。

「馬鹿者、戦わぬか」

さきほどと同じ声で叱咤《しった》がとんだ。

「今なら、あとを追わぬ」

緋之介は、血で塗れた胴太貫をおろした。

「わああ」

何人かが逃げだしていった。

「逃げるな、切腹ものだぞ」

三度叫び声がした。

「なら、おまえが戦え」

緋之介は、ゆっくり前へ進んでいった。

廊下の角に隠れていた二人が、左右から緋之介に剣を叩きつけた。その両撃を、胴太貫はやすやすと受けとめた。

緋之介は、右手だけで脇差を抜いて右側に潜んでいた男の肝臓を突いた。

続けて抜いた脇差を投げつけ、正面から新たに斬りかかろうとしていた侍の胸を貫いた。そのあと、左から落とした太刀を胴太貫に止められ、押し切ろうと力をこめている男に寄った。

「ひっ」

憤怒に燃えた緋之介の顔を間近に見て、侍が目を閉じた。その瞬間、太刀の力が抜けた。

緋之介は、胴太貫で割るように頭を撃った。

「殺せ。斬れ。討て」

頭らしい侍は、大声でわめくだけで、太刀を抜こうともしていない。

「伊豆守に踊らされていることにも気づかぬとは」

嘆息した総兵衛が緋之介のあとに続いた。残っている敵は五名になっていた。

「緋之介さま、後始末が面倒なので、殺さずにお願いできませぬか」

「承知」

緋之介は首肯した。

「怪我人《けがにん》を連れて消えよ」

緋之介は、一歩退いた。

「すまぬ」

一人が倒れた同僚を抱えおこして出ていった。次々と続く。

「大上《おおがみ》、逃げれば処罰を受けるぞ」

命令をだし続けていた男が慌てた。

「尾藤《びとう》どの、もうどうしようもございますまい。大勢の藩士を繰りだして、このありさま。お上に知れれば、藩が潰れまする」

二人に肩を貸していた藩士が呆れたように言った。

「おやりになりたければ、ご自身でおやりくだされ。あなたは馬廻《うままわ》り組頭でござろう。さっ、もう少しの辛抱だ」

左右の怪我人に励ましの言葉をかけて歩きだした大上の背中を、尾藤が斬った。腕がなってないのが幸いした。傷は浅かったとはいえ、大上は抱えていた二人を巻きこんで倒れた。

「この野郎」

平助が跳びだした。

それより早く、緋之介の胴太貫が一閃《いっせん》した。

「……………」

声も残さず尾藤が倒れた。緋之介の疾《はや》さで振りだされた一撃は、峰打ちながら尾藤の首の骨を粉砕していた。

「歴史ある見世をおまえごときの血で汚すわけにはいかぬ」

緋之介は、そっと胴太貫を床に置いた。

血がついたままで鞘に戻すことはできない。しかも、これだけの数を斬ったのだ、研ぎにださないと使い物にならなかった。

「お見事でございました」

総兵衛が近づいてきた。

「いや、何人やられた」

緋之介は問うた。

「忘八で生き残ったのは平助と喜平だけで」

総兵衛が首を振った。

見世の規模からいけば多すぎる忘八を抱えていたいづやが、ほとんど壊滅にちかい被害を受けていた。

「最初に裏木戸を破って入ってきた槍遣いにかなりやられました」

「どこの連中だ、伊豆守の家中か」

「違いましょう。家が潰れるとかどうとか申しておりました。おそらく宗家でしょう」

総兵衛が倒れている藩士に目をやった。

「ところで、緋之介さまのほうは大事なかったので」

「なんとかな。柳生の刺客に襲われたが、父が助けに来てくれた」

「次郎右衛門さまが。それはまた、どうして」

総兵衛の問いに、緋之介は苦笑しながら吉原堤であったことを語った。

「しかし、接点のない柳生と宗が合わせたように襲いくるのはおかしい」

「裏で伊豆守が糸を引いているのでございましょう」

「ということは、今回のことで伊豆守は……」

「見極めようとしたのではございませぬか。緋之介さまが間に合わず、忘八どもが全滅すれば、わたくしがあれを持ちだして逃げると読んでのことでございましょう。伊豆守の手の者がどこかで見張っておるに違いありませぬ」

「なるほど。かつても目を感じたことがあった」

「でも、無駄でございますよ。けっして見つかることも奪われることもございませぬ。大権現家康さまがお決めになった隠し場所でござれば、伊豆守ごときにわかろうはずもございませぬ」

総兵衛が自慢げに胸を張った。

「というが、続けて同じような襲撃があれば、もたぬぞ」

「しばらくは大丈夫でございましょう。もう柳生に手勢はございませぬし、宗家も懲《こ》りたことでございましょう。残るは伊豆守の手の者だけでございまするが、先代上様のときの壟断が今の御用部屋で嫌われ、動きがとりにくくなっているようでございますれば」

総兵衛が水戸家の圧力を匂《にお》わせた。

「だが、いづやをおとすなら今しかない」

「裏で動くしかない伊豆守は、吉原に多勢を送りこめませぬ。それに、すでに大権現さまのことを知られてしまったとあれば、これまで以上に水戸さまから手を伸ばしてもいただけまする」

なんとかなると総兵衛は口にした。

「さあ、片づけるよ。明日もお客さまをお迎えしなければいけない」

総兵衛が、平助と喜平に指示し、宗家の生き残りに遺体と怪我人を引き取らせた。

藩士たちは黙々と従った。

宗家の藩士たちが吉原から出ていくのを見て、定斎は伊豆守の屋敷へと帰った。

「そうか」

柳生家、宗家ともに失敗したのを聞いても、伊豆守はそう言っただけだった。

「小野次郎右衛門が出てきたか。これで柳生は動けなくなったの」

「いかがいたしましょう」

「いらぬ手出しはするな。いかにそなたが、伊賀組頭領とはいえ、次郎右衛門には敵《かな》わぬ。奇道は正道に勝てぬ」

「…………」

定斎は返事をしなかった。

「宗家も、もう使えまい。江戸藩邸で十名以上の葬儀を一度にだせば、藩士たちが動揺する」

「では、いかがいたしましょうか」

「そうだの、少し考えるとしよう。それまでのあいだ、そなたは水戸といづやを見張っておれ。どうせ、この度も在処《ありか》はわからなかったのであろう」

伊豆守が辛辣《しんらつ》な言葉を投げた。

「申しわけなきことでございまする」

「服部の家を再興したければ、見つけだすことだ。さらば、儂も約束は守るぞ」

伊賀の名門服部家はすでに落魄《らくはく》していた。初代とされる半蔵は、家康の信任も厚く、忍としては異例の八千石を与えられた。が、二代目が悪く、伊賀組を抑えきれずに内紛を起こして絶家となった。

本家は滅びたが血を引く者はいる。定斎もその一人であり、伊賀組支配として旗本に復帰したいと熱望していた。

「では」

　定斎の気配が消えた。

「いよいよ切り札を使わねばならぬかな」

　夜具にくるまりながら伊豆守がつぶやいた。


　翌朝、いづやから通報を受けた光圀がやってきた。

　いつものように細かい格子柄の小袖にたっつけ袴《ばかま》と、どこぞの小旗本といった出で立ちは、とても御三家水戸徳川の世継ぎとは思えなかった。

「そうか、七名を失ったか」

　光圀が最初にしたことは、総兵衛の居宅仏間に寝かされた死者への黙禱《もくとう》であった。

「家康さまの命がなければ、武士の一人として家を残すことができたであろうに、まことに残念だ」

　光圀の姿勢に、平助、喜平、さらには総兵衛までが涙ぐんだ。

「この者たちの後任をいかがいたしましょうや」

　総兵衛が訊いた。

「忘八の補充がすむまで、我が家から何名か腕の立つものをだそう。浪人体で頼みたい」

忘八になれとは、さすがに家臣に言えない。忘八は、侍どころか人でさえなかった。

「ありがとうございまする」

総兵衛が礼を述べた。

用心棒として浪人者をおいている見世が何軒かある。浪人出身の忘八も多い。数人の浪人が出入りしたところで不審に思われることはなかった。

「宗家にはわれが出向こう」

光圀はそう言うと立ちあがった。

そのころ、江戸城内で柳生主膳と小野次郎右衛門がすれ違っていた。

「主膳どの」

顔をそむけるようにして立ち去ろうとする宗冬を、次郎右衛門が呼び止めた。

「これは小野どの、おはようござる」

江戸城中奥の宿直であった宗冬のもとに、昨夜の報告は届いていなかった。

「友悟どののことなら、いま少しお待ちくだされ。いまだ国元から返事がないのでござる」

宗冬は次郎右衛門から目をそらしながら言った。

「ご冗談を申されるか」

次郎右衛門が声をあげて笑った。

「冗談とはいかに」

宗冬が怪訝《けげん》そうな顔をした。

「昨夜、友悟と織江どのがわが屋敷に到着いたしました。本日は、そのお礼を申し述べようと声をかけさせていただいたのでござる」

宗冬が呆然とした顔をした。

「二人が着いたと言われるか」

「さよう。織江どのは道中で賊に襲われたとかで傷を負われておりましたが、友悟はいたって壮健で、親の前だというに、なかなか仲むつまじい姿を見せつけてくれましたわ」

次郎右衛門がまた笑った。

宗冬の顔色が音をたてて消えていった。

「二人とも、小野どのの屋敷におられるのでござるか」

「いかにも。と申しても、友悟は織江どのを襲った者どもに心当たりがあると申して、朝から出ていきもうしたわ。頭に血が上っておりましたゆえ、なにをしでかすか。柳生の方々に厳しく鍛えていただいたおかげで、少しは腕もあがっておるようでござるゆえ、心配で。もっとも、拙者とて嫁に手出しをした者がわかれば、許しはいたしませぬがな」

次郎右衛門は十分に宗冬に皮肉を喰《く》らわせた。

「身どもも同様でござる。では、急ぎますゆえ、これにて御免」

宗冬は逃げるように去っていった。

第七章　焦土の楼閣

一

緋之介が吉原にきて二度目の正月があけた。

これも京から伝わった風習なのであろうが、元日と二日の両日、遊女たちは格にあわせた小袖《こそで》を身につけ、世話になっている揚屋に挨拶《あいさつ》に出向く。むろん、この衣装も馴染《なじ》み客からの贈り物である。

ここでも、御影太夫《だゆう》、高尾太夫、伏見太夫の激しい女の戦いが繰りかえされた。しかし、勝山太夫の姿はなかった。

年末に豪商が莫大《ばくだい》な金を積んで身請けしたらしいが、退き祝いもせずひっそりとしたものだった。一時江戸中の男を虜《とりこ》にしたといっても過言ではなかった吉原の看板太夫にしては、さみしい去りようであった。

「あれが仙台伊達公から高尾太夫に贈られた竹に雀《すずめ》の御紋入りか」

三浦屋の高尾太夫のもとには、昨年から仙台藩主伊達右京《うきょうだゆう》太夫綱宗《つなむね》が毎夜のように通っていた。庶民は六十二万石の大大名が惚《ほ》れこむほどの女を一目見ようと集まっていた。

金糸銀糸をふんだんに使った豪勢な小袖は、百両をこえる。一両あれば、庶民の四人家族が一月生活できる。じつにその九年分を費やした衣装であった。

「伏見太夫だぜ。さすがは京女、花嫁衣装たあ、すっきりしてるぜ」

続いて、伏見太夫が、雪のごとき肌の上に雲のような白無垢《しろむく》を羽織って現れた。

「御影太夫……」

ざわついていた男たちが静まりかえった。御影太夫が登場したのだ。

御影太夫は、先の二人とはまったく違って、紅蓮《ぐれん》一色の小袖を身にまとっていた。女の情念か、遊女の血の涙か、御影太夫はにこりともせずにまっすぐ前を見つめて外八文字を踏んだ。

見物は、とうとう御影太夫の姿が京町の揚屋に消えるまで声をださなかった。

大門はあけられているが、元日に見世《みせ》は開かれない。

吉原の初見世は八日からと決まっている。男たちは、着飾った遊女たちが仲之町通りを行き交うのを見て楽しむだけだ。酔った勢いであろうが、この日は遊女に触れることは許されない。

男たちは指をくわえてあでやかな遊女にため息をつく。吉原の一年は除夜の鐘で終わり、男のため息で始まるのだった。

将軍家への年始をおえ、家中の者たちの挨拶を受けていた松平伊豆守信綱が、激しく咳《せ》きこみ、吐血した。

近習《きんじゅ》役が慌てて駆けよった。

「殿」

「大事ない。少し寒さと疲れにやられただけじゃ」

伊豆守が、懐紙を受けとって口の端をふくと、近習を手で押しのけた。

「悪いが、休ませてもらうぞ」

伊豆守が江戸屋敷大広間に集まっている家臣たちに言って立ちあがった。

「いくばくもないな」

横になった伊豆守が苦い顔をした。

「先代家光さまがお亡くなりになってもう六年、今年は七回忌じゃ。そろそろお膝元《ひざもと》に参しても叱《しか》られまい。やり残したことも、あと少しで終わる」

伊豆守がつぶやいた。

枕元に置かれた懐紙の一つをちぎってこよりにすると、輪をつくった。

「お呼びで」

すぐに天井裏から細い声が聞こえた。定斎であった。

「最後の手段をとる」

伊豆守も小さな声で命じた。

「承知つかまつりました。日時は天候しだいということでよろしゅうございましょうか」

「まかせる。が、かならず仕掛ける前に儂《わし》に報《しら》せをな」

「仰せのとおりに」

「うむ。それと影も使う」

「よろしいので」

珍しく天井裏の定斎が問いなおした。伊豆守が眉《まゆ》をしかめた。

「これを見ておけ」

伊豆守が枕元の文箱《ふばこ》から由井正雪謀反《むほん》一件の調べ書きをだした。調べ書きがするするると空中をのぼっていく。極細い糸でつり下げられていた。

「よくできておろう。その案のとおり、まずは、本郷あたりから始めるのがよかろう」

「あのあたりには、ご老中阿部豊後守忠秋《あべぶんごのかみただあき》さまのお屋敷がございますが」

「豊後め、家光さまのご寵愛《ちょうあい》を受けられなかったことをいまだに恨みに思っておるのか、儂を御用部屋から排除しようと画策しておる。儂のやっていることが家光さまのご遺志であると認めぬ輩《やから》など、気にすることはない」

伊豆守が吐き捨てた。

「それに、小石川はすぐじゃしな」

「水戸家でございますか」

「うむ。小石川をまきこめば、そのことで手一杯となり、吉原へ手助けは出せまい」

伊豆守が首肯《しゅこう》した。

「では、ただちに用意にとりかかりますれば、これにて」

定斎の気配が消えた。

「御三家といえども上意を妨げる者には罰をあたえねばなるまい」

伊豆守が落ちくぼんだ目を閉じた。

勝山太夫が吉原から消えたが、吉原の栄華は変わることがない。

勝山太夫の分も合わせたかのように御影太夫の評判は上がった。

おかげで、いづやは初見世以来猫の手を借りても足りないほどの忙しさだった。

「あいにく、本日も明日も、いえ、向こう一月のあいだ、御影太夫の身体《からだ》は空《あ》きませんので、申しわけございませんが」

平助はことわりの口上をくりかえす毎日であった。

「行ってくるでありんす」

毎日、道中を始める前に、御影太夫は緋之介の居室にやってくる。

たくさんの男に磨かれてますますあでやかになった御影太夫に、緋之介は見とれた。

だが、それ以上踏みこむことはしなかった。

それでも、御影太夫は満足そうであった。

松の内も明けた十七日の早朝、松平伊豆守の枕元に定斎が一枚の紙を置いていった。

そこには、「明日」とだけ記されていた。

「ふむ」

月見障子を開けて天候を見た伊豆守が、満足そうにうなずいた。

明暦三年（一六五七）正月の江戸は乾ききっていた。

昨年十一月から、雨が一滴も降っていない。さらにこの数日は、風が強くなり、道を行く人は目にとびこんでくる砂を避けるために後ろ向きで歩かなければならないほどであった。

「誰かある」

伊豆守の呼び声に小姓が応えた。

「石谷左近将監をこれへ」

病気を理由に登城を免除された伊豆守のもとに石谷が急いでやってきた。

「お呼びとうけたまわりましたが」

「そなた、吉原に手の者をいれておろうな」

「抜かりはございませぬ」

「腹は据わっておるのか、そやつ」

「町人とは思えぬ度胸をしております。金で腕のたつものも飼っておりますれば」

「二度目のしくじりは許されぬぞ」

伊豆守にじっと見つめられ、石谷が額《ひたい》に汗をうかべた。

「まあ、よかろう。では、その者に伝えよ。明日、吉原に大事が起こる。その期を逃さずいづやと小野友悟をしとめよとな」

「はっ。その大事とは」

「すぐにわかる」

問いかけた石谷に、伊豆守は消えろと小さく手を振った。

石谷が急ぎ足で去っていった。

「天草の乱の原城と同じよ。何万の将兵をもっても陥《おと》せぬ城といえども、内と外から攻めればわけもない。吉原という外堀に護《まも》られたいづやも同じじゃ。大権現さまのお作りになられた砦《とりで》も今日まで」

伊豆守の大きな笑い声がいつまでも続いた。

二

一月十八日、吉原が昼見世を開けてすぐに半鐘の音が聞こえた。

「かなり遠いようだが、どのあたりか見ておくれ」

「へい」

総兵衛に命じられて、平助がするすると屋根へのぼった。緋之介もあとを追った。

早朝、緋之介は、小野家の屋敷内にある道場で父を相手に剣の修行をやりなおしている。

織江には、父の友矩と、養父であり剣の師である十兵衛三厳の死の真相を話した。

織江は怒り心頭に発し、宗冬と烈堂和尚《おしょう》を斬ると騒いだ。緋之介の制止に耳を傾けようとせず、まさに荒れ狂った。

「落ちつけ」

それを抑えたのは、次郎右衛門忠常であった。剣で鍛えた声は腹を揺さぶる。静かになった織江に、忠常は侍にとって家がどれほどに大切かを懇々と説いた。

十兵衛三厳は、自らにもかかならず同じことがふりかかってくることを予感しながら友矩を斬《き》ったのであろう。そこまでして残した柳生の家を、織江が動くことでつぶすかもしれない。それが、本当に友矩と十兵衛三厳の敵討ちになるのかと問うた。

家がつぶれると、路頭に迷う者が何十人と出る。そして、子孫が家をつぶすのは先祖すべての功績を無にすることになると諭した。

「わかりましてございまする」

織江が折れた。だが、頭では納得していても、心はおさまっていない。

「あのときに話してくれていれば……」

七年も隠しとおした緋之介に、織江の矛先《ほこさき》は向いた。

緋之介は織江と顔を合わさないようにした。

しかし、緋之介が織江を避けるのは、そのことが原因ではなかった。緋之介は、死んだ桔梗のことが忘れられなかった。

緋之介は、桔梗を抱けなかった。たしかに、許嫁《いいなずけ》の織江のことを思ってだった。だが、それは建前であり、あれほどの女を目にして萎縮《いしゅく》するしかなかった。男として未熟だったことに、緋之介は気づいていた。

それが大きな枷《かせ》となって、織江の目にときどき浮かぶ慕情にいたたまれなくなる。

緋之介は、吉原にいながら女を避けていた。

「ありゃあ、浅草ですかねえ」

平助が目を細めながら北を指さした。

「ひどいな、この砂煙は」

朝から北西の風が強く、海に近い吉原も砂埃《すなぼこり》をまともにうけていた。

「あれなら、相当遠いですし、大丈夫じゃねえですか」

「そうだな。ここまで来ることはあるまい」

　緋之介も目を眇《すが》めて数条の煙があがっているのを見つけた。

「一昨年でしたっけねえ、神田が焼けたときは、本当に逃げだす準備をしなきゃいけねえと思いましたがねえ。もっとも、あのときは夜だったので、お客がいないぶん、気楽でしたが」

　平助がちらと会所《かいしょ》のほうを見た。

「金を取りはぐれちゃ、たいへんですからねえ」

　平助が笑った。

　身元の知れている馴染み客はかまわない。火事騒ぎで逃げたところで代金の取りはぐれはなかった。しかし、端《はした》にあがる一見客《いちげんきゃく》のほとんどは名前もところもわからない。やるだけやって火事で逃げだし、そのままということもあった。ひどいときは、端の揚げ代はもちろん飲み食いの代金まで遊廓が負担しなければならなくなる。

「そういえば、あのときの旦那の素早さには驚きやしたよ」

「昔、母の実家が火事で焼けてな。死人が出たのよ」

　友悟がさみしそうに笑った。

「母は町方の出でな。日本橋で薬屋をやっていた家の娘だった。拙者《せっしゃ》がまだ子供のうちに亡くなってしまった。その代わりというわけではないが、祖父と祖母にはずいぶんとかわいがってもらったものだ」

「そこが火事で……」

「もらい火だったのだがな、今日のように風の強い日だった」

緋之介は、誰が死んだとは口にしなかった。

「なるほど、そうだったんでやすか」

平助がしんみりと言った。

「風はあるが、あれだけ遠ければここまでくる心配はないか」

緋之介は、平助をうながして下に降りた。

吉原は、江戸の片隅での火事のことなど気にすることなく浮かれた。

暮れ六まであと半刻《はんとき》（約一時間）になったころ、火が浅草御蔵に届いたと、会所から若い者が各遊廓へと走った。客を帰すかどうかの判断を見世にうながしにきたのだ。

「君がてて、どうしやす」

平助が総兵衛にたずねた。

浅草橋から吉原まではそう離れていない。火事が呼んだのか、風がますます強くなっていた。

「お客さまにはわけを話して、帰ってもらえ。慌てるんじゃねえぞ。あと、女たちにも逃げる用意をさせておきなさい。政吉《まさきち》、おめえは馬喰町まで行ってきな。火事が浅草橋を越えたら走って報せにきなさい」

いづやは、新たに五名の忘八《ぼうはち》を雇いいれていた。

「緋之介さまも、ご実家にお戻りになられたほうがよろしいのでは」

「火事は本郷浅草であろう、駿河台小川町まではいくまい。それに駿河台には父も兄もいる」

こういうときこそ危ないと、緋之介は考えていた。

「浅草橋を越えやした」

政吉が駆けこんできたとき、まだ暮れ六の鐘は鳴っていなかった。政吉は震えていた。

風にのった火の粉は、すでに小伝馬町まで飛んでいた。

「よし、水の用意をしなさい。喜平、屋根に筵《むしろ》を敷いて水で濡《ぬ》らし続けなさい。平助、女たちを霊巌島《れいがんじま》へ渡す舟の用意を。政吉、用心桶《おけ》に水を張って見世の周囲に並べなさい。あとの者は大事なものを持ちだす用意をな」

いづやのなかが慌ただしくなった。

「総兵衛どのは、逃げる用意をしなくていいのか」

緋之介は、見世を守る準備に入った総兵衛に声をかけた。

「大権現さまからお預かりしたものがございますれば、ここを離れることはできませぬ」

総兵衛がつよい口調で言った。

にこやかな笑いが顔から消えて、厳しい武家の表情になっていた。

「持ちだすことも許されていないのか」

緋之介が訊いた。

「持ちださないのではなく、持ち出せないのでござる」

総兵衛がきっぱりと応えた。

「そうか。ならば、念のため、拙者は見世のまわりを見回ることにしよう」

緋之介は、胴太貫を腰に差して裏木戸から出た。

すでに火の粉が飛んできていた。まだ燃え移るほどではなかったが、あちこちで忘八たちが水の入った用心桶を持って動きまわっていた。

「ちょっと行ってきやす」

平助がいづやの端と女童《こども》たちを引き連れて出ていった。吉原の堤から舟で逃がすの

だ。御影太夫の姿がないのは、遊女の頭としての責があり、逃げるときは君がてて
ともに行くのがしきたりだからであった。
顔見知りの女童が、緋之介ににっこりと笑って手を振った。
「気をつけてな」
小さな荷物を持っている。客から与えられた祝儀や、姉女郎からもらった簪《かんざし》や櫛《くし》
などの大切なものをまとめたのだろう。それをしっかりと胸に抱くようにしていた。
平助たちの姿が消えてすぐだった。すでに半鐘の音は擦《す》り半《ばん》になっていた。もう火
はそこまで来ている。
「お見まわりでございますか。ご精がでますな」
「京屋か」
現れたのは京屋利右衛門だった。
「あるお方さまから命じられましてね。いづやさんを潰《つぶ》しにまいりました」
淡々と口にする京屋利右衛門を護るように忘八たちが現れた。手に棒や火鉤《ひかぎ》と呼ば
れる武器を持っている。なかには抜きはなった大刀を垂らしている者もいた。
「状況がわかっているのか。火がそこまで来ているのだぞ。女たちを逃がさなくてい
いのか」

緋之介は、京屋を睨《にら》みつけた。

「大丈夫でございますよ。すでに伏見太夫と格子《こうし》たちは逃がしました。あとに残っているのはどうでもいい者たちばかり。新しく生まれ変わった吉原の惣名主《そうなぬし》となったあかつきには、もっといい女どもを手に入れることができまする。湯女狩りを約束していただいておりますからな」

京屋が笑った。

「なんということを……」

「どうやら、火の手がそこまで来たようでございますな。周りも逃げだして人がいなくなってきたようで、もっとも、見ていたところでかまいませんがね。そいつもまとめてやってしまえばすむこと」

京屋が手を振った。たちまち十名近い忘八たちがいづやに躍りこんだ。

「待て」

あとを追おうとした緋之介の前に残った忘八たちが立ちふさがった。

「おっと、あなたさまのお相手はこの者たちで。金にあかせて集めました。町奴《まちやっこ》と違ってなかなかやりますよ」

京屋が一歩さがった。

「やってください。この人を殺した人には五十両だしましょう」

途方もない金額を聞いても、誰一人表情を変えない。緋之介は気を引き締めた。

「おや、風向きが変わりましたねえ。このぶんじゃ、火は吉原まで来ませんか。まあいいでしょう」

京屋が嫌らしい笑いをうかべた。

気をそらそうとしている。風が変わったのは肌で感じていた。緋之介は忘八たちに集中した。

「おおりゃあ」

盛大な気合いをあげて、忘八の一人の太刀《たち》が斬りおろされた。単純に振りおろす一刀がもっとも疾《はや》い。だが、それ以上に緋之介の胴太貫ははやかった。

剣先を向けた者に容赦はしない。剣士としての心得であり、礼儀である。忘八の首が、放り投げられたかのように宙へ舞った。

仲間の無惨な死に方にも、残り三人は眉一つひそめていない。斬り合いに慣れている。

三人は目配せをかわすと、ともに下段に太刀をおろした。

刀を掌《てのひら》のなかで回し、刃《やいば》を緋之介に向ける。鎧甲《よろいかぶと》で唯一隠されていない股間《こかん》を狙《ねら》う。戦国伝来の介者剣法の構えだった。

足下から来る剣は防ぎにくい。動きが見にくいだけでなく、守りの太刀が地にふれたりおのが足に当たったりするからだ。

三人が同時に刀を伸ばした。微妙に狙いが違うのは緋之介の避ける方向を読んでである。太刀を避けるために上や後ろに跳ぶのはつけいる隙《すき》を生んだ。

緋之介は前に跳んだ。三人の頭上を軽々とこえた。

下段の構えでなければ、緋之介を襲うことができた。

三人は、すぐにふりかえった。が、緋之介の胴太貫はそれよりも速かった。後ろも見ずに振った胴太貫が、右にいた忘八の肘《ひじ》から先を斬り落とした。

地についた左足を軸に回転した緋之介は、片手薙《な》ぎに胴太貫をおくった。

踏みだそうとしていた中央の忘八の太刀が固い音を立てて弾《はじ》かれ、左の忘八の胸が口をあけた。緋之介は、胸の傷を手で押さえている忘八を真っ向から唐竹に割った。

最後に残った忘八が、あわてて太刀を上段にあげた。

右足を大きく踏みだし、緋之介は胴太貫を斜め上に突きだした。断末魔の声をあげることもできず、最後の忘八の喉《のど》が破られた。

「ひいいい」

胴太貫から血がしたたり落ちたのを見て、京屋が尾を引くような悲鳴を上げて逃げだした。二歩だけ跳ね、緋之介は京屋の背中に胴太貫を振りおろした。胴太貫が京屋の背骨を断った。

緋之介は、急いでいづやに戻った。

「総兵衛どの」

「ここでございますよ」

忘八同士の戦いは続いていた。

太刀を手にした総兵衛の周りに、二人の京屋の忘八が倒れている。

いづやの忘八も、かつてのような腕の者は平助と喜平だけしかいない。その平助は、端遊女を避難させるためにいづやを離れている。

人数の多い京屋の忘八を、いづやは追い払えないでいた。

「緋之介さま、ここはわたくしがなんとかいたしますゆえ、御影太夫を」

「わかった」

緋之介はうなずいた。看板である御影太夫に傷をつけられては、いづやがなりたたなくなる。

「御影太夫」

声をかけながら二階へかけ上がった緋之介は、我が目をうたがった。

足下に京屋の忘八が倒れ、御影太夫の左手には血塗られた脇差《わきざし》が握られていた。しかし緋之介は、そのことには驚かなかった。我が目をうたがったのは、御影太夫が燭台《しょくだい》の火を襖《ふすま》に移していたからであった。

「太夫」

緋之介の呼びかけにゆっくりとふりかえった御影太夫は、凄絶《せいぜつ》な笑みを浮かべた。

「緋之介さま、手遅れでござんしたなあ」

御影太夫によって放たれた火が天井を焦がし始めていた。

「どういうことだ」

緋之介は御影太夫を見据えた。

「あちきは、伊豆守の娘でありんす」

「なんだと」

緋之介は驚きの声をあげた。

「あちきは、いづやに秘密があると知った父伊豆守によって、太夫となるべくしてこの世に産みおとされたのでありんす。母は浪人者の娘だったと聞いておりんすが、その美貌《びぼう》を見こまれておなごを産むまで父の相手をいたしていたとか。そして、生まれ

歌や踊りを子供のときからしこまれてから、このいづやに売られたのでありんす」

　御影太夫が、能面のような顔で話した。

「当初は、いづやに入ることで秘密を探るのがお役目でありんした。ですが、何年たってもそれはわからず、とうとう父はあちきをその役目からはずし、最後の手段として隠しおいたのでありんす」

　忍《しのび》のなかには、長く敵地に住みついて用あるまで正体をあかさない草というのがある。御影太夫は、伊豆守によって送りこまれたいづやへの草であった。

「死期を悟った父は、あの世に行く前にすべてのかたをつけたいと思い、江戸市中を火の海にすることにしたのでありんす」

「なんのためにだ」

「町を変えるためでありんす。江戸は大権現家康さまが入城されて以来、要《い》るに応じて大きくなってまいりました。ですが、そのつけがたまり、もうどうしようもないところまで来てしまったのでございまする」

　御影太夫の口調が、遊女から武家の娘のものに変わっていった。

「家康さま、秀忠さま、家光さまによって与えられた屋敷地をいまさら返せとは申せませぬ。ならば、一度すべてを灰燼《かいじん》に帰して、新しく天下の城下としてふさわしいかたちに造りなおせばよいと、父は考えたのでございまする。そして、この火を使って吉原を、いえいづやをも片づけてしまおうと……」

御影太夫の背中に大きな炎があがった。

そこへ総兵衛が現れた。一部始終を聞いていたようだ。顔つきが変わっていた。

「大権現さまのご遺言を無視する伊豆守が正しいというのか」

総兵衛が叫んだ。

「いえ。ですが、あんな人でも父は父。母を手中にされていては、わたくしになすべなどございますまい」

御影太夫が悲しげに首を振った。

「なんと卑劣な」

緋之介は憤りを感じていた。

「おのれ」

総兵衛が、緋之介が止める間もない速さで跳びだした。

「あっ」

総兵衛が振るった太刀が御影太夫の右肩に深々と食いこんだ。

「総兵衛どの、馬鹿なことを」

緋之介は、総兵衛から刀を取り上げ、倒れた御影太夫を抱き起こした。

「もう、いづやはもたぬ。急いで皆を避難させろ」

緋之介の言葉で我に返った総兵衛が、走り去っていった。

「御影太夫、しっかりしろ」

傷口から血があふれている。緋之介は、御影太夫を揺さぶった。

「緋之介さま」

太夫がうっすらと目を開けた。

「やっと抱いていただけました。わたくしは、この日が来るのを待っておりやした」

「…………」

「はじめてお会いしたときに、そのまっすぐな眼差《まなざ》しを見て、背中に陰を背負っているわたくしは、うらやましいと思いました。そして、六兵衛に襲われたおりに助けてくださったとき、惚れました。百戦錬磨の太夫が、はじめて男に惚れました。桔梗が緋之介さまに惚れているのもわかっておりました。格子相手に太夫が焼き餅《もち》などできようはずもなく、緋之介さま以外の男に抱かれるのが嫌でたまりませんでした」

緋之介は、血の気《け》を失っていく御影太夫の唇に目を奪われていた。

「桔梗が死んだとき、わたくしは心のなかで快哉《かいさい》を叫んでしまいました。これで緋之介さまに抱いてもらえる。でも、緋之介さまは、その日からわたくしの側《そば》に近づいてもくださいませんでした。そして、わたくしは知りました。緋之介さまの心のなかには、桔梗と織江さまがおられる。わたくしが入る場所はない。これが辛《つら》くて辛くてたまりませんでした。女としての地獄を終わらせたくて、わたくしは火をつけたのかもしれません」

「もういい。太夫」

「女とは、哀《かな》しいものでございまする。心が通っていると思っていても、身体のつながりがないと安心できませぬ。そして女は、身体のつながりをもったとたんに、男が自分のものになったと感じるのでございまする。女にとって自分の男はなによりのもの。緋之介さま、たとえ遊女としてでも、わたくしと一夜の契《ちぎ》りをかわしてくださっていれば、父も母も捨てられましたでしょう。桔梗が一度の添い寝で命を捨てられたように」

御影太夫の口から泡とともに血がわきでた。

「太夫」

緋之介は、蒼白《そうはく》になった御影太夫を抱きかかえて歩きだした。

「緋之介さま」

御影太夫が緋之介の腕をつかんだ。

「なんだ」

「この醜い姿を他人目にさらしたくございません。どうぞ、このまま荼毘《だび》にふしてくださりませ」

御影太夫自慢の黒髪は焼けて茶色く縮れ、顔は高熱であかくなり、美しかった衣装はすすけていた。なにより、生気を失ったその表情が痛ましかった。

緋之介はじっと御影太夫の目を見た。

「どうぞ、萩の太夫を伝説としておくんなまし」

御影太夫が廓《くるわ》言葉に戻った。

「承知」

伊豆守の娘としてではなく、吉原一とうたわれた御影太夫として生涯を閉じたいと願っていることに、緋之介は気づいた。

「男に惚れたら太夫は終わり。まさにそのとおりでありんした」

御影太夫が上体を無理に起こして緋之介の耳にささやいた。

「太夫」

最後の力を使い果たしたのか、御影太夫の息は止まっていた。

緋之介は、きれいなところを選んで御影太夫の髪を一房切り取った。そして、そっと太夫の身体を横たえた。

火は目の前にあった。

すぐに正月の衣装と同じ紅蓮に包まれ、御影太夫の姿が見えなくなった。

三

火事は、三刻（約六時間）ほど荒れ狂って鎮火した。じつに、江戸の三分の一を焼き、吉原も完全に灰となった。

「わたくしが残っておりましたら」

平助が地を叩《たた》いて悔しがった。すでに五つ（午後八時）をまわっていた。

「もういい。すんだことだ」

総兵衛は落ち着きを取り戻していた。

緋之介たちは、霊巌島にあるいづやの寮に避難していた。火はおさまったが、火事場の熱気はとても人の耐えられるものではない。今夜はここで過ごすしかなかった。

「小石川の上屋敷は難を逃れたそうで」

霊巌寺に避難してきた人々から話を聞いた喜平が戻ってきた。

「それはなにより」

吉原の堀向かいにあった水戸家の蔵屋敷が焼けたのを見てきているだけに、上屋敷の無事を聞いて、総兵衛がほっとした顔をした。

「そろそろ聞かせてもらえまいか」

撚《よ》っていた御影太夫の遺髪を柄《つか》にまきおわった緋之介が、静かな声で総兵衛に訊《き》いた。

「われらは、大権現家康さまのお側近くに仕えていた者、もしくはその子孫でござる。そして、護っていたのは一寸（約三センチメートル）四方の金印」

しばらくためらった後、総兵衛は話し始めた。

「ことのおこりは、文禄の朝鮮侵攻の和睦《わぼく》に始まりまする。豊臣秀吉公は、明国の使者がもたらした金印、日本国王と刻まれた金印を捨てたのでございまする。明国が秀吉公を日本国王に任じるというもので、これをもつ者は明国に朝貢できるのでございまする」

朝貢は、明国に臣下の礼をとる国が、年に一度か数年に一度おこなうもので、自国の特産品などを明国皇帝に献上することである。一見、卑屈な行為に見える。しかし、献上を受けた皇帝はその数倍に値する下賜《かし》の品を与えなければならず、朝貢はおこなった者が大きな儲《もう》けを手にするようになっていた。

「また、明国に従えば外夷《がいい》の侵略を受けたときに明国の援軍を求めることもできまする。金印は、名さえ捨てれば莫大な利をもたらすものでござる」

「それを秀吉公は捨てたと」

「はい、しかも明国の使者の目の前で、石田三成《いしだみつなり》どのに鋳つぶせと命じられた。日本を統一し、朝鮮を蹂躙《じゅうりん》して勝ったと思いこんでおられた秀吉公にとって、明から臣下に任ずるといわれたのは屈辱であったのでございましょうな」

「貧農から信長公に仕え、ついに天下第一の身分に登られたのだ。ふたたび誰かに頭を下げるのに耐えられなかったのか」

総兵衛も、绯之介の意見に賛成した。

「和睦は決裂し、秀吉公はふたたび朝鮮出兵をなしましたが、その最中に亡くなられ、戦《いくさ》は終わりました。二度にわたる朝鮮への侵攻は、我が国を疲弊させただけで、寸土さえ手にすることはできませなんだ」

「そのおかげで、徳川は豊臣を倒すことができたのではないか」

加藤清正《かとうきよまさ》をはじめとする豊臣創世のころからの武将たちが血を流して異国で戦っている最中に、石田三成ら奉行職にあった者は、秀吉のそばで傷一つおうことなく重用されていた。

このときの恨みが、関ヶ原で徳川家に豊臣恩顧の大名が与《くみ》した遠因となった。

「いかにも」

家康公の側近くに仕えていただけに、総兵衛は苦い顔を見せた。

「関ヶ原で勝った家康公は、三成どのの居城をさぐり、金印を手にされたのでござる」

「三成どのは、金印を鋳つぶしていなかったのか」

「さすがは、豊臣家一の切れ者。秀吉公には鋳つぶしたと申しておきながら、そのまま隠しておられたのでござる。金印が、将来かならず役にたつときがくると思っておられたのでござろう」

「どう役立つというのだ」

「明国とのつきあいは途絶えても、印は本物でございまする。越や印度、台湾などと交渉をなすに、明国が与えた金印は絶大な効果をもちまする。三成どのは、交易がもたらす利をよく理解されていた。いずれ秀吉公が亡くなられたとき、徳川が天下を狙うと読んでいたのでしょう。ですが、三成どのは読みちがえた。戦功名ではなく、治世で出世した身が、命をはって豊臣の天下を作った大名たちにどれほど憎まれているかを。三成どのは、金印を使う間もなく関ヶ原で敗れ去りました」

「それで家康公が金印を手に入れられたのか。だが、それならなぜ家康公は金印を封じられたのだ」

緋之介が疑問を口にした。

「豊臣家を滅ぼすのに時がかかりすぎたのでござる」

家康は、大坂城落城のわずか一年後にこの世を去った。

「秀忠公に譲られればすんだことでござろうに」

緋之介の問いに総兵衛が首を振った。

「あのお方は、金印を使えるほどの器ではございませなんだ。異国をおそれ、国を閉じることで自らの地位を守ろうとされるようなお方でござる。なにより、中仙道をのぼる途上で、真田のごとき小大名相手に熱くなり、天下分け目の合戦に遅れられるようなうつけに、これほど重要なものを任せられるわけもござらぬ」

江戸から中仙道を抑えながら関ヶ原に向かった秀忠は、信州上田城主真田昌幸《さなだまさゆき》に挑まれて、これを破れずに無為に日にちを浪費し、関ヶ原の合戦にまにあわないという失態をおかしている。わずか三千の真田の兵に足止めされて三万もの徳川将兵が合戦に参加できなかった。

三万の兵が足りない。一つまちがえば、徳川は滅びていたかもしれない。合戦に遅参するような息子を信用できないのも当たり前であった。だが、戦国は終わっていない。世継ぎのことで徳川内部がもめるわけにはいかず、家康は一度決めた跡取りを代えることができなかった。

「家康公は、お亡くなりになる前にわたくしを枕元に呼ばれ、人払いの後、金印を守り抜くようにと命じられたのでござる。いつか、家康公の遺志を継げるだけのお血筋が現れるまで、金印を隠せとの仰せでござった」

総兵衛が遠くを見るような目つきをした。

「どうして遊廓に金印を」

「江戸でもっとも人の集まるところこそものを隠すによし、と家康公が申されたのでござる。人目が多いところは襲うに難しい。家康公は、庄司甚右衛門の願いにのると見せて、御免色里を作られた」

「だからこその移転話なのか」

緋之介は、やっと裏のからくりがわかってきた。

「金印を奪う指揮をとっているのが、松平伊豆守信綱であることはおわかりでございましょう。もっとも、伊豆守は家康公が残されたものが金印だとは気づいておりませぬが」

総兵衛が小さく笑った。

「しかし、筆頭の地位は譲ったとはいえ、幕閣一の実力者だ。表だって来られては対抗できまい」

「それを水戸家がおさえておるのでございますよ。水戸は旗本頭でございまする。老中とはいえ、その話なく大番組などを動かすことはできませぬ。だからこそ闇《やみ》から闇へと仕掛けて参るので」

そこへ光圀がわずかな供を連れて現れた。

「上に立つ者の間違いは多くの人を不幸にする。秀吉しかり、淀《よど》どのしかり」

秀吉は、天下統一のあと朝鮮に侵攻し、多くの将兵と朝鮮の民草《たみくさ》を死に追いやった。淀どのは、家康憎しで徳川、豊臣両家の和を潰し、豊臣家を滅ぼした。

「ご無事で」

総兵衛がかけよった。すべてを聞かされて光圀が嘆息した。

「そうか、御影太夫が、伊豆守のなあ」

「一つ伺ってもよろしいか」

緋之介が光圀に問うた。

「なにか」

光圀が緋之介に顔を向けた。

「いづやがことは大権現家康さまと、稲田徹右衛門どのと、水戸頼房公だけしか知らされていないことでござろう。どうしてそれが、伊豆守どのや宗家にもれたのでござろう」

「宗家は、明から聞いたのでございまする」

総兵衛が応えた。

「征夷大将軍になられた大権現さまは、ひそかに明に使いを送り、金印をあらためて下賜したかたちにしてくれぬかと申されたのでござる。これをもって、明国と我が国の和平となし、従来のつきあいを取りもどそうとされたのでございましたが、明によって拒まれたのでござる。そのときの交渉にあたったのが宗義智《よしとし》でございましたゆえ」

「さようか。で、伊豆守どのはどこから」

緋之介の問いかけに、光圀が嫌な顔をした。

「親父どのだ」

「えっ」

緋之介は驚きの声をあげた。

「家光どのと仲がよかった親父どのはな、家光どのが家督を継いだとき、つい漏らしてしまったんだとよ。権現さまよりお預かりしているものがある、家光さまが権現さまと並ぶほどの名将軍になられたあかつきにはお渡しすると。そこから先はいっさい口にしなかったらしいが、そこまで言えば十分だろ。調べる方法はいくらでもある。伊賀は飾りじゃねえからな」

光圀は、伊賀組が伊豆守の下で動いていることを示唆した。

「そのおかげで、吉原は何度も襲われた。緋の字が吉原に来たころに一度いづやがやられたことがあったろ。あれはもう七度目だったのだ」

緋之介は驚きの目で総兵衛を見た。

「いづやの忘八は、すべて総兵衛こと稲田徹右衛門が旗本であったときの配下や家臣たちの末よ。いまどきの武士たち以上の修練を積んでおる。だからこそなんとか持ってきたのだが、それも重なる戦いでかなりやられた。そこへ緋の字が来てくれた。まさに渡りに船だったぜ」

「そうだったのでござるか」

緋之介はすべてが腑《ふ》に落ちた。

夜明けを待ったいづや一行は、遊女たちをおいて吉原に戻った。

火事場泥棒という言葉があるように、災害のあとは危険である。それぞれに得物《えもの》を持っていた。

吉原は、一面の焼け野原となり、無事な見世は一軒もなかった。火が消えてから半日以上になるが、いまだにあちこちから煙がでている。

「ひでえ……」

平助が呆然《ぼうぜん》とした。殷賑《いんしん》を極めたいづやも、黒こげになった柱が杭《くい》のように残っているだけだった。

「それより、金印だ」

総兵衛は、いづやの焼け跡に足を踏みいれた。平助と喜平が手伝って材木をのける。

「ここだ」

総兵衛が地面に手鉤を突きたてた。

平助と喜平が掘った。平助が土の温度を下げるため、手桶の水をかける。

「あった」

総兵衛が、屈《かが》みこんで小さな石造りの箱を取りだした。

「それが金印か」

緋之介も目をやった。

「ぎゃっ」

京屋の忘八の襲撃にも生き残っていた政吉が倒れた。その背中に、手裏剣が突きささっていた。

緋之介は、とっさに脇差を抜き、飛来した手裏剣を弾いた。

平助も喜平もなんとか躱《かわ》したようだが、金印の箱を手にしていた総兵衛が間に合わなかった。左肩に手裏剣を受け、石の箱を落とした。

音もなく忍装束一団が現れた。間合いは五間（約九メートル）。緋之介にさえ気づかせぬ見事な隠形であった。

「地に埋めこんであるとはな。それも端に客を取らす広間下とは。見つけられぬはずだ」

定斎が笑った。

「やれっ」

定斎が手を振った。

周りを囲んでいた伊賀者たちがいっせいに手裏剣を投げた。

緋之介は、焼け残りの柱の陰に身を滑りこませた。たちまち、手裏剣が数本突きささる。

手裏剣は急所に当たらなければ即死することはない。柱にそって身体を横にしていれば手裏剣にかすられることはあっても刺さることはない。

緋之介は、脇差を投じた。定斎の隣にいた伊賀者がのけぞった。

手裏剣のつきるのを待つしかなかった。重く先の尖《とが》っている手裏剣は持ち運びに向いていない。胴太貫を抜き、緋之介はじっとしていた。

手裏剣が止まった。

緋之介は、柱の陰から飛びだした。とたんに、手裏剣が襲ってきた。手裏剣がつきたように見せかけたのだ。

手裏剣の遅速を見極め、胴太貫を小さく振り、致命傷になりそうなものだけを弾く。小鬢《こびん》を削られたが、緋之介は気にせず間合いを詰めた。六本目で、手裏剣が途絶えた。忍たちが刀を抜いた。伊賀者たちの刀は、抜きやすさを重視して普通の太刀に比べて短く、そりもない。

一目で緋之介は、それを見てとった。
間合いが二間《けん》になった。刀を頭上に高々とかかげて、二人の伊賀者が跳んだ。
緋之介は、地に足をめりこませるようにして止まり、間合いを狂わせた。伊賀者が
落ちてきた。届かぬ刀を伸ばした二人の伊賀者を、緋之介の胴太貫が斬り裂いた。
伊賀者の胴体が地に落ちるのを待たず、緋之介は、低い踏みこみで斜め前に奔《はし》った。
大きく伸び上がると同時に胴太貫を下段から斜めに斬りあげ、剣先が天を指すより
早く斬りかえした。
「ぐえっ」
上半身をずらすようにして二人の伊賀者が絶命した。
止まれば囲まれる。緋之介は駆けぬけた。三間ほど走ってふり返る。
喜平が総兵衛の前に立ちふさがるのが見えた。その背中に手槍《てやり》がつきささる。喜平
の身体を突き抜けて槍が総兵衛に傷を負わせた。総兵衛は槍を握り、伊賀者を手元に
引き寄せ、太刀で斬りはらった。
だが、総兵衛の抵抗もそこまでだった。
がっくりと膝をついた総兵衛に三人が跳びかかった。
「無念」

なんとか二人を倒したところで総兵衛が力尽きた。

残る平助は、敏捷《びんしょう》に動きまわって伊賀者を惑乱していた。

残心《ざんしん》の構えをとる緋之介の背中に、伊賀者が音もなく近づき、忍刀を突きだした。右に半歩身体を動かしてそれを躱した。緋之介は、回転するように左脇から胴太貫をすくい上げた。

大きく跳んだ伊賀者を追って、胴太貫の向きが変わった。まっすぐ上にはねあがった切っ先に片足を膝《ひざ》まで二つにされ、伊賀者が崩れた。

新手の二人が左右から同時に間合いを詰めてくる。一間（約一・八メートル）手前で、一人が頭上に舞い、一人が地を這《は》う。

すねを狙った刀を左足で踏みつけ、反るようにして首への一撃に空を斬らせ、緋之介は胴太貫を頭上で一閃《いっせん》させた。

血を降らせる伊賀者に目もくれず、足下の伊賀者の首を蹴《け》りあげる。鈍い音を立てて首が背中へと曲がった。

このとき、定斎が小さく口笛を吹いた。

いづやの隣、三浦屋の柱の上で何かが動いた。だが、伊賀者の攻勢にさらされていた緋之介は気づかなかった。

つま弾くような音を立てて柱の上から短弓が放たれた。

二人と刃をまじえていた緋之介がうめき声を上げた。太腿《ふともも》に深々と矢が刺さっていた。

「くっ」

緋之介は、膝をついた。

伊賀組頭領が、それを見逃すはずもない。一瞬で三間近い間合いをこえ、定斎が斬りつけてきた。腰の据わった一撃は白光をともなって緋之介の首筋へとはしった。

父忠常との修行が緋之介を救った。咄嗟《とっさ》にだした胴太貫が、わずかに切っ先をずらした。

刀が緋之介の左肩の肉をそいで流れた。

定斎の手は休まなかった。緋之介に体勢を整える間を与えずに、何度も斬りつけてくる。上から、横から、下からとまさに息つく間もなかった。

躱せるものは躱し、間に合わないものは胴太貫で受け止めた。しかし、左肩と太腿からの出血で、緋之介の体力は奪われつつあった。

「援軍か」

定斎が舌打ちした。

焼け残った柱が根本からずれるように倒れていった。足場を失った伊賀者が短弓を手にしたまま地面にぶつかった。

一撃で柱を斬り倒したのは織江だった。

「友悟さま」

「織江どの」

太刀を手にした織江の疾さは、伊賀者たちを凌駕《りょうが》した。立ちふさがった伊賀者がまともに対応することさえできずに血をまき散らした。

織江は止まることなく、緋之介に向かって駆けた。

そのとき、定斎の真正面からの一撃を受け止めた緋之介がうめいた。耐えるだけの力を失っていたのだ。胴太貫が流れた。

定斎が、とどめの一撃を加えるべく刀を振り上げる。織江が手にしていた太刀を投げた。胸めがけて飛んできた太刀を、定斎が払った。

その隙が、緋之介に体勢を整えさせた。

「ちっ」

定斎があたりを見た。伊賀者で戦えるのは定斎を入れて五名にまで減っていた。口笛を吹き、定斎が間合いを大きく開けた。

「緋之介さま」

駆けつけてきた織江が、緋之介の肩から流れる血を見て息をのんだ。

「助かった。礼を言う」

緋之介は矢を引き抜いた。新たな血が袴《はかま》を濡らした。

「光圀さまがお教えくださいました」

織江が緋之介の傷に布を当てた。

戦場につかのまの空白がおとずれていた。

総兵衛を倒した伊賀者が、定斎に金印の入った石の箱を手渡した。

「旦那《だんな》」

自らの血と返り血で真っ赤になった平助が駆けよってきた。

「ふはははは」

小箱のなかを見た定斎が大声で笑った。

「望み、潰《つい》えたか」

小箱を捨てた定斎が、忍頭巾《ずきん》の上からでもわかるほどに殺気のこもった目を緋之介たちに向けた。

「殺せ」

ふたたび死闘が始まった。

緋之介は、胴太貫の間合いに入った伊賀者に斬りつけた。が、血を失いすぎたため、勢いがでない。身軽な伊賀者に傷を負わすことができず、体力だけが失われていった。

緋之介をかばいながら、織江は的確に伊賀者を倒していった。

「あっ」

平助が、一人の伊賀者を倒す代償に左腕をとばされ、そのまま地に伏した。

織江がまっすぐに太刀を突きだし、最後の伊賀組配下を葬った。このとき、定斎が無言で間合いを詰めてきた。織江が伊賀者を突き刺した太刀を引いた。間に合わない。

織江を袈裟懸《けさが》けにきた定斎の太刀を、緋之介の胴太貫がはばんだ。

定斎が、胴太貫を太刀で打ち払い、織江を蹴《け》りとばした。

緋之介は、喉を狙った突きを胴太貫で弾き、袈裟懸けを胴太貫で受け止め、下段から斬りあがってくるのを上から払い落とした。足がでないために受け身にならざるをえなかった。

「喰らえ」

「くっ」

真っ向からの一撃を受け止めた緋之介がうめいた。

力押しにくるのを片足で耐える。すでに互いの刀はぼろぼろであった。こじるように太刀を動かしたとき、高い音とともに定斎の太刀が折れた。

「ちちちち」

後ろに跳びながら定斎が口笛を鳴らした。

立ち上がった織江が、緋之介の背後に目をやって驚きの声をあげた。同時に、轟音《ごうおん》が響いた。緋之介の背中にとびついた織江が力なく崩れた。

「織江どの」

緋之介はふりかえった。

廃墟となった三浦屋から立ち上がった伊賀者が、鉄砲を捨て、刀を抜いた。

「きさまらあ」

緋之介が怒りの叫びをあげた。

定斎が、死んだ配下の刀を手に近づいてきた。

緋之介は、織江の脇差を抜き、背後から迫ってきた伊賀者に投げつけた。脇差は柄まで刺さった。

そのわずかなあいだに、定斎が迫っていた。

伸び上がるような姿勢からまっすぐ斬り落としてくる一撃を、緋之介は足の痛みも気にすることなく胴太貫で迎え撃った。怒りが緋之介を動かした。

「…………」

定斎が笑ったようにほんの少し息を吐いた。定斎の刀が届く寸前、緋之介の胴太貫はその身体を右首から左脇腹へと断っていた。

「織江どの」

膝をついて緋之介は、織江を抱き起こした。が、すでにその命の火は消えていた。

四

災厄は終わらなかった。

一度収まったはずの火が、火元であった本妙寺《ほんみょうじ》からさほど離れていない伝通院そばの新鷹匠屋敷から再燃したのだ。

前日に焼け残った水戸邸などを含む小石川一帯を焼きつくし、さらに濠《ほり》を越えて飯田橋から江戸城本丸、二の丸、三の丸をも焼く大火となった。

ふたたび霊巌島へと避難した緋之介たちは手をこまねいて見ているしかなかった。

「緋之介」

光圀が、織江の遺骸《いがい》のそばから離れようとしない緋之介に声をかけた。

織江の隣には総兵衛、喜平、政吉の亡骸《なきがら》が並べられていた。

「すまなかった。詫《わ》びのしようもない」

光圀が深々と頭を下げた。

「すべては拙者が未熟であったがため。そして火事は、伊豆守の思い上がりからでござる」

緋之介は、首を左右に振って光圀に応えた。

今度は光圀が黙った。緋之介が問うた。

「平助の姿が見えないようでございますが」

光圀が戦いの場に駆けつけたとき、すでに平助の姿はなかった。

「あやつは三河乱破《みかわらっぱ》の末裔《まつえい》だ。そう簡単にはくたばらねえ。おそらく仇を討つため、どこかに姿を隠しているのだろう」

三河乱破は野武士から発生した忍であった。甲賀や伊賀ほどには知られていないが、戦場においてこれほど役に立つ者はいないと、家康が重宝した者たちである。

緋之介が立ちあがった。

「お別れでござる」

「おい、待て」

緋之介がなにをしようとしているのか気づいたらしい光圀が、顔色を変えた。

「けじめをつけさせてはいただけませぬか。いづやの客、織江緋之介としてのけじめを」

緋之介は、光圀に頭を下げた。

「それはだめだ。もう、おぬしの意地の話ではなくなっている。これだけのことをしでかしたんだ、伊豆守にはそれ相応の責をとらさねばならぬ。たった一刀でことをすますわけにはいかぬ」

光圀が語調を変えた。

「吾にまかせてはくれぬか。誰にも累《るい》をおよぼすことなく始末してみせるゆえ」

光圀は、緋之介がこれ以上関わると、小野家も無事ではすまないと言外ににおわせた。

「これはもらっていくぞ、総兵衛、いや徹右衛門」

光圀は、金印の入った箱を手にすると、緋之介を残して寮を出ていった。

江戸城西の丸に避難した将軍家綱のもとへ役人、在府の大名が火事見舞いに訪れていた。衣服を火事装束に着替えた光圀もそのなかにいた。

ひととおり挨拶を終えて帰る間際、光圀は伊豆守のそばで立ち止まった。

「伊豆守どの」

「これは、水戸の若君か」

病をおして登城した伊豆守は、意外と張りのある声であった。

「御影太夫は死んだぞ」

光圀は、懐《ふところ》から小箱をだした。伊豆守がいぶかしげにそれを見た。

「娘を犠牲にしたことを悔やまぬのか」

光圀の言葉を、伊豆守はあっさりと笑った。

「武士は主君のために生きておる。主君のためなら我が命さえ捨てるに逡巡《しゅんじゅん》せぬ者が、娘ごときの命をなぜに惜しまねばならぬ」

伊豆守の目に執念の炎が見えた。

「江戸の町に火を放ったのも正しいことだと申すのか」

伊豆守はこたえなかった。だが、その目は力強い光を放っていた。

光圀は伊豆守に小箱を渡した。

「開けてみるがいい」

箱を開けた伊豆守の顔が引きつった。

「それが大権現さまが残されたものよ。明国の金印だった。日本国王と刻まれたな。だが、それも火事の熱で溶けてしまったのだ。きさまがつけさせた火でな。なんのための火であり、娘の死の意味はなんだったのだ」

光圀が静かに問いかけた。伊豆守は無言のままであった。

「江戸がなにを失ったかわかっておるのか。家屋敷だけではないのだぞ。どれだけの人をなくしたか考えてみよ」

光圀が悲痛な声で言った。

「この後始末、生きてなしとげよ。死ぬことは許さぬ」

光圀が斬りつけるような冷たい声で言った。

呆然としている伊豆守を残して下城した光圀が霊巌島に戻ったとき、すでに緋之介の姿はなかった。

「残ってはくれなかったか。あれほどの男、市井《しせい》に埋もれさせるのは惜しいのだがな」

光圀は、寂しそうにつぶやき、織江の髪の毛が切り取られていることに気づいた。

「そうか、背負っていくのか。三人の女を心に抱いて生きていくのは、つらいな」

光圀の潤んだ目が遠くを見つめた。

翌朝を迎えて、火は完全に鎮まったかに見えた。

しかし、夜明けとともに、今度は江戸城を挟んで反対になる麴町《こうじまち》五丁目から出火した。火は焼け残っていた西の丸から桜田御門を焼き、芝浜にいたるまでを舐《な》めつくした。

「天守が、家光さまの天守が」

伊豆守が悲鳴をあげた。

二日にわたる大火に耐えた江戸城天守閣の固く閉ざされていた北三階銅窓が、なぜか開き、火を招き入れたのだ。

父秀忠によって建てられた天守閣を破棄し、家光の手で建てなおされた大天守閣が、松明《たいまつ》のように炎をあげて焼け落ちた。

三日荒れ狂った火事は、万石以上の大名屋敷五百余宇、旗本屋敷七百七十余宇、堂社三百五十余宇、町屋四百町、焼死十万七千四十六人という前代未聞の被害を残してようやく終わった。

この火事を受けて、江戸の町の再建と消防が着手された。大名火消し以外にも定火消しが作られ、多くの火除《ひよ》け地などが組みこまれた新しい江戸ができていった。

楼閣《ろうかく》すべてを焼失した吉原も抵抗するすべを失い、幕府の指示どおり、浅草日本堤へと引っ越した。

従来の二丁四方から倍の四丁四方へと大きくなり、念願の夜見世も許された新吉原だったが、そこにいづやと京屋の名前はなかった。

松平伊豆守は、明暦の火事の後始末を終えた、寛文二年（一六六二）にこの世を去った。

その六年後、大名への復帰を悲願としていた柳生家は、四代将軍家綱に柳生流の伝書を与えた功績を表向きの理由として千七百石の加増を受け、かろうじて一万石に復帰した。しかし、剣才は四代で途絶え、柳生の名と技は養子に受けつがれた。

駿河台にあった屋敷を失った小野次郎右衛門にも、多くの旗本大名と同様に屋敷替えの命が下った。新しい屋敷が吉原のあった葺屋町の隣、松島町であったことは奇縁というべきか。だが、そこに、友悟の姿はなかった。

この作品は2004年6月徳間文庫として刊行されたものの新装版です。

徳間文庫

織江緋之介見参㈠

悲恋《ひれん》の太刀《たち》

〈新装版〉

2015年8月15日 初刷
2025年2月28日 4刷

著者 上《う》田《え》秀《だ》人《ひで》《と》

発行者 小宮英行
発行所 株式会社徳間書店
東京都品川区上大崎三-一-一 〒141-8202
目黒セントラルスクエア
電話 編集〇三(五四〇三)四三四九
販売〇四九(二九三)五五二一
振替 〇〇一四〇-〇-四四三九二

印刷 製本 株式会社広済堂ネクスト

ISBN978-4-19-894005-8